TRACY WOLFF

A TOUCH OF *Storm*

TRACY WOLFF

A TOUCH OF Storm

ROMAN

Deutsch von Anita Nirschl

blanvalet

Die Originalausgabe erschien 2014 unter dem Titel »Slashed« bei Flirt,
an imprint of Random House, a division of Random House LLC,
a Penguin Random House Company, New York.

MIX
Papier | Fördert
gute Waldnutzung
FSC® C014496

Penguin Random House Verlagsgruppe FSC® N001967

1. Auflage 2025

This edition published by arrangement with Ballantine Books,
an imprint of Random House, a division of Penguin Random House LLC.

Neumarkter Str. 28, 81673 München
produktsicherheit@penguinrandomhouse.de
(Vorstehende Angaben sind zugleich Pflichtinformationen nach GPSR)

Redaktion: Angela Kuepper
Umschlaggestaltung: © www.buerosued.de
Umschlagdesign und -motiv: © www.buerosued.de
SH · Herstellung: DiMo
Satz: satz-bau Leingärtner, Nabburg
Druck und Bindung: GGP Media GmbH, Pößneck
Printed in Germany
ISBN 978-3-7341-1412-0

www.blanvalet.de

Für Tera Lynn Childs, die eine ebenso großartige Freundin wie Autorin ist … und die dieses Buch liebte, noch bevor es überhaupt ein Buch war.

Kapitel 1

CAM

Ich mag es nicht, ignoriert zu werden. Genauer gesagt, ich mag es nicht, von Luc ignoriert zu werden.

Dem Typen, der mein bester Freund ist, seit ich vier Jahre alt war.

Dem Typen, der mir beigebracht hat, mein allererstes Snowboard zu fahren.

Dem Typen, der alles von mir weiß – und von dem ich alles weiß.

Oder zumindest war das mal so. Jetzt, da er mir gegenübersitzt und mit allen und jedem außer mir redet und herumalbert, bin ich mir nicht mehr sicher, ob ich überhaupt noch etwas von ihm weiß. Er will auf jeden Fall nichts von *mir* wissen. Er sieht mich nicht einmal an. Und falls er noch mehr auf Abstand zu mir geht, wird er am Ende bei der ersten rauen Welle aus dem verdammten Boot fallen.

Wofür ich im Moment sogar gutes Geld bezahlen würde, um das zu sehen. Vor allem, als er von seinem superintensiven Gespräch mit Ash aufsieht und sich unsere Blicke zum ersten Mal seit viel zu langer Zeit treffen. Ich beginne zu lächeln, aber er wendet sich ab, bevor er es sieht. Ich komme mir vor wie eine totale Idiotin.

Und das Schlimmste ist, dass alles meine Schuld ist. Die Verlegenheit, das Merkwürdige, Lucs Unfähigkeit, mich überhaupt *anzusehen* – dafür bin ich verantwortlich. Ich bin diejenige, die sich vor ein paar Monaten, als Z mit Ophelia zusammengekommen ist, total betrank. Ich bin diejenige, die sich Luc an den Hals warf, als er genauso betrunken war, und die ihn immer weiter bedrängte, bis er mich mit zu sich nach Hause nahm. Und ich bin diejenige, die total ausflippte, als ich am nächsten Morgen mit ihm im Bett aufwachte. Er gab sich Mühe, cool zu sein, nett zu sein – und ich drehte völlig durch.

Seitdem ist nichts mehr wie zuvor.

Ich habe die letzten Monate damit verbracht, den Schlamassel, den ich angerichtet habe, wiedergutzumachen. Ich habe alles getan, was mir einfiel, um uns wieder auf vertrauten Boden zu bringen – aber es hat nicht funktioniert. Früher waren wir praktisch unzertrennlich, und jetzt hängen wir nur noch zusammen ab, wenn die anderen dabei sind. Wenn er Z und Ash und Tansy und Ophelia als Puffer zwischen uns benutzen kann. Und nur, wenn er nicht mehr als ein oder zwei Sätze zu mir sagen muss.

Das macht mich komplett irre.

Ein Teil von mir will sich – noch einmal – dafür entschuldigen, dass ich ausgeflippt bin, anstatt es einfach als einmalige »Freunde mit gewissen Vorzügen«-Sache zu betrachten, vor allem, weil ich diejenige war, die das alles angeleiert hatte. Aber ein anderer Teil von mir möchte ihm am liebsten eine knallen. Ich meine, ja, ich bin mit der Situation am Morgen danach schlecht umgegangen. Aber ernsthaft, ein einziger Fehler – und sechzehn Jahre Freundschaft sind plötzlich null und nichtig?

Schon allein der Gedanke macht mich wütend. Ich würde ihn

nie so ausschließen – ich wüsste nicht einmal, wie. Die Tatsache, dass er es so mühelos kann, verletzt mich mehr, als ich eingestehen möchte, sogar mir selbst gegenüber.

»Also, wer will als Erstes?«, ruft Ash, lässig an die Bordwand gelehnt, während seine Freundin Tansy auf seinem Schoß sitzt.

»Ich«, sage ich und greife nach meinem Wakeboard.

»So ist es recht, Mädel!«, johlt Z, während er das Speedboot abbremst. »Geh da raus und zeig ihnen, wie es gemacht wird!«

»Oh, genau das habe ich vor.«

Lachend hält Zs Freundin Ophelia die Hand zum Abklatschen hoch. »Zehn Mäuse, dass Cam länger draufbleiben kann als irgendeiner der Jungs.«

»Darauf wette ich nicht«, sagt Ash zu ihr. »Cam ist die absolut Beste auf einem Wakeboard.«

Ich werfe ihm einen Blick zu. »Fast so, wie ich die absolut Beste auf einem Snowboard bin.«

»Hey, hey, ist noch ein bisschen früh dafür, Blödsinn zu labern, oder?«, meint Z.

»Es ist kein Blödsinn, wenn es wahr ist«, wirft Ashs vierzehnjähriger Bruder Logan ein. Er schenkt mir ein breites Lächeln, und ich kann nicht widerstehen, ihn kurz mit einem Arm an mich zu drücken. Ich liebe diesen Jungen so sehr, dass es lachhaft ist, und die Tatsache, dass er immer noch lächeln kann, immer noch so fröhlich ist, trotz allem, was er im letzten Jahr durchmachen musste, haut mich völlig um. Nicht nur, dass er seine Eltern bei einem schrecklichen Autounfall verlor, er wurde durch diesen Unfall auch noch querschnittsgelähmt. Und trotzdem ist er hier, lacht und scherzt herum wie der knallharte Typ, der er ist.

»Wenigstens kennt Logan die Wahrheit«, sage ich mit einem Augenzwinkern. »Und das ist alles, was zählt.«

»Kannst du es mir beibringen?«, fragt Tansy, während Z das Boot zum Stillstand bringt.

»Klar. Ich …«

»Hey, ich werde es dir beibringen, Baby«, sagt Ash zu ihr.

»Aber du hast doch gerade gesagt, dass Cam besser ist als du«, erwidert sie mit großen, unschuldigen Augen. »Und ich will von der Besten lernen.«

Ich lache laut los. Ich kann nicht anders – wie Ash die Kinnlade runterklappt, ist absolut unbezahlbar, und eine Sekunde lang wünschte ich, ich hätte mein Handy draußen, damit ich ein Foto davon machen könnte. Ich werfe einen Blick zu Luc, weil ich den Witz mit ihm teilen möchte, doch der sieht hinaus aufs Wasser. Sieht mich ganz bewusst nicht an. Beteiligt sich ganz bewusst nicht an der Unterhaltung über mich.

Ich hasse das, verdammt!

Aber jetzt ist nicht der richtige Zeitpunkt – oder der richtige Ort –, um über das Desaster unserer Freundschaft nachzudenken. Also bahne ich mir einen Weg zum Heck des Bootes und klettere auf den Sitz. Wobei ich darauf achte, Luc unterwegs anzurempeln. Es funktioniert. Für eine Sekunde, nur eine Sekunde, sieht er mich an. Und dieses Mal, als sich unsere Blicke treffen, lächelt er ein wenig.

»Zeig es ihnen da draußen.«

Erleichterung durchströmt mich, und ich lächle wahrscheinlich viel mehr, als seine Bemerkung es rechtfertigt.

»Das habe ich vor.«

Ich schnalle mir mein Wakeboard an die Füße, dann rutsche ich über den Bootsrand und mit einem Platschen in den See. Erschrocken schnappe ich nach Luft – es ist zwar erst September, aber hier oben in den Bergen ist das Wasser bereits ziemlich kalt.

Nicht kalt genug für einen Neoprenanzug, aber definitiv kalt genug, um mich bei der ersten Berührung frösteln zu lassen.

»Bist du so weit?«, ruft Z.

Ich greife die Leine und bringe mich mit an die Brust gezogenen Knien und parallel zum Heck des Bootes ausgerichtetem Board in Position.

»Gib Gas!«, rufe ich ihm zu.

Er lacht wie ein Verrückter, aber als er losfährt, tut er es langsam und gleichmäßig. So ist Z eben. Er ist ein Adrenalinjunkie, der so ziemlich alles einmal ausprobieren würde – sogar Dinge, die das Potenzial haben, ihn umzubringen –, doch wenn es um den Rest von uns geht, ist er total bodenständig und absolut verantwortungsbewusst.

Das ist eines der Dinge, die ich an ihm liebe. Eines der Dinge, die mich früher glauben ließen, ich sei in ihn *verliebt*, obwohl es in Wirklichkeit mehr Vernarrtheit als irgendetwas anderes war. Es gibt nicht viele Menschen in meinem Leben, die versuchen, sich um mich zu kümmern – die Tatsache, dass Z das immer getan hat, machte ihn zu etwas Besonderem. Aber diese Art von Freundschaft mit Liebe zu verwechseln, war dumm von mir und etwas, worüber ich völlig hinweggekommen bin, sobald ich akzeptierte, dass Ophelia nirgendwo hingehen würde. Weil sie Z wirklich liebt und er sie genauso liebt. Was sie für ihn getan hat – wie sie ihm geholfen hat, mit dem ganzen Mist in seinem eigenen Leben klarzukommen –, bedeutet mir mehr als alle Gefühle, die ich damals für ihn gehabt haben mag.

»Hey, schneller«, rufe ich, als er sich in Sachen Geschwindigkeit allzu sehr zurückhält. »Wir kommen ja kaum vom Fleck!«

Er stößt ein weiteres wahnsinniges Lachen aus, winkt aber zur Bestätigung. Und dann setzen wir uns in Bewegung und pflügen mit genug Geschwindigkeit durchs Wasser, um meinen Adrenalinspiegel in die Höhe zu treiben.

Ich verlagere die Hüften, lasse das Brett einsinken, wie es das schon will, seit wir Fahrt aufgenommen haben. Inzwischen kann ich den Zug in meinen Schultern spüren, aber ich widerstehe dem Drang, aufzustehen. Noch nicht, noch nicht, noch nicht ...

Wir erreichen geschätzte dreißig Stundenkilometer, und jetzt ziehe ich mich hoch. Wir rasen inzwischen über den See, und ich lache, als mir das Wasser ins Gesicht spritzt. Für lange Sekunden lasse ich die Arme entspannt, die Knie gebeugt und fahre einfach. Wir sind schnell, und das Boot wirbelt das Wasser auf und macht es ein wenig kabbelig. Aber so mag ich es – und während Z das Tempo weiter erhöht, verlagere ich mein Gewicht und haue ein paar Ollies raus.

Logan jubelt anfeuernd, und ich lache, lasse mich aber darauf ein, noch ein paar Tricks für ihn zu machen – einen Corked Spin, gefolgt von einem Monkey Spin, einem Invert, ein paar verschiedenen Drehungen. Dann gibt Z richtig Gas und macht eine Kehrtwende, um dieselbe Strecke ein zweites und auch ein drittes Mal zu fahren.

Ich grinse jetzt wie eine Verrückte, denn ich liebe es, wenn er das macht, liebe das Gefühl, wenn sich die Wellen kreuzen und dreimal so hoch werden wie normal. Ich senke die Schultern, ducke mich, und als es sich richtig anfühlt, als es sich perfekt anfühlt, springe ich. Ich kriege wahnsinnig viel Air, genau so, wie ich gehofft habe, und mache einen Double Inverted Cork, den ich trotz der riesigen Heckwelle perfekt lande.

Das ist ein verdammt tolles Gefühl. Der Trick. Die Landung. Der Rausch.

Logan schreit aufmunternd, und ich höre auch Tansy und Ophelia klatschen, also mache ich es noch einmal.

Diesmal lande ich härter – die Kielwelle löst sich auf, und ich bekomme nicht mehr so viel Airtime, aber es klappt trotzdem. Doch dann steht Luc auf und sagt etwas zu Z, obwohl ich nicht hören kann, was. Das Boot wird jetzt langsamer, sehr zu meiner Enttäuschung.

Ich schaffe noch einen kleinen Sprung, bevor Z die Geschwindigkeit zu stark verringert, um zu boarden. Ich lasse das Seil los und falle rückwärts ins Wasser. Dann greife ich nach unten und löse die Bindung, die meine Füße auf dem Brett hält, während ich darauf warte, dass Z zurückkommt und mich einsammelt.

Es dauert nur ein oder zwei Minuten, und dann zieht Luc mich hoch und ins Boot. Sieht so aus, als würde er sich doch noch erinnern, dass es mich gibt. Was ich, hey, nicht verurteilen werde.

»Danke«, sage ich, während ich das Brett neben ihm ablege.

Er nickt nur und lässt dann so schnell die Hände fallen, dass ich nicht umhinkann, ein bisschen beleidigt zu sein. Ich meine, wir sind schließlich nicht mehr im Kindergarten, und ich habe keine Läuse.

»Wer ist der Nächste?«, fragt Ophelia.

»Ich«, sagt Luc, schnappt sich sein eigenes Wakeboard und springt über den Rand des Bootes, ohne sich überhaupt damit aufzuhalten, es anzuschnallen.

What. The. Fuck?

»Das war der Wahnsinn!«, ruft Tansy, während sie rüberkommt, um sich neben mich zu setzen. »Ich möchte all die Tricks können, die du gemacht hast!«

»Es ist nicht so einfach, wie Cam es aussehen lässt«, sagt Ash zu ihr, während wir darauf warten, dass Luc sein Board anschnallt – was viel schwieriger ist, wenn man im See statt im Boot ist.

»Na, offensichtlich.« Tansy verdreht die Augen. »Ist ja nicht so, als würde ich glauben, dass ich morgen da rausgehen und das tun kann. Aber ich will es lernen.«

»Ich bringe es dir gerne bei«, sage ich ihr, während ich Ash beschwichtigend die Hand auf die Schulter lege. Der Kerl meint es gut, aber er hat einen superstarken Beschützerinstinkt. Was ich verstehe – er hat bereits seine Eltern verloren, und sein kleiner Bruder ist gelähmt. Das Letzte, was er will, ist, dass Tansy etwas zustößt, die ihr Wunder irgendwie schon hatte, da sie den Krebs besiegt hat, und zwar gleich zwei Mal. Aber er kann sie auch nicht einsperren und in Watte packen. Das Mädchen braucht ein wenig Luft zum Atmen. Und da sie mit einem Haufen Extremsport-Fanatikern rumhängt, ist es da wirklich so überraschend, dass sie ein paar der Dinge ausprobieren will, die wir tun?

»Juhu! Wann können wir anfangen?«

»Heute. Wir probieren später ein paar einfache Basics aus, okay?«

»Absolut!«

Ash sieht aus, als wollte er etwas einwenden, aber ich lehne mich zu ihm und flüstere: »Nichts Verrücktes, versprochen. Nur das Seil nehmen und aufstehen, während Z langsam fährt, okay?«

Er sieht nicht erfreut aus, aber er nickt widerstrebend. »Versprochen?«

»Pfadfinderehrenwort.« Ich strecke den kleinen Finger aus und lache ein wenig, als er tatsächlich seinen kleinen Finger einhakt, so wie wir es als Kinder immer gemacht haben.

»Ich wär dann so weit, wenn ihr es auch seid«, ruft Luc.

»Lass es krachen!«, ruft Z zurück. Er fährt los, nicht ganz so langsam wie bei mir – dieser Sexist –, aber es dauert trotzdem ein paar Minuten, bis er auf Geschwindigkeit kommt.

Jetzt rollt sich Luc auf die Füße. Und dann legt er los und haut einen Trick nach dem anderen raus, auf eine Weise, wie er es auf einem Snowboard noch nie geschafft hat. Es ist einfach unglaublich, ihm zuzusehen – seine Airtime ist absolut krass –, und wie er sich dreht, ist verrückt. Als sollte er eigentlich niemals in der Lage sein, das zu tun, zumindest nicht ohne einen Kicker, von dem er abspringen kann. Aber er schafft es wieder und wieder.

Wir schauen jetzt alle zu, jubelnd und staunend, und ich kann nicht anders, als mich zu fragen, wann er so gut geworden ist. *Wann hat er geübt? Und mit wem?* Wir waren schon seit ein paar Monaten nicht mehr auf dem Wasser, und das letzte Mal konnte er nur etwa die Hälfte dieser Tricks.

Ich wundere mich immer noch darüber, als Z beschließt, dass er genug hat, und das Boot abbremst. Luc lässt los und fällt mit einem Grinsen und einem Schrei zurück ins Wasser.

»Nichts für ungut, Cam, aber vielleicht möchte ich doch, dass Luc mir zeigt, wie es geht«, sagt Tansy mit vor Ehrfurcht geweiteten Augen.

»Schon okay. Ich glaube, ich möchte auch, dass er mir zeigt, wie es geht.«

Es ist eine merkwürdige Situation. Nicht, dass Luc nicht talentiert wäre, und nicht, dass er nicht viele Dinge besser könnte als ich, aber eben nicht auf einem Board. Er ist ein talentierter Allroundsportler, doch wenn es ums Boarden geht – Snowboarden oder Surfen oder Wakeboarden –, blieb er immer ein kleines bisschen hinter dem Rest von uns zurück. War ein kleines bisschen schwächer. Immer noch großartig, nur nicht *so* großartig.

Ein rascher Blick zu Ash verrät mir, dass er ähnliche Gedanken hat wie ich. Was irgendwie eine Erleichterung ist, wenn ich ehrlich bin. Denn wenn ich die Einzige wäre, die nicht wusste, dass Luc daran gearbeitet hat, wenn ich die Einzige wäre, der er es nicht verraten hat, würde ich mich noch schlechter deswegen fühlen, wie die Dinge zwischen uns stehen. Aber wenn er es niemandem erzählt hat, ist es vielleicht nur seine Sache. Vielleicht wollte er einfach, dass es eine Überraschung ist. Immer noch seltsam, aber vielleicht nicht ganz so seltsam?

Als wir anhalten, strecke ich den Arm hinunter, um ihm ins Boot zu helfen, aber er lässt mich abblitzen und klettert ohne jede Hilfe an Bord. Seine Oberarmmuskeln treten ein wenig hervor, als er sich hochzieht, und ich beobachte es, bevor ich mich zurückhalten kann. Für eine Sekunde, nur eine Sekunde, denke ich an die Nacht zurück, die wir zusammen verbracht haben – an die Art und Weise, wie sich diese Muskeln wölbten und anspannten, während er wieder und wieder in mich stieß.

Meine Wangen werden heiß bei dem Gedanken, und diesmal bin ich diejenige, die den Blick von ihm losreißt.

Kapitel 2

LUC

Verdammt, sie sieht gut aus. Und verdammt, es ist schwer, den Blick von ihr abzuwenden.

Wie die anderen Mädchen trägt Cam einen Bikini. Aber im Gegensatz zu Ophelia und Tansy besteht ihrer nicht aus zwei kleinen Stofffetzen, die von Schnüren zusammengehalten werden. Nein, in typischer Cam-Manier trägt sie einen schlichten schwarzen Zweiteiler, bei dem es mehr um die sportliche Funktion als um den Hotness-Faktor geht.

Und trotzdem sieht sie darin fantastisch aus. Nichts als schlanke Linien und gebräunte, herrliche Haut, mit superlangen Beinen – Beine, die wie geschaffen dafür sind, sich über die Schultern eines Mannes zu legen, während er wieder und wieder und wieder in sie stößt.

Nicht, dass mich das kümmern würde. Nicht mehr. Ich mag zwar früher einmal in sie verliebt gewesen sein, aber nach dieser einen katastrophalen Nacht, die wir zusammen verbracht haben, bin ich total darüber hinweg.

Voll und ganz.

Absolut.

Zumindest rede ich mir das einmal täglich ein. Öfter, wenn ich mich längere Zeit in ihrer Nähe aufhalte.

Fake it, till you make it. Das ist das Motto, nach dem ich derzeit lebe.

»Alter, wo zum Teufel ist das denn hergekommen?«, will Ash wissen, während er sich auf den Rand des Bootes setzt und sein Wakeboard anschnallt.

Ich zucke mit den Schultern. Was ich absolut nicht sagen will, ist die Wahrheit, nämlich, dass ich es verdammt satthabe, immer der Letzte zu sein. Ich bin ein guter Sportler, ein wirklich guter Sportler, und in jeder anderen Gruppe würde das wahrscheinlich etwas zählen. Bei meinen drei besten Freunden – von denen alle regelmäßig auf Snowboard-Siegertreppchen stehen – jedoch nicht so sehr.

Es ist nicht so, dass ich neidisch auf sie wäre, denn das bin ich nicht. Jeder von ihnen hatte im Lauf der Jahre mit wirklich schlimmen, wirklich schweren Dingen zu kämpfen, und ich denke, ihre irren Fähigkeiten sind sozusagen die Art des Universums, für einen Ausgleich zu sorgen. Trotzdem wäre es schön, sich nicht immer wie der Verlierer zu fühlen. Wie der Ballast, den sie mit sich herumschleppen. Weil ich nichts zum Team beitrage und sie trotzdem Loyalität zeigen wollen.

»Das war total abgefahren«, sagt Ophelia zu mir, als ich zum vorderen Teil des Bootes gehe. »So etwas habe ich noch nie gesehen.«

»Danke.« Ich schenke ihr ein Lächeln, obwohl ich weiß, dass sie mich nur aufmuntern will.

»Äh, sicher hast du das«, sagt Z zu ihr, während er mich angrinst. »Ich glaube, du hast mich schon mal in einer Halfpipe gesehen.«

Sie verdreht die Augen. »Natürlich, Baby. Und du hast auch einen größeren Penis.«

»Hey!«, krächze ich gespielt empört. »Das scheint mir ein wenig voreingenommen, wenn man bedenkt, dass du die Ware noch nicht gesehen hast.«

»Lust, das zu ändern?«, fragt sie mit hochgezogenen Brauen. Aber sie ist schon lange genug Zs Mädchen, dass ich weiß, das ist nur Maulheldentum von ihr.

Ich greife zum Bund meiner Boardshorts. »Klar …«

»Nein!« Z steht abrupt auf und schnappt sich Ophelia. »Nein, tut sie nicht.« Er hebt sie auf die Arme und marschiert rüber zur Seite des Bootes, während ich auf den frei gewordenen Fahrersitz schlüpfe.

»Willst du es mal versuchen?«, rufe ich ihm zu, aber statt zu antworten, steigt er einfach auf die Sitzbank im Heck des Bootes.

»Wage es ja nicht«, kreischt Ophelia. »Ich meine es ernst, Z! Du lässt das besser …« Ihr Schrei wird abrupt unterbrochen, als er ins Wasser springt, sie immer noch in den Armen haltend.

Ich schaue zu Ash, der nur den Kopf schüttelt, als würde er sich fragen: *Wann wird sie es endlich lernen?* Ich weiß, was er meint. Z fordert so ziemlich alles heraus, und ihm zu sagen, dass er etwas nicht tun soll, ist ein todsicherer Weg, ihn dazu zu bringen, dass er genau das tut.

Logan und Cam sind fast schon hysterisch, so heftig lachen sie, und als ich ins Wasser zu Ophelia sehe – die immer noch so geschockt ist, dass sie den Mund auf- und zuklappt wie ein Fisch –, kann ich es ihnen nicht verdenken. Vor allem, als sie endlich zur Besinnung kommt und auf Z einzuschlagen beginnt, der genauso heftig lacht wie die anderen beiden.

Tansy blickt zwischen ihnen allen hin und her, als wären sie nicht mehr ganz nüchtern. Aber als Ophelia endlich aufhört, auf Z einzuprügeln, lehnt sich Tansy über den Bootsrand und ruft: »Hier. Ich helfe dir hoch.«

Ash geht zu ihr – um ihr zu helfen, da bin ich mir sicher. Tansy ist nicht annähernd so zerbrechlich, wie sie es war, als wir sie vor ein paar Monaten zum ersten Mal trafen und sie gerade eine Chemotherapie hinter sich hatte, aber Ash neigt immer noch dazu, sie wie Glas zu behandeln. Doch bevor er sie erreichen kann, packt Ophelia ihre Hand und zieht.

Tansys einziger Protest ist ein erstauntes kleines Quietschen, und dann stürzt sie kopfüber in den See. Ash hechtet auf sie zu, verfehlt sie und fällt ihr hinterher.

Inzwischen lachen Cam und Logan so heftig, dass ihnen praktisch die Tränen kommen, und ich bin nicht weit davon entfernt. Vor allem, als Ophelia auf Zs Rücken springt und versucht, ihn unterzutauchen.

Völlig selbstverständlich sehe ich zu Cam, um ihren Blick aufzufangen und den Witz mit ihr zu teilen. Zumindest, bis ich mich daran erinnere, dass wir das nicht mehr tun. Wir tun gar nichts mehr. Also schaue ich stattdessen zu Logan, und da sehe ich es. Die Wehmut. Den Neid. Er sagt es nicht – der Junge sagt es nie –, aber ich weiß, dass er es vermisst, einfach aus dem Boot springen zu können, ohne darüber nachzudenken. Einfach tun zu können, was er will, anstatt jede Kleinigkeit im Voraus planen und mit Ash besprechen zu müssen, der, wie wir bereits festgestellt haben, ein großes Beschützerinstinkt-Problem hat, was die Menschen betrifft, die er liebt.

Das Boot hat angehalten, aber ich stelle die Zündung ganz ab, bevor ich aus dem Fahrersitz klettere und zu Logan gehe. Ich hebe ihn mühelos auf – er mag zwar groß sein, aber er ist auch sehr schlaksig – und werfe ihn mir über die Schulter. »Halt die Luft an«, warne ich, dann springe ich vom Heck des Bootes, ohne abzuwarten, ob er der Anweisung folgt. Es ist genau das, was ich vor einem Jahr, vor dem Unfall, getan hätte, und obwohl sich ein kleiner Teil von mir fragt, ob das wirklich in Ordnung ist, bringe ich ihn zum Schweigen. Abgesehen von der Lähmung ist er völlig geheilt. So gut in Form wie jeder andere vierzehnjährige Junge. Also Scheiß drauf. Er hat es auch verdient, Spaß zu haben.

Ich halte ihn fest, bis wir wieder auftauchen, und vergewissere mich dann, dass er sich mithilfe seiner Arme über Wasser halten kann – was ihm sehr gut gelingt, trotz der Tatsache, dass er immer noch lacht. Erst danach schaue ich zu Ash, in der Erwartung, dass er mich anmotzt. Was okay ist. Ich weiß, wie er tickt, und bin darauf vorbereitet. Doch als sich unsere Blicke treffen, sind seine Augen von etwas erfüllt, das so ähnlich aussieht wie – Scham.

Ich werfe ihm einen fragenden Blick zu, aber er schüttelt nur den Kopf. Formt mit den Lippen lautlos »Danke« und schwimmt dann herüber, um seinen Bruder ein zweites Mal unterzutauchen.

Cam gesellt sich nach ein paar Minuten zu uns, und obwohl ich weiß, dass es total masochistisch ist, kann ich mich nicht zurückhalten, hinter sie zu schwimmen. Meine Hände an die seidige Haut ihrer Taille zu legen.

»Hey, nicht …«, sagt sie lachend und dreht sich um, um zu sehen, wer von uns sie untertauchen will.

Aber sie unterzutauchen, ist das Letzte, woran ich denke – auch wenn das anfangs ein vager Plan von mir war –, und als ihr überraschter Blick auf meinen trifft, drücke ich sie nicht runter, bis sie unter Wasser ist. Ich ziehe mich aber auch nicht zurück. Stattdessen bleibe ich genau da, wo ich bin, die Hände leicht an ihren

Hüften, während meine Daumen sanft über ihre harten, flachen Bauchmuskeln streichen.

Ihre grünen Augen sind riesig, als sie mich betrachtet, und dann lächelt sie ein wenig bebend. »Hi.« Es ist beinahe ein Flüstern.

»Hi«, antworte ich. Es ist das erste Wort, das ich seit Wochen zu ihr gesagt habe und das nicht nur Show ist.

Ich setze an, mehr zu sagen – obwohl ich keine Ahnung habe, welche Worte aus meinem Mund kommen werden –, aber bevor ich das tun kann, packt Tansy sie an den Schultern und drückt Cam runter, heftig.

Wir sind beide so überrascht, dass wir es einfach geschehen lassen, ohne jeglichen Widerstand. Und als Cam wieder auftaucht, ein gutes Stück entfernt, ist dieser eine Moment zwischen uns verloren – was auch immer das war.

Wir bleiben noch ein wenig länger draußen, schwimmen und albern herum. Es ist die beste Zeit, die ich seit Langem hatte – auf jeden Fall die entspannteste –, und irgendwie wünsche ich mir, dass es ewig so weitergeht. Aber selbst während ich herumalbere, behalte ich Logan im Auge und merke trotz seines tapferen Lächelns, dass er müde wird.

Ich will kein großes Ding draus machen, und ich will ganz sicher nicht, dass Ash es mitbekommt, weil der nämlich gleich ein *Riesen*ding daraus machen würde, selbst wenn er versuchen würde, subtil vorzugehen. Das würde Logan nur wütend machen, und das wiederum würde uns allen den Tag ziemlich schnell vermiesen – was schade wäre. Ich will nicht, dass alles ruiniert wird. Also schwimme ich ruhig zu Logan hinüber und remple ihn mit der Schulter an. Er nimmt die angebotene Unterstützung an, ohne dass ich noch etwas sagen muss, und schlingt die dünnen Arme von hinten um meinen Hals.

»Soll ich dich zurück zum Boot mitnehmen?«, frage ich ihn, weil ich ihm die Entscheidung nicht aus der Hand nehmen will. Wenn er sich nur ein paar Minuten hier festhalten will, um wieder zu Atem zu kommen, ist das für mich auch in Ordnung.

Aber er nickt sofort, sagt »Gern!«, und da weiß ich, dass er noch müder sein muss, als ich dachte.

Ich fange an zu schwimmen, und wie sich herausstellt, hat Ash wohl doch aufgepasst, denn innerhalb von Sekunden ist er an meiner linken Seite und schwimmt mit uns mit. Vielleicht bekommt er allmählich wirklich den Dreh raus, seinem Bruder etwas Freiraum zu geben.

Ich schaffe es in wenigen Minuten zurück zum Boot, und als ich reinklettere und Ash und ich Logan ziehend und schiebend aus dem Wasser holen, sind alle anderen direkt hinter uns. Ich überlasse Logan Ashs und Tansys fähigen Händen, rutsche wieder auf den Fahrersitz, und nachdem ich mein Handy mit dem Bordradio gekoppelt habe, um Musik abzuspielen, starte ich den Motor.

»Willst du boarden?«, frage ich Z, als er auf den Sitz neben mir rutscht.

»Nö, ich hab genug. Warum fährst du uns nicht zurück zur Marina, während ich mich ums Essen kümmere?«

Ich nicke, und nachdem ich mich noch einmal vergewissert habe, dass alle an Bord sind, mache ich mich auf den Weg. Z lässt mich nach ein paar Minuten allein, und ein kurzer Blick über die Schulter zeigt mir, dass er die Kühlboxen mit den Lebensmitteln und Getränken auspackt, die wir heute Morgen eingeladen haben.

Wir sind auf halber Strecke über den See, als Cam auf den Sitz neben mir rutscht. »Hab dir was mitgebracht«, sagt sie und hält mir eine kalte Orangenlimonade hin. Mein Lieblingsgetränk.

»Danke«, sage ich, während ich es nehme. Wow, jetzt haben

wir es schon geschafft, sieben ganze unbeaufsichtigte Worte zu wechseln. Das muss ein Rekord für diesen Monat sein.

»Was ist das, was wir da hören? Imagine Dragons?«, fragt sie, nachdem ein paar Minuten in unbehaglichem Schweigen verstrichen sind. »Cool.«

Ich nicke, weil es stimmt. Und weil ich noch nie gut im Small Talk mit Menschen war, die mir etwas bedeuten.

Als Cam merkt, dass ich nicht auf ihre Gesprächseröffnung einsteige, seufzt sie schwer. »Wollen wir das wirklich ewig so machen?«, fragt sie. »Denn es wird langsam wirklich langweilig und unangenehm, und ich hasse es.«

Ich bin ein lächerlich schlechter Lügner – einer der Gründe, warum wir in diesem Schlamassel stecken –, also mache ich mir nicht die Mühe, so zu tun, als wüsste ich nicht, wovon sie spricht. »Was willst du von mir hören, Cam?«

»Irgendwas! Alles! Du bist mein bester Freund, Alter. Ich vermisse es, mit dir zu reden.«

Ja, genau. Ihr bester Freund. Das bin ich. Ich bin dieser Typ, der nie eine Chance hatte, aber zu dumm war, das zu erkennen, bis es zu spät war.

Was für ein verdammter Schlamassel! Trotzdem, es ist nicht ihre Schuld, dass sie nicht auf mich steht, genauso wenig, wie es Zs Schuld ist, dass er nie auf sie stand. Anstatt sie also abblitzen zu lassen, wie es der immer noch verletzte Teil von mir möchte, zwinge ich mich zu einem Lächeln und sage: »Schönes Wetter haben wir.«

»Ach, leck mich doch.« Aber sie entspannt sich ein wenig und ich auch.

Vielleicht wird ja doch noch alles wieder okay.

Wir verbringen den Rest der Fahrt zurück zum Jachthafen

damit, über nichts Wichtiges zu reden – ich zwinge mich, es zu versuchen –, und selbst nachdem wir angelegt haben, scheint sie ihren Platz neben mir nur ungern verlassen zu wollen. Nicht, dass ich da irgendetwas hineininterpretieren würde. Kenn ich, schon mal gemacht, war den Ärger nicht wert. Aber da ich es nicht eilig habe, unsere erste zwanglose Unterhaltung seit Monaten zu beenden – auch wenn ich am Verhungern bin –, stehe ich ebenfalls nicht auf. Zumindest nicht, bis Z sich mein Handy schnappt, um eine andere Playlist auszusuchen.

»Wenn ihr euch nicht bald was zu essen holt, wird nichts mehr da sein«, warnt er uns. »Ich schwöre, Logan könnte eine halbe Kuh verdrücken, wenn wir ihn lassen.«

Cam blickt zu ihm hoch, und auf ihrem Gesicht liegt ein sexy schiefes Lächeln, für das ich töten würde, um damit bedacht zu werden. Diese Erinnerung verdirbt mir die Laune, ich rutsche von meinem Platz und schnappe mir ein Sandwich, auf das ich plötzlich nicht mehr auch nur den geringsten Appetit habe.

Aber ich kann so tun, als ob – darin bin ich schließlich gut –, und bald darauf lümmeln wir quatschend und herumalbernd auf dem Boot verteilt herum. Es dauert nicht lange, bis das Gespräch aufs Snowboarden kommt, denn, mal ehrlich, wann tut es das nicht?

»Also, Mitch hat gestern angerufen«, sagt Z. »Neuer möglicher Sponsor.« Er liegt mit dem Kopf in Ophelias Schoß, und in all den Jahren, seit ich ihn kenne, hat er nie ruhiger oder friedlicher gewirkt. Ich riskiere einen Blick zu Cam, wobei ich mich frage, ob sie das auch sieht. Ob sie merkt, wie gut Ophelia für ihn ist.

Aber sie unterhält sich mit Ash und sieht dabei ziemlich ernst aus, also lehne ich mich ein wenig zurück und blende Z und die anderen aus, während ich zu verstehen versuche, worüber sie reden.

»Natürlich fahren wir zur Freeride World Tour«, sagt Ash mit ungläubiger Miene. »Warum zum Teufel sollten wir das nicht?«

Cams Stimme ist zu leise, als dass ich sie hören könnte, aber wie sie zu mir rüberschaut und dann schuldbewusst zusammenzuckt, als sie merkt, dass ich sie beobachte, verrät mir, dass etwas nicht stimmt. Zumal Ash jetzt den Kopf einzieht und plötzlich ganz still wird.

»Ja«, sagt er nach einer Sekunde. »Wir könnten stattdessen nach Aspen fahren. Auch cool.«

Das Aspen Invitational? Genauso cool wie das Freeride World Tournament? Nicht mal annähernd. Also was ist mit Cam los, dass sie das vorschlägt? Und warum ist Ash damit einverstanden?

Freeride ist sick, Mann. Die besten Boarder fahren die krassesten Berge, machen die coolsten Tricks. Wer zum Teufel will da nicht dabei sein? Klar, für die Mehrheit der Boarder ist es zu schwer, aber … Und da begreife ich Dummkopf, der ich bin, es endlich.

Verdammt!

Sie reden über mich. Über die Tatsache, dass sie denken, ich sei nicht gut genug für die Freeride Tour. Über die Tatsache, dass sie lieber in Aspen bei irgendeinem lausigen Turnier festsitzen, als bei einer der größten Snowboard-Sausen mitzumischen, weil sie denken, dass ich es nicht gebacken kriege.

Vielleicht haben sie recht. Vielleicht kriege ich es nicht gebacken. Streetstyle ist definitiv mehr mein Ding als Backcountry-Pisten. Ich boarde Rails genauso gut wie die besten, und in der Halfpipe kann ich mich normalerweise auch behaupten. Aber Slalom? Oder große Bergabfahrten? Gar nicht meine Stärke.

Wir alle wissen es, also verstehe ich nicht, was die Geheimniskrämerei soll. Oder warum sie plötzlich so wild entschlossen sind, etwas nicht zu tun, nur weil es einen großen Teil der Tour gibt, bei dem ich nicht konkurrieren kann. Außer … Außer sie haben das schon immer so gemacht, und ich war bisher einfach zu dumm, um es zu kapieren.

Verdammt!

Der Gedanke trifft mich hart, macht mich fast fertig. Ich versuche, ihn nicht zuzulassen, mich auf das Positive zu konzentrieren. Vielleicht sollte ich dankbar sein, dass sie so gute Freunde sind und mich nicht zurücklassen wollen. Vielleicht sollte ich dankbar sein, dass sie mich über ihre eigenen Karrieren, ihre eigenen Ziele stellen.

Aber scheiß drauf, Mann. Scheiß auf ihre Schuldgefühle. Und scheiß auf ihren Mangel an Vertrauen. Ich brauche das nicht, und ich will es ganz sicher auch nicht. Ich bin einundzwanzig Jahre alt. Es ist lange her, dass ich einen Babysitter gebraucht habe.

Nicht, dass es darauf ankäme, was ich brauche – oder was ich kann. Es geht nur darum, was sie von mir erwarten, oder sollte ich sagen, was sie *nicht* von mir erwarten? Und dieser Mist wird schnell langweilig.

Aber ich sage nichts. Was gibt es da zu sagen, was nicht zu einem Streit führen würde? Oder noch schlimmer, den ganzen verdammten Tag ruinieren würde? Also halte ich den Mund und versuche, nicht darüber nachzugrübeln. Ich reiße Witze, bringe sie zum Lachen, so, wie sie es von mir erwarten. So, wie ich es immer tue.

Derselbe alte Mist, jeden Tag. Die verdammte Geschichte meines Lebens.

Kapitel 3

CAM

Es gibt Dinge im Leben, deren Anblick man nie mehr vergisst, egal wie sehr man es sich wünscht.

Deinen ersten Horrorfilm.

Blut, das auf den Schnee spritzt, nachdem sich jemand, der dir am Herzen liegt, bei einem schweren Sturz einen schlimmen offenen Bruch zugezogen hat.

Der Junge, den du liebst und der ein anderes Mädchen küsst.

Und jetzt mein Vater, rammelnd auf meiner Mutter – *rammelnd auf meiner lange verschollenen Mutter* – auf dem Wohnzimmersofa. *Mein Vater.*

Plötzlich weiß ich genau, wie sich Ödipus fühlte, als er sich mit diesen Nadeln die Augen ausstach.

In dem verzweifelten Versuch, das Bild meiner Eltern zu verdrängen, die sich auf dem dunkelblauen Sofa winden, kneife ich fest die Augen zu, drehe mich um und taste mich aus dem Zimmer. Aber ich schaffe nur ein, zwei Schritte, bevor ich das Glas in meiner Hand fallen lasse. Es schlägt hart auf dem Holzboden auf und zerspringt in tausend kleine Scherben, während Wasser über die Wände, den Boden, meine nackten Füße und den Saum der

Jeans spritzt, die ich über meinen Bikini gezogen habe, bevor ich vom See aufgebrochen bin.

Scheiße! Was für ein verdammter Schlamassel.

»Nicht bewegen, Cam!«, ruft mein Vater, als er vom Sofa herunterspringt – und von meiner Mutter. *Meiner Mutter.* Schon allein die Worte – schon allein die Tatsache, dass sie da ist – reichen aus, um mich wie wild zur Haustür rennen zu lassen, trotz der Glasscherben, die den Boden um mich herum übersäen.

Der Schmerz hält mich nicht auf, selbst als ich spüre, wie die Splitter in meinen Fuß schneiden. Mit Schmerz kann ich umgehen. Schließlich habe ich gerade den Nachmittag damit verbracht, so viele neue Wakeboard-Tricks zu lernen, dass ich mit Luc mithalten kann, und immer wieder ins Wasser zu knallen, wenn mir die wirklich komplizierten nicht gelangen. Und das alles, während Luc mich trotz unseres kleinen, kurzlebigen Waffenstillstands ansah, als wäre ich etwas, was er von der Unterseite seines Snowboards gekratzt hat.

Ein zerschnittener Fuß ist nicht mal ansatzweise ein Vergleich dazu.

Außerdem will ich unbedingt flüchten, es unbedingt zur Tür schaffen, zu meinem Auto, damit ich von hier verschwinden und so tun kann, als wäre das alles nie passiert.

Ich bin gut darin, so zu tun, als ob – Gott weiß, dass ich genug Übung darin habe.

Schade, dass ich es nicht aus dem Haus schaffe. Gerade als ich nach dem Türknauf greife, trifft die Hand meines Vaters das Holz direkt darüber. Ich bin zwar stark, aber gegen einen Mann, der sein Leben lang körperliche Arbeit verrichtet hat, habe ich keine Chance. Die Tür öffnet sich nicht mal einen Spaltbreit.

»Cam, Schatz, beruhige dich. Setz dich irgendwo hin, und dann mache ich deinen Fuß sauber.«

»Meinem Fuß geht es gut.« Wieder versuche ich, die Tür aufzureißen. Wieder scheitere ich.

»Nein, tut es nicht, Cameron.« Ich versteife mich, als sie zum ersten Mal spricht mit ihrer süßen, butterweichen Stimme, als könnte sie kein Wässerchen trüben. Ich möchte kotzen. Noch schlimmer ist, dass ich weinen möchte.

Wie kann sie immer noch so klingen wie früher? Es ist siebzehn Jahre her, seit ich ihre Stimme das letzte Mal gehört habe, und seitdem hat sich alles verändert – *alles.* Wie kann sie also immer noch genauso klingen wie damals, als ich vier Jahre alt war? Sanft und schwebend, wie Wind, der durch Kiefernzweige säuselt? Und wie – warum – kann ich mich überhaupt daran erinnern? »Geh in die Küche und setz dich hin, damit dein Vater herausfinden kann, wie schlimm der Schnitt ist.«

»Sag mir nicht, was ich tun soll.« Es ist eine reflexartige Reaktion, die Worte purzeln heraus, bevor ich überhaupt weiß, dass ich sie aussprechen werde. Ich bereue sie jedoch nicht – sie hat mir definitiv einen Befehl gegeben, und das ist etwas, worauf sie ihr Recht schon vor langer, langer Zeit aufgegeben hat.

»Cam.« Die Augen meines Vaters verengen sich, und in seiner Stimme liegt eine eindeutige Warnung. »Sprich nicht so mit deiner Mutter.«

»Meiner Mutter?« Ich sehe ihn ungläubig an. »Ich habe keine *Mutter.*«

»Hör auf«, knurrt er mich leise an. »Es hat sie viel Mut gekostet, nach all der Zeit hierher zurückzukommen, und ich werde nicht zulassen, dass du sie respektlos behandelst.«

Einen Moment lang kann ich nichts anderes tun, als ihn anzustarren, mit offenem Mund und wirbelnden Gedanken. Dieser ganze Tag war bisher ein bisschen daneben, als wäre alles und jeder an den Rändern verschwommen. *Aber nach Hause zu kommen und dann das hier? Dass mein Vater diese Frau verteidigt nach dem, was sie getan hat?*

»*Ich* behandle *sie* respektlos?«, gelingt es mir schließlich, aus meiner eng gewordenen Kehle zu pressen. »Sie ist diejenige, die in den Supermarkt gegangen ist, um Eis zu kaufen, und siebzehn Jahre lang nicht zurückgekehrt ist.«

Siebzehn Jahre, neun Monate und sechsundzwanzig Tage, um genau zu sein – nicht, dass ich mitgezählt hätte.

»Hör auf!« Diesmal ist mein Vater derjenige, der Befehle erteilt. »Du benimmst dich wie ein Kind. Eigentlich …«

»Jake, ich glaube, ich werde mal nachsehen, ob ich den Erste-Hilfe-Kasten finde«, unterbricht *sie* ihn.

Er wendet sich mit einem beruhigenden Lächeln zu ihr um. Einem Lächeln, Herrgott noch mal, obwohl sie doch diejenige ist, die ihn mit sieben Kindern und einem Haufen Krankenhausschulden allein gelassen hat. »Danke, Lily. Cam und ich wissen das zu schätzen.«

Nein, das tue ich nicht. Ich schätze überhaupt nichts daran, dass sie hier ist. Ich habe gerade genug Selbstbeherrschung, nicht auch noch damit herauszuplatzen.

Wir sehen beide zu, wie sie weggeht, und als mein Vater sich wieder zu mir umdreht, ist sein Gesicht voller Entschlossenheit. »Ich möchte, dass du dich wegen deiner Mutter beruhigst und versuchst, nett zu ihr zu sein.«

»Nett zu ihr sein? Machst du Witze, verdammt?«

»Nein, mache ich nicht. Sie möchte Zeit mit dir verbringen, um mit dir zu reden, dich kennenzu…«

»Ach ja?«, falle ich ihm ins Wort. »Und woher genau weißt du das?«

»Weil sie es mir gesagt hat.«

»Sie hat es dir gesagt? Wirklich? Wie hat sie das denn geschafft, wenn ihre Zunge fast in deinem Hals gesteckt hat? Ich meine, ernsthaft, Dad.«

Seine Augen werden gefährlich schmal. »Pass bloß auf, Cam.«

»Ich will damit nur sagen, dass mir das ein ungünstiger Zeitpunkt zum Reden zu sein scheint. Außerdem, warum muss *ich* aufpassen? Du kannst doch nicht tatsächlich erwarten, dass ich irgendetwas mit ihr zu tun haben will. Sie war siebzehn Jahre lang weg, ohne auch nur eine verdammte Postkarte zu schicken, und jetzt kommt sie plötzlich zu Besuch und …«

»Es ist kein Besuch.«

Etwas in seinem Tonfall macht mir zu schaffen, lässt meinen Magen sich verkrampfen und meine Handflächen schweißnass werden. »Was soll das bedeuten?«

»Das bedeutet, dass sie und ich uns seit ein paar Wochen darüber unterhalten, wie es am besten weitergehen soll. Sie möchte hier einziehen, um eine Chance zu bekommen, dich und deine Brüder wieder kennenzulernen.«

Ich übergehe die Tatsache, dass er wochenlang mit ihr – mit dem Feind – geredet hat, während ich hier für ihn gekocht und geputzt habe, ohne auch nur irgendetwas davon zu ahnen. Wenn ich mir darüber den Kopf zerbreche, werde ich mich von dem Schmerz unmöglich erholen können. Stattdessen bleibe ich bei meinem Spott. Schließlich ist es viel einfacher, wütend zu sein, als zu leiden.

»Wieder?«, frage ich nach einer langen, ungläubigen Pause. Das passiert gerade nicht wirklich. Das passiert nicht. *Das kann es nicht.* »Wann hat sie uns denn *je* gekannt?«

»Sie ist deine Mutter, und sie gehört hierher, zu dir und deinen Brüdern.«

»Es ist ja nicht so, als wären wir noch kleine Kinder, Dad. Wenn sie wegen uns hier ist, dann ist der Zug für sie irgendwie abgefahren.« Dennoch lässt mich die Entschlossenheit in seinen Augen in Panik geraten. »Du hast doch nicht Ja gesagt, oder? Du hast ihr auf keinen Fall tatsächlich gesagt, dass sie hier wieder einziehen kann.«

»Natürlich habe ich das. Es ist ihr Haus …«

»›Ihr Haus?‹«, äffe ich ihn nach. »Bist du verrückt? Es ist *dein* Haus. Du hast es gebaut. Du hast es bezahlt. Sie ist nur zurück, weil ihr das Glück oder das Geld ausgegangen ist oder wovon sie sich auch immer hat treiben lassen …«

Seine Züge verhärten sich grimmig. »Nimm dich in Acht, Cameron Michelle Bradley. Ich bin bereit, etwas Nachsicht bei dir walten zu lassen, aber …«

»Nachsicht? Du holst *diese Frau* wieder hierher …«

»Deine *Mutter* zieht wieder hier ein.«

»Ich habe es dir schon gesagt. Ich habe keine Mutter.«

Ein Keuchen ertönt hinter ihm, und ich bemerke, dass *sie* jetzt im Eingangsbereich steht. Ich bekomme zum ersten Mal seit fast achtzehn Jahren wieder einen guten Blick auf sie. Und obwohl ich sie verachte, obwohl ich nichts mit ihr zu tun haben will, muss sogar ich zugeben, dass der Versuch, unsere Beziehung zu verleugnen, ziemlich lächerlich ist. Dafür sehen wir uns viel zu ähnlich. Zumindest oberflächlich betrachtet.

Genau wie ich ist sie groß und schlank, hat leuchtend rotes Haar, grüne Augen und ein paar Sommersprossen auf der Nase, die mit meiner identisch ist. Ihre Haut ist genauso blass und weiß wie meine, abgesehen von dem leichten rosa Windbrand auf meinen Wangen. Sogar die Art und Weise, wie sie steht, ist dieselbe – Rücken gerade, Schultern gestrafft, rechte Hüfte ein klein wenig rausgestreckt.

Scheiße! Kein Wunder, dass mein Dad mich manchmal anstarrt, als hätte er einen Geist gesehen. Ich bin eine verdammte Kopie von ihr. Nun, bis auf die Tatsache, dass ich tatsächlich mein Wort halte. Und ich würde mich niemals in diesem geblümten Kleid blicken lassen, das sie trägt. Oder mit diesem ganzen Make-up. Ganz zu schweigen davon, dass ich *niemals* einfach hier auftauchen und erwarten würde, wieder in den Schoß der Familie aufgenommen zu werden. Die Frau hat Nerven, das muss ich ihr lassen. Und ein entsprechendes Ego.

»Entschuldige dich«, presst mein Vater zwischen den Zähnen hervor. »Sofort.«

Der Blick, mit dem ich ihn ansehe, sagt deutlich, dass das nicht passieren wird. Ich werde mich *niemals* bei dieser Frau für *irgendetwas* entschuldigen.

»Sie muss sich nicht entschuldigen …«, setzt sie an.

»Und ob sie das muss! Es ist mir egal, wie alt sie ist. Keine Tochter von mir wird ihre Mutter so respektlos behandeln …«

»Willst du mich verarschen?« Die Worte platzen aus mir heraus, bevor ich überhaupt weiß, dass ich sie sagen werde. »Willst du mich verdammt noch mal verarschen mit diesem *Mutter*-Scheiß? Es ist, als hätte man dich einer Gehirnwäsche oder so was unterzogen. Oder als wolltet ihr mir einen Streich spielen.« Ich schaue mich wild um. »Ist hier irgendwo eine versteckte Kamera?«

Wenn möglich, versteift sich mein Vater noch mehr, und seine Augen weiten sich ungläubig. Nicht, dass ich es ihm verdenken könnte – ich habe nie so mit ihm geredet, nicht mal, als ich in der

Junior High war und eine freche Teenagerklappe einfach dazuzugehören schien. Andererseits hat er auch noch nie so völligen Mist gebaut, also sind wir wohl quitt, schätze ich.

»Cameron …« Bevor er noch etwas sagen kann, mischt *sie* sich ein.

Sie tritt näher – zu nahe, wenn man mich fragt –, legt eine Hand auf seinen Arm und sieht mit einem sanften Lächeln zu ihm hoch. Mir dreht sich der Magen um, als ein antwortendes Lächeln sein Gesicht weicher werden lässt. Gott! Sie ist nur einen kleinen Schritt davon entfernt, den Mann mit ihren verdammten falschen Wimpern anzuklimpern – und er ist nur einen winzigen Schritt davon entfernt, tatsächlich darauf reinzufallen.

»Ist schon gut, Jake. Cameron, bitte«, sagt sie und streckt ihre andere Hand nach mir aus. Ich starre diese Hand an – das ist besser, als ihr Gesicht mit den großen, heuchlerischen Augen und dem falschen, flehenden Gesichtsausdruck anzustarren – und versuche müßig herauszufinden, in welchem Farbton ihre Nägel lackiert sind. Lavendel? Mauve? Flieder? Was auch immer es ist, es passt perfekt zu ihrem Kleid und ihrem Ring und ihrem Pullover *und* ihren hochhackigen Pumps. Für eine Sekunde verblüfft mich diese Erkenntnis. Wie macht sie das nur? Wie macht *irgendeine* Frau das? Sich so perfekt abzustimmen?

Ich betrachte es an den meisten Tagen schon als Sieg, wenn meine Socken zusammenpassen.

Jäh werde ich aus meinen Gedanken und in die Unterhaltung zurückgerissen, als sie fortfährt: »Liebling, ich weiß, dass das ein Schock ist. Ich verstehe, dass du wütend auf mich bist. Du hast jedes Recht dazu. Aber ich hätte wirklich gern eine Chance, mit dir zu reden, die Luft zu klären.«

Liebling? Sie nennt mich jetzt *Liebling*?

»Die Luft zu klären?«, spotte ich. »Solange du keine eindeutigen Beweise dafür hast, dass du vor all den Jahren von Außerirdischen entführt wurdest, bin ich nicht wirklich daran interessiert, irgendetwas zu klären.«

»Cameron, Schatz ...«

»Cam«, fauche ich sie beinahe an. »Mein Name ist *Cam*. Nicht, dass ich erwarten würde, dass du das weißt.«

»Das reicht!«, schreit mein Vater. »Du wirst deine Mutter in meinem Haus nicht so behandeln. Keine Sekunde länger. Solange du unter meinem Dach lebst, wirst du *deiner Mutter* etwas Respekt entgegenbringen.«

»Wie du willst«, sage ich und hebe meinen Rucksack und meine Laufschuhe von dort auf, wo ich sie beim Reinkommen fallen gelassen habe. »Ich verschwinde von hier.«

»Vielleicht ist es das Beste, wenn du dir etwas Zeit nimmst, um dich abzukühlen. Wenn du heute Abend zurückkommst ...«

»Ich komme heute Abend nicht zurück.«

Er seufzt und reibt sich die Augen, als wäre der Umgang mit mir eine gewaltige Herausforderung. »Na schön, Cam. Wenn es das ist, was du willst. Aber irgendwann wirst du hierher zurückkommen müssen ...«

»Da liegst du falsch, Dad. Ich bin einundzwanzig, und der einzige Grund, warum ich noch in diesem Haus wohne, ist, weil ich nicht wollte, dass du hier ganz allein bist, nachdem die Jungs ausgezogen sind. Nach allem, was du für mich getan hast, dachte ich, dass ich dir das schuldig bin. Aber da ich mir keine Sorgen mehr machen muss, dass du allein bist ...«, ich werfe Lily einen spitzen Blick zu, »... werde ich dir nicht mehr auf die Nerven gehen, und ihr zwei könnt mit dem weitermachen, was ihr getan habt, bevor ich euch so unhöflich unterbrochen habe.«

Fest entschlossen, nicht daran zu denken, was genau das war – ich habe schon jetzt das Gefühl, mein Gehirn mit Bleichmittel schrubben zu müssen, auch ohne diesen Albtraum noch einmal zu durchleben –, werfe ich mir den Rucksack über die Schulter, bevor ich zur Haustür hinausgehe. Während ich zu meinem Auto humple, versuche ich die Tatsache zu ignorieren, dass mein Vater dasteht und mir zusieht, wie ich gehe.

Es funktioniert nicht, vor allem, als er schreit: »Du verhältst dich wie ein Kind, Cameron!«

Es kostet mich jedes Quäntchen Willenskraft, nicht zurückzuschreien: *Wenigstens verhalte ich mich nicht wie ein Idiot.*

Wenigstens bin ich nicht auf das verlogene Rührstück hereingefallen, welches ihm diese Frau nach siebzehn Jahren aufgetischt hat.

Wenigstens habe ich nicht eine praktisch völlig Fremde ins Haus gelassen, weil ich nicht mit dem Kopf, sondern mit etwas anderem denke.

Stattdessen werfe ich ein halbherziges Winken über die Schulter – das eher ein »Leck mich« als ein »Schönen Tag noch« ist –, bevor ich in den nagelneuen Jeep steige, den ich als Teil meines letzten Sponsorendeals bekommen habe.

Als ich den Rückwärtsgang einlege und auf die Straße abbiege, weigere ich mich, zurückzublicken.

Kapitel 4

LUC

Ein Date ist das Allerletzte, wozu ich heute Abend in der Stimmung bin. Nachdem ich einen großen Teil des Tages am See verbracht und – vergeblich – versucht habe, die Finger von Cam zu lassen, gibt es keinen Teil von mir, der nicht schmerzhaft pocht. Inklusive meinem Stolz. *Besonders* mein Stolz. Wie sollte es auch anders sein, wenn Cam und Ash so wenig Vertrauen in meine Fähigkeiten haben, dass sie sich zusammentun, um einen Weg zu finden, eines der größten und wichtigsten Snowboard-Turniere der Welt sausen zu lassen.

Ich meine, ja, das letzte Mal, als wir dort waren, habe ich mir bei einer Landung die Zähne durch die Lippen geschlagen und musste mit über hundert Stichen genäht werden. Aber das liegt in der Natur des Sports. So was kann passieren. Ich bin gerade zweiundzwanzig geworden und habe mir schon ungefähr siebzehn Knochen gebrochen. Cam hat sich zwölf gebrochen, Ash und Z jeweils neun. Und größtenteils liegen wir damit tatsächlich noch unter dem Durchschnitt. Einige der Jungs, die ich kenne, haben sich inzwischen locker zwanzig oder dreißig Mal was gebrochen. Und da sind die Gehirnerschütterungen noch gar nicht mitgerechnet.

Das hat noch nie einen von uns davon abgehalten, irgendwo anzutreten. Also, was ist jetzt anders? Warum ist sie so überzeugt, dass ich nicht mithalten kann? Dass ich nicht gut genug bin?

Schon allein der Gedanke macht mich wütend – fast so sehr, wie er mich verletzt. Ich fühle mich wie ein Weichei, das zuzugeben, aber hey? Dass das Mädchen, das ich …

Ich unterbreche mich mitten im Gedanken und weigere mich, ihn weiterzuverfolgen. Dass Cam so sehr an mir zweifelt, nach allem, was wir zusammen erlebt haben? Nach allem, was wir füreinander waren? Das ist verdammt beschissen.

Und es ist nicht so, dass ich sexistisch bin. Ich bin nicht sauer, weil sie besser boarden kann als ich. Verdammt, ich finde es total hammermäßig, wie sie die Halfpipe beherrscht. Wie sie die Beste ist in dem, was sie tut. Ihr dabei zuzusehen, was für Airtime sie kriegt, wie sie Tricks hinlegt, die sonst nur die Top-Jungs schaffen, ist der beste Teil meines Tages. Und wenn ich mich nicht wie ein verdammter Gaffer neben den anderen fühlen würde, wäre alles großartig. Aber so fühle ich mich nun mal. Oder noch schlimmer, wie ein Mitläufer, den sie nur dulden, weil wir schon so gut wie ewig befreundet sind.

Wie soll ich mich sonst fühlen, nachdem Cam so etwas wie heute abgezogen hat? Und nachdem Ash – der verdammte Ash – mitgemacht hat? Ich bin nur froh, dass Z so mit Ophelia beschäftigt war, dass er nicht an der Unterhaltung teilgenommen hat. Wenn er Cam auch noch zugestimmt hätte, wäre ich durchgedreht. Ich muss schon mit den Blicken klarkommen, die die drei tauschen, wenn sie einen Run meistern und ich ihn kaum schaffe. Oder damit, wie Cam immer ein bisschen Mitleid in den Augen hat, nachdem ich mich zum millionsten Mal vom Boden der Halfpipe aufgerappelt habe. Wenn ich mich auch noch mit dem Rest von diesem Mist auseinandersetze … würde ich am liebsten mit der Faust ein Loch in die verdammte Wand schlagen. Ich will von niemandem Mitleid und ganz sicher nicht von ihr.

Meine Laune verschlechtert sich von Sekunde zu Sekunde, was ich einfach nicht gebrauchen kann, wenn man bedenkt, dass mein Date darauf bestanden hat, mich in etwa zwanzig Minuten abzuholen – und das Letzte, worauf sie Bock haben wird, ist, dass ich mir selbst leidtue, weil meine Freunde meine Gefühle verletzt haben.

Gott, ich verwandle mich wirklich in eine weinerliche Heulsuse, oder? Ich meine, Z ist derjenige, der diese ganze Düstere und Grüblerische abzieht und damit durchkommt. Ich bin der Gechillte, der Lustige, der Typ, der immer im Mittelpunkt jeder verdammten Party steht. Da meine Freunde offensichtlich nicht glauben, dass ich boarden kann, sollte ich wenigstens diese Erwartung erfüllen. Wozu bin ich denn sonst gut?

Ich schnappe mir ein Shirt aus dem Schrank, ohne mir auch nur die Mühe zu machen, nachzusehen, welches. Dann gehe ich in die Küche, wo ich mir ein Bier aus dem Kühlschrank nehme und es mit ein paar großen Schlucken austrinke. Schließlich kann ich die Tatsache ebenso gut ausnutzen, dass ich heute Abend nicht derjenige bin, der fährt. Wenn ich genug trinke, kann ich vielleicht für fünf Minuten vergessen, was ich mit angehört habe.

Mein Telefon vibriert mit einer Nachricht – Madison, die mir schreibt, dass sie sich ein wenig verspätet. Es sind zwar nur fünfzehn Minuten, aber ich kann nicht anders, als mich zu fühlen wie ein Häftling im Todestrakt, der gerade einen Aufschub seiner Hinrichtung bekommen hat. Nicht weil es so eine schwere Strafe wäre, mit einem superheißen Schneehäschen auszugehen, vor allem, wenn sie eine ziemlich sichere Sache ist. Sondern weil ich ein paar Minuten – und noch ein paar Drinks – brauche, bevor ich *so ein*

Typ sein kann. So einer, wie sie mich haben will. So einer, wie es alle von mir erwarten.

Ich nehme mir ein weiteres Bier und kippe es nur wenig langsamer runter als das erste. Und frage mich, wann es so verdammt mühsam geworden ist, mit einem hübschen Mädchen auszugehen. Dass ich jede Woche ein neues Mädchen date, ist mein Ding, und das schon seit ein paar Monaten – seit ich mir geschworen habe, nicht mehr mit dem Kopf gegen die Wand zu rennen, sondern mein Leben weiterzuleben. Und normalerweise ist es gut gewesen. Oder zumindest okay. Aber in letzter Zeit ist es nur noch eine weitere Sache in meinem Leben, die beschissen ist. Eine weitere Sache, die mich daran erinnert, dass Cam nicht mir gehört – und dass sie es nie tun wird. Verdammt, der einzige Grund, warum ich Madison neulich nach einem Date gefragt habe, ist, dass ich mir wie ein Vollidiot vorgekommen bin, als ich in der Bar gesessen und versucht habe, Cam unauffällig zu beobachten, während sie versucht hat, Z und Ophelia unauffällig zu beobachten.

Natürlich ist uns das beiden nicht gelungen. Aber das ist nichts Neues.

Scheiß drauf. Ich hebe das T-Shirt auf, das ich mir vorhin geschnappt habe, und ziehe es mir über den Kopf. Selbstmitleid ist verdammt erbärmlich, und da es so aussieht, als wäre ich drauf und dran, diesen Markt zu beherrschen, denke ich, ich sollte aufhören, solange ich noch kann.

Ich bin gerade mit dem Zähneputzen fertig, als es an der Tür klopft. Ein kurzer Blick auf mein Handy verrät mir, dass Madison früh dran ist. Aber als ich die Tür öffne, ist es nicht Madison, die da steht. Es ist Cam.

Eine Sekunde lang sage ich gar nichts. Stattdessen starre ich sie einfach nur an, betrachte ihre verrückten roten Locken, ihre stechend grünen Augen, die leichten Sommersprossen auf ihrer Nase, die immer dann auftauchen, wenn sie zu lange in der Sonne war. Ich weiß, dass ich sie anstarre, aber ich kann nicht anders. Egal, wie wütend ich auf sie bin, ich kann das Offensichtliche nicht ignorieren. Sie ist wunderschön. Unglaublich tough, aber so verdammt schön, dass es mich schmerzt.

»Hi«, sagt sie, als ich sie nicht sofort begrüße. »Bist du beschäftigt?«

»Nein.« Ein Teil von mir möchte ihr die Tür vor der Nase zuschlagen, aber so einer bin ich nicht. Wenn ich das wäre, würde sie mich vielleicht mehr mögen. Aber das kriege ich nicht hin. Anstatt sie also auszusperren, öffne ich die Tür ein wenig weiter und trete zur Seite, damit sie hereinkommen kann, wenn sie will.

Sie tut es. Aber als sie über die Schwelle tritt, bemerke ich, dass sie ein wenig humpelt. Ein kurzer Blick auf ihre Füße – ihre nackten Füße – verrät mir, dass es daran liegt, dass sie blutet.

Was zum Teufel …?

»Hey.« Ich strecke die Hand aus und lege sie an ihren Ellbogen. Das lässt sie wie angewurzelt stehen bleiben, genau wie ich es beabsichtigt habe. Vor heute Nachmittag haben wir uns monatelang nicht einmal mehr zufällig berührt – eine bewusste Entscheidung ihrerseits, bei der ich keine andere Wahl hatte, als mich zu fügen –, und die Tatsache, dass ich diese unausgesprochene Regel zwischen uns heute schon zum zweiten Mal breche, zieht ihre Aufmerksamkeit auf sich, wie es nichts anderes könnte. »Was ist mit dir passiert?«

Sie zuckt mit den Schultern. »Nur ein paar Glasscherben. Keine große Sache.«

»Glasscherben?« Ich schaue nach draußen, sehe aber nichts. »Auf meiner Veranda?«

»Bei mir zu Hause.«

Jetzt bin ich noch verwirrter. »Und du bist den ganzen Weg hierhergefahren, ohne vorher deinen Fuß zu verarzten?«

Sie zuckt mit den Schultern, und zum ersten Mal fällt mir auf, wie blass sie ist. Wie erschüttert sie wirkt. Ich möchte Antworten verlangen, herausfinden, was – oder wer – sie so durcheinandergebracht hat, aber ich bin schon lange genug mit ihr befreundet, um zu wissen, dass sie einfach dichtmachen wird, wenn ich das tue. Cam lässt sich nicht drängen – die einzige Möglichkeit, mehr herauszufinden, ist, darauf zu warten, dass sie es mir von sich aus erzählt.

Also beiße ich mir auf die Zunge und schlucke die Fragen – und meine Wut – wieder runter. Aber nur weil ich sie nicht dränge und nur weil ich sauer bin, heißt das nicht, dass ich ihr dabei zusehen werde, wie sie bei jedem Schritt über meinen Parkettboden zusammenzuckt.

Ohne ihr eine Vorwarnung zu geben – oder eine Chance, um zu protestieren –, nehme ich sie auf die Arme und trage sie durch den Eingangsbereich und den Flur entlang in meine Küche. Sie wehrt sich nicht, was ein Beweis dafür ist, wie stark ihre Schmerzen sind. Cam ist nicht die Sorte Mädchen, die sich von einem Kerl von den Füßen reißen lässt. Gott weiß, dass ich genau das versucht habe, seit wir in der neunten Klasse waren.

Nachdem ich sie auf dem Küchentisch abgesetzt habe, greife ich nach dem behelfsmäßigen Erste-Hilfe-Kasten, den ich im Schrank neben der Spüle aufbewahre. Jeder Snowboarder hat einen, ein Sammelsurium bevorzugter Behandlungen von Prellungen, Verstauchungen, Schnitten und den unzähligen anderen Verletzungen, die der Sport mit sich bringt. Meiner ist wahrscheinlich besser bestückt als die meisten anderen, denn ich habe so ziemlich jede kleinere Verletzung erlitten, die sich ein Snowboarder zuziehen kann – und auch eine Reihe größerer. Das gehört dazu, wenn man versucht, mit drei der besten Boarder der Welt mitzuhalten.

Ich verdränge diesen Gedanken, da er mich nur wieder zu dem zurückführt, was heute auf dem See passiert ist. Mit Cam hier in meiner Wohnung, offensichtlich verletzt, offensichtlich aufgebracht, ist das der letzte Gedankengang, den ich mir erlauben kann. Ein Blick auf die Uhr verrät mir, dass Madison jeden Moment herkommt. Was – nein – einfach nicht passieren wird.

Ich schnappe mir mein Handy und schicke ihr eine kurze Nachricht, dass etwas dazwischengekommen ist und ich absagen muss. Klar, das ist mies, aber Cam ist hier, und das ist alles. Mieser Zug hin oder her, eine Verabredung mit einer Fremden einzuhalten, wenn meine beste Freundin mich braucht, geht einfach nicht. Schon gar nicht, wenn es das Letzte ist, was ich jetzt tun will – eine Gelegenheit, Zeit mit Cam zu verbringen, gegen ein Date mit einem Mädchen einzutauschen, das mir scheißegal ist.

Ihre Antwort kommt, noch bevor ich das Wasserstoffperoxid öffnen kann, und sie ist so sauer, wie ich es erwartet hatte. Achselzuckend stecke ich das Handy zurück in meine Tasche und drehe mich mit der Desinfektionsmittelflasche in der einen und einem Bündel steriler Mullbinden in der anderen Hand zu Cam um.

»Lass mich deinen Fuß sehen.«

»Ich kann das selbst machen, Luc. Das ist keine große Sache …«

»Lass. Mich. Deinen. Fuß. Sehen.«

Sie starrt mich eine Minute lang finster an, aber ich starre nur finster zurück. Cam mag zwar stur sein – als einziges Mädchen mit sechs älteren Brüdern aufzuwachsen, ist praktisch die Garantie dafür –, aber ich bin genauso stur. Vor allem, wenn es um ihr Wohlbefinden geht. Irgendjemand muss das ja im Auge haben.

Sie weiß es auch, denn ihr Protest ist bestenfalls halbherzig. Beinahe sofort streckt sie mir die Zunge raus, während sie mir gleichzeitig den Fuß hinhält.

Ich versuche, einen Blick auf den Schaden zu werfen, aber sie sieht furchtbar aus. Ihr Fuß ist völlig blutverschmiert – an der Fußsohle, zwischen den Zehen, sogar an der Oberseite. Einiges davon ist inzwischen getrocknet, aber da ist ein langer, gezackter Schnitt über ihrem Fußballen, der immer noch träge blutet. Mit einem Fluch hole ich ein sauberes Handtuch aus der Schublade und halte es unter warmes Wasser. Dann beginne ich damit, ihren Fuß zu säubern.

Sie zuckt zusammen, aber sie sagt nichts. Ich ebenso wenig. Ich bin zu sehr damit beschäftigt, die Schnittwunden zu zählen – fünf an ihrem rechten Fuß und drei kleinere an ihrem linken. Die meisten sind oberflächlich, aber der Schnitt, der mir zuerst aufgefallen ist, ist so tief, dass er ihr eine Weile wehtun wird.

Was zum Teufel ist mit ihr passiert?

Ich nehme mir Zeit beim Waschen, dann desinfiziere ich jede einzelne Wunde. Aber es stecken immer noch ein paar vereinzelte Glassplitter in ihrer Haut, und ich muss sie mit einer Pinzette herausziehen – etwas, was nicht gerade ein Vergnügen ist, für keinen von uns beiden. Cam behält ihre stoische Miene bei – natürlich –, aber dass ihr Fuß unwillkürlich zuckt, verrät mir, dass es wehtut. Verdammt! Das Letzte, was ich will, ist, ihr Schmerzen zu bereiten, selbst wenn es ihr langfristig hilft. Und selbst wenn sie mir gegenüber nicht dieselben Gewissensbisse hat.

Nach einer gefühlten Ewigkeit – in Wirklichkeit ist es aber eher eine halbe Stunde – ist sie bandagiert und bereit zum Gehen. Nur versucht sie nicht, irgendwohin zu gehen. Stattdessen sitzt sie einfach nur da auf dem Küchentresen, baumelt mit den Beinen und schaut überall hin, außer zu mir.

Sie hat nicht viel gesagt, während ich ihr die Füße verarztet habe, aber das habe ich auch nicht. Jetzt allerdings hängt das Schweigen zwischen uns wie eine Schneewechte, die beim ersten falschen Wort zu einer Lawine wird und uns unter den Schneemassen ersticken könnte. Ein Gefühl, das in letzter Zeit viel zu alltäglich geworden ist, vor allem, wenn man bedenkt, dass wir für den größten Teil unseres Lebens immer füreinander da waren.

Bis ich es verbockt habe und diese eine Sache von ihr angenommen habe, die ich nicht hätte annehmen sollen. Dieser eine Fehler hat alles kaputtgemacht. Restlos. Der heutige Mist macht die Scheiße, die sich zwischen uns aufgetürmt hat, nur noch größer.

Als ich das Schweigen nicht mehr ertragen kann, gehe ich zum Kühlschrank und mache ihn auf. »Willst du ein Bier?«, frage ich, während ich nach einem greife.

»Ja, sicher«, antwortet sie und nimmt die Flasche, die ich ihr hinhalte. »Aber seit wann hast du den Tequila aufgegeben und angefangen, Bier zu trinken?«

»Vor ein paar Monaten, als wir in Chile waren.« Ziemlich genau zu dem Zeitpunkt, als ich beschloss, dass ich es leid war, so zu tun, als wäre ich etwas – jemand –, der ich nicht bin, alles in der vergeblichen Hoffnung, dass Cam mich dann mehr mögen würde. Denn die Wahrheit ist, ich könnte literweise Tequila trinken, einen perfekten Quad Cork 1800 landen, die verdammten X-Games gewinnen, und sie würde mich immer noch nicht so ansehen, wie sie Z ansieht.

»Wirklich? Ist mir nie aufgefallen.«

»Warum sollte es auch?«

Ziemlich schwer, Veränderungen zu bemerken, wenn sie mich kaum noch anschaut. Aber das sage ich nicht. Kein Grund, das Boot zum Schaukeln zu bringen, jetzt, da wir endlich beide wieder an Bord sind.

Sie antwortet nicht. Stattdessen nimmt sie einen Schluck von ihrem Bier, bevor sie ein paar Minuten darauf verschwendet, das Etikett von der Flasche zu pulen und wieder überall hinzuschauen, nur nicht zu mir.

Und plötzlich habe ich das alles satt.

Ich habe es satt, mit Cam über nichts mehr reden zu können, obwohl wir doch früher über alles geredet haben.

Ich habe es satt, sie zu ignorieren, wenn alles, was ich wirklich will, ist, sie in die Arme zu ziehen und um den Verstand zu küssen.

Ich habe es satt, so zu tun, als wäre es mir scheißegal, dass sie nicht an mich glaubt, mich nicht respektiert.

Und vor allem habe ich es satt, so zu tun, als wäre alles in Ordnung, obwohl seit Monaten nichts in Ordnung ist.

Ich trinke mein Bier mit einem einzigen langen Schluck aus – ein bisschen falscher Mut hat noch niemandem geschadet – und knalle die Flasche auf die Arbeitsplatte, während ich die Frage stelle, die mir seit dem Moment in den Adern brennt, in dem ich die Tür geöffnet und sie auf meiner Veranda vorgefunden habe. »Was machst du hier, Cam?«

»Wie meinst du das?« Sie ist so erschrocken über die Frage, dass sie vergisst, meinem Blick auszuweichen. Zum ersten Mal, seit sie hier ist, sieht sie mich direkt an, und in der Sekunde, in der ihre moosgrünen Augen in meine blicken, weiß ich, dass es hier um viel mehr geht als um ihre blutigen Füße und unsere Vergangenheit.

»Du hast die letzten vier Monate damit verbracht, mir aus dem Weg zu gehen …«

»Du bist mir aus dem Weg gegangen!«

»Ich werde es jetzt einfach mal ›einvernehmlich‹ nennen. Und das ist in Ordnung. Ich verstehe das. Aber plötzlich tauchst du in meiner Wohnung auf, siehst geschockt aus, und deine Füße sind total zerschnitten. Ich wäre ein Idiot oder ein Arschloch, wenn ich nicht wüsste, dass da etwas gewaltig nicht stimmt. Also, was ist los? Was ist passiert? Ist es …«

Ich bremse mich, bevor ich seinen Namen ausspreche und alles zwischen uns noch tausendmal schlimmer mache. Denn Cams Gefühle für Z sind womöglich das einzige Thema, das noch empfindlicher ist als meine Gefühle für sie.

»Meine Mom ist wieder da.« Die Worte platzen aus ihr heraus, und ich bin mir nicht sicher, wer von uns beiden schockierter darüber ist.

»Deine Mom?«, wiederhole ich ungläubig. »Seit wann?«

»Seit heute Abend. Oder vielleicht schon vorher, ich weiß es nicht. Ich weiß nur, als ich heute Abend nach Hause kam, schien es, als hätten sie und mein Vater die Dinge geklärt.«

»Die Dinge – geklärt?« Ich klinge wie ein verdammter Papagei, aber ich kann nicht anders. Ich kann es buchstäblich nicht fassen. »Wie ist das möglich? Er hat seit fast achtzehn Jahren nichts mehr von ihr gehört.«

»Das habe ich ihm auch gesagt. Es scheint keine Rolle zu spielen. Sie ist wieder da, und ich schätze, sie reden schon eine Weile miteinander, weil sie wieder zusammen sind, und wir sollen ab sofort wieder eine große, glückliche Familie sein.«

»Als ob das passieren würde!«

»Das ist so ziemlich genau das, was ich auch gesagt habe«, antwortet sie und hüpft von der Arbeitsplatte herunter. Sie zuckt zusammen, als ihre zerschundenen Füße den Boden berühren, und stolpert.

Ich greife nach ihr, um sie zu stützen, eine Hand um ihren Ellbogen und die andere an ihrer Taille. In der Sekunde, in der ich sie berühre, weiß ich, dass es ein Fehler ist, dass ich es am Ende bereuen werde. Aber es ist vier Monate her, seit ich sie gehalten habe, vier Monate, seit ich ihren langen, geschmeidigen Körper eng an meinem gespürt habe, und obwohl ich weiß, dass ich es sollte, kann ich mich nicht dazu zwingen, sie loszulassen. Kann meine Hände nicht zwingen, zu kooperieren, oder meine Finger, sich von ihr zu lösen.

Bilder bombardieren mich, von Cam, nackt und ausgebreitet unter mir.

Von ihren Locken, die um meine Finger, und ihren Beinen, die um meine Taille geschlungen sind.

Von ihren harten Brustwarzen zwischen meinen Fingern und ihrer Pussy an meinem Mund.

Ein paar unendliche Sekunden lang muss ich mich heftig zusammenreißen, sie nicht an mich zu ziehen. Meine Lippen nicht auf ihre zu pressen. Es ist so lange her, und ich habe so viele Stunden damit verbracht, mich daran zu erinnern, wie es war, in ihr zu sein, dass die Versuchung beinahe zu groß ist, um ihr zu widerstehen.

Ich sehe sie an und weiß, dass auch sie sich erinnert. Ich weiß, dass genau hier, genau jetzt, diese eine Nacht für sie ebenso real ist wie für mich.

»Cam«, raune ich ihren Namen, während meine Finger sanft über die zarte Haut ihrer Armbeuge streichen.

Ihr Atem stockt, und sie schwankt auf ihren Füßen. Lehnt sich zu mir.

Plötzlich ist die Luft zwischen uns elektrisch geladen, mit Erinnerungen, die ich nicht verdrängen will, und für einen Moment, nur einen Moment, vergesse ich den heutigen Nachmittag. Ich vergesse ihr Mitleid, vergesse die Tatsache, dass sie mich nicht für gut genug hält. Vergesse sogar, dass ich ein schlechter Ersatz für den Mann bin, den sie wirklich will.

Ich schiebe das alles beiseite. Ich lege meine Hand an ihren Hinterkopf und dränge sie ein wenig näher zu mir. Obwohl ich weiß, dass es ein Fehler ist, obwohl ich weiß, dass es mich am Ende alles kosten wird, flüstere ich ihren Namen. Beobachte, wie ihre Augen sich weiten. Und dann küsse ich sie so, wie ich es seit Monaten sehnlichst will.

Wie ich es sehnlichst will, seit ich verdammte vierzehn Jahre alt war.

Kapitel 5

CAM

Es gibt ungefähr eine Million und fünf Gründe, warum das eine schlechte Idee ist, aber es fällt mir schwer, mich um irgendeinen davon zu scheren, wenn es sich so gut anfühlt. Wenn *er* sich so gut anfühlt.

Wir waren beide betrunken, als er mich das letzte Mal berührte, also habe ich nur noch Erinnerungsfetzen an unsere gemeinsame Nacht. Erinnerungsfetzen, die dunkel und intensiv und heiß sind – so heiß, dass ich mir seit Monaten einrede, ich würde mich falsch erinnern, und es könnte sich unmöglich irgendetwas so fantastisch anfühlen, wie es diese Erinnerungen vermuten lassen. Aber als Luc mich küsst, als er sich über meine Unterlippe und langsam, langsam, langsam in meinen Mund leckt, wird mir klar, dass ich mich geirrt habe. Es ist nicht so, dass ich mich an zu viel von dieser Nacht erinnert habe – es ist so, dass ich mich nicht an genug erinnert habe. Denn selbst diese gestohlenen Momente blinden Vergnügens lassen sich nicht mit der tiefen, berauschenden Intensität seines Mundes auf meinem vergleichen.

Anstatt mich ihm also zu entziehen – anstatt ihn wegzustoßen –, schlinge ich die Arme um seine Schultern. Ich neige den

Kopf, um ihm besseren Zugang zu gewähren. Dränge mich an die lange, schlanke Härte seines Körpers. Und genieße das Erschauern, das er nicht einmal zu verbergen versucht.

Erneut finde ich seinen Mund und knabbere an seiner Unterlippe, bevor ich sie sanft in meinen Mund sauge, um den Schmerz zu lindern. Daraufhin stöhnt er ein wenig und umfasst meinen Hintern, während er an meinen Lippen murmelt:

»Was machen wir hier?«

»Was immer wir wollen.«

Ich ziehe an seinem Shirt, befreie es von seiner Jeans, damit ich mit den Händen über die straffen, festen Muskeln seines Rückens gleiten kann. Ich habe immer wieder an sie gedacht, seit ich ihn heute Morgen mit nacktem Oberkörper auf dem See gesehen habe.

Es muss die richtige Antwort sein, denn es ist, als würde sich ein Schalter in ihm umlegen. Innerhalb von zwei Sekunden wechselt er von sanft zu verdammt heiß – und nimmt mich dabei mit.

Seine Hände – groß, hart, schwielig – umfassen mein Gesicht, neigen meinen Kopf hierhin und dorthin, während er meinen Mund plündert. Ich öffne mich für ihn, wie er es will, wie er es verlangt, und er stöhnt anerkennend, während er leckt und saugt und beißt, meine Lippen, meine Zunge, die Innenseite meiner Wange.

Es treibt mich eine Stufe höher, lässt meine Brustwarzen steif werden.

Lässt meinen Körper sich sehnen.

Lässt meinen Verstand leer werden, sodass ich nicht nachdenken, mir keine Sorgen machen, nichts tun muss, außer zu *fühlen.*

Und es fühlt sich so gut an.

»Luc.« Sein Name entreißt sich mir, während ich mich an ihn klammere, an ihm zerre, mich ihm entgegenwölbe, in dem verzweifelten Bedürfnis, ihm noch näher zu kommen.

Seine einzige Antwort ist eine Hand, die in meine Haare greift und meinen Kopf so scharf zurückzieht, dass ich nach Luft schnappe. Dass ich Sterne sehe. Oder vielleicht kommt das nur davon, wie sich sein Mund an meinem Hals festsaugt.

Erneut sage ich seinen Namen, und dieses Mal ist es eine Bitte, ein Gebet, ein Versprechen. Ich klammere mich an ihn, dass sich meine Finger in seine Haut graben. Meine Nägel kratzen über seinen Rücken.

»Ja, verdammt«, knurrt er, während er an meinem Schlüsselbein leckt. »Mach das noch mal.«

Also tue ich es, diesmal noch ein wenig fester, damit er das Brennen meiner Nägel auf seiner Haut spürt. Er flucht wieder und beißt fest genug in meinen Hals, dass er einen Abdruck hinterlässt. Und dieses Mal tut er nichts, um den Schmerz zu lindern.

Stattdessen dreht er mich herum und rammt meine Hüften an die Küchenzeile. Packt mein Tanktop und reißt es mir über den Kopf. Er wirft es hinter sich, und dann sind seine Hände auf meinen Brüsten, seine Daumen auf meinen Brustwarzen.

»Luc. O mein Gott, Luc.« Es ist ein atemloses Keuchen, ein Hilferuf, ein zitterndes Mantra, das ich immer und immer wieder wiederhole, während er seinen Mund genau an der Stelle festsaugt, wo mein Hals in meine Schulter übergeht, und gleichzeitig meine Brustwarzen zwischen Daumen und Zeigefingern kneift.

»Ich hab dich, Baby«, sagt er. Und dann beißt er mich ein zweites Mal, ein kleiner, scharfer Schmerz, der Lust durch mich hindurchschießen lässt wie eine Sternschnuppe – hell und heiß und schön.

Meine Knie zittern – sie zittern buchstäblich –, und ich packe haltsuchend die Arbeitsplatte. Lehne mich dagegen, falls meine Beine tatsächlich nachgeben sollten. Dabei drücke ich den Po nach hinten, direkt an seinen Schwanz. Er stöhnt, flucht, und dieses Mal bin ich mir ziemlich sicher, dass ich nicht die Einzige bin, die Sterne sieht.

»Fuck, fuck, fuck!« Seine Hände wandern zu meiner Jeans, fummeln am Knopf. Am Reißverschluss. Er hakt die Finger in den Bund, fängt an, sie herunterzuziehen, sie auszuziehen, doch dann hört er auf, bevor er sie auch nur über meine Hüften gestreift hat.

»Was – warum?«

Ich greife nach seiner Hand, versuche, sie wieder zu meinen Hüften zurückzuführen, aber er streicht an meinem Rücken hoch und vergräbt die Finger in meinem Haar. Dann zieht er meinen Kopf nach hinten und zur Seite, damit er mein Gesicht sehen kann. Meine Augen.

»Ist das okay?«, fragt er, dabei strömt sein Atem heiß über meine erhitzte Wange. »Ist es das, was du willst?«

Als ich in seine warmen braunen Augen blicke – die in diesem Moment so dunkel schimmern, dass sie fast schwarz sind –, kann ich mein eigenes Verlangen, mein eigenes Bedürfnis darin widergespiegelt sehen. So wie ich seine Entschlossenheit bemerke, eine Antwort aus mir herauszubekommen – und seine Bereitschaft, aufzuhören, falls ich auch nur im Geringsten zögere. Denn er ist Luc, und so ist er nun einmal. Er würde mich nie ausnutzen, mich nie zu mehr drängen, als ich geben will.

Das bringt mich nur dazu, ihm noch mehr geben zu wollen.

Ihm alles geben zu wollen.

»Ich will dich«, sage ich ihm. Ich nehme seine Hände, lasse sie über meine Hüften und in meine Jeans gleiten. Er stöhnt leise und tief, während seine Finger lange, quälende Sekunden mit dem oberen Rand meines Höschens spielen. Dann packt er es und zerrt es – mit meiner Jeans – an meinen Beinen runter.

Eines der Hosenbeine verfängt sich an meinem bandagierten Fuß, und er geht auf die Knie. Zieht es behutsam herunter, wobei er darauf achtet, dass nichts über meine Schnittwunden streift. Natürlich tut er das. Weil er Luc ist.

Eine Sekunde, nur eine Sekunde lang, steigen mir dumme Tränen in die Augen. Er ist immer so vorsichtig mit mir, immer so zärtlich, und ich weiß nicht, wie ich damit umgehen soll. Wie ich reagieren soll. Die ganze Welt behandelt mich, als wäre ich aus Titan – tough und hart und unmöglich zu zerbrechen. Sogar meine Familie. Sogar meine besten Freunde. Aber nicht Luc. Nicht jetzt.

Nein, er behandelt mich, als wäre ich weich. Als wäre ich zerbrechlich. Als wäre ich *wichtig*. Und ich weiß nicht, wie ich darauf reagieren soll. Nicht, wenn er erst der zweite Mann ist, mit dem ich je zusammen war, und der erste – Darren – nie auch nur annähernd so auf mich achtgegeben hat.

»Hey.« Lucs Hände umfassen meinen nackten Hintern, und seine Finger streichen in einem Rhythmus über meine Hüften, von dem ich weiß, dass er ihn beruhigend meint, der mich aber nur noch stärker anmacht. »Alles okay?«

»Ja.«

Gott, ja! Alles ist perfekt. Nach dem Tag, den wir hatten, nach der Sonderbarkeit, die so lange zwischen uns geherrscht hat, sollte es das nicht sein. Aber irgendwie, genau hier, genau jetzt, mit Lucs Händen auf meinem Körper und seiner Sorge, die mich überströmt wie süßer Sommerregen, fühlt sich alles genau so an, wie es sein sollte.

Ich greife nach ihm, schlinge den Arm um seinen harten Bizeps und versuche, ihn heranzuziehen, sodass wir Hüfte an Hüfte sind. Ich brenne darauf, ihn in mir zu spüren, und ich will keine Sekunde länger warten.

Aber Luc hat andere Vorstellungen. Er löst sich aus meinem Griff, dann drückt er mit einer Hand gegen meinen unteren Rücken, sodass ich über die Küchenzeile gebeugt bin, meine nackten Brüste auf den kühlen Granit seiner Arbeitsplatte gepresst. Er packt meine Hüften, zieht sie noch ein wenig weiter zu sich. Drückt gegen die Innenseite meiner Oberschenkel, damit ich die Beine weiter spreize.

Und dann sieht er mich einfach nur an für lange, lange Sekunden, die sich wie Minuten anfühlen. Die sich wie Stunden anfühlen. Noch nie habe ich mich so entblößt gefühlt.

Ich bin eine Sportlerin, schon mein ganzes Leben lang. Ich weiß, dass ich einen guten Körper habe, einen starken Körper, mit langen, schlanken Muskeln und straffer, glatter Haut. Normalerweise bin ich stolz auf meinen Körper – auf die Form, in der er ist, und die Tricks, zu denen er in der Lage ist –, aber das ist auf dem Schnee. In der Halfpipe. Hier zu stehen, nackt – mit meinen kleinen Brüsten und schmalen Hüften –, während Luc mich ansieht … Ich habe mich noch nie so unsicher gefühlt. Ich habe den Körper einer Snowboarderin, nicht den eines Schneehäschens, und einen Moment lang habe ich Angst, dass Luc von mir abgestoßen sein könnte, dass er im nüchternen Zustand nicht an mir oder den wenigen Reizen interessiert ist, die ich zu bieten habe.

Darren hat weiß Gott keine Gelegenheit ausgelassen, mir zu sagen, wie unweiblich ich bin.

»Ist«, setze ich an, aber meine Stimme bricht, als ich ihn über meine Schulter hinweg ansehe. Ich räuspere mich, versuche es noch einmal. »Ist etwas nicht in Ordnung?«

»Scheiße, nein.« Er legt seine Hände wieder auf die Rückseite meiner Oberschenkel, und seine Daumen streichen sanft über ihre Innenseiten, während er meine Beine noch ein wenig weiter auseinanderschiebt. »Du bist so schön, Cam. So verdammt schön, dass es mir den Atem raubt.«

O Gott! Seine Worte hallen tief in mir nach. Lassen mich erzittern. Lassen mich feucht werden. Lassen mich begehren.

Alles andere wird fortgespült.

Die beschissene Weise, wie Darren mich behandelt hat. Die Tatsache, dass meine Mutter zurück ist. Die Tatsache, dass mein Vater sie zurückgenommen hat. Die Tatsache, dass die Dinge zwischen Luc und mir so ungeklärt sind, wie sie nur sein können.

Es ist alles fort, alles begraben unter der Lawine des Verlangens, die über mich hereinbricht. »Ich brauche dich«, sage ich zu ihm, und meine Stimme ist so heiser, dass sie kaum wiederzuerkennen ist. »Ich brauche dich, ich brauche dich, ich brauche …«

Mit einem leisen, klagenden Schrei breche ich ab, als er meine Hüften anhebt, bis ich auf den Zehenspitzen stehe, und dann einmal langsam über mein Innerstes leckt.

Meine Knie geben nach, und das Einzige, was mich aufrecht hält, ist die Arbeitsplatte unter mir. Und Lucs Schultern zwischen meinen Beinen.

»Was machst du da?«, gelingt es mir zu keuchen.

Er lacht ein wenig, sein Atem warm und verrucht an meinem Zentrum. »Wenn du das nicht weißt, dann mache ich wohl etwas falsch, schätze ich.«

Er leckt mich erneut, dabei lässt er die Zunge diesmal zwischen meine Schamlippen gleiten und taucht tief in mich ein. Einmal, zweimal, dann immer wieder, während ich mich an die Arbeitsplatte klammere, dass meine Fingerknöchel weiß hervortreten, und darum bete, dass er aufhört. Oder niemals aufhört. Ich kann mich nicht entscheiden. Das hat noch nie jemand mit mir gemacht, und ich hätte nie gedacht, dass es sich so gut anfühlen könnte, egal, was in der *Cosmo* steht. Ich hätte nie gedacht, dass mein ganzer Körper zu einem weiß glühenden, pulsierenden Bündel aus Verlangen, Lust und Verzweiflung werden könnte.

Luc zieht sich ein wenig zurück, und ich wölbe den Rücken, versuche, seinem Mund zu folgen. Wieder lacht er, aber es ist warm und süß und so, so sexy. Dann schiebt er erst einen und dann einen zweiten Finger tief in mich hinein. Ich schnappe nach Luft bei dem Gefühl seiner Finger in mir, bei der Art und Weise, wie er sie krümmt, sodass sie perfekt meinen G-Punkt treffen. Wie er sich nach vorne beugt und über meine Pussy leckt, zwischen seinen Fingern, tief in mir. Lust rast durch mich hindurch wie ein Erdrutsch, reißt mich mit sich, begräbt mich in der überwältigenden Kraft des Ganzen. In der überwältigenden Hitze, die in meinem Blut brennt und sengend jedes meiner Nervenenden entlangzuckt.

Ich schreie seinen Namen heraus und halte mich an dem Klang fest, der in der Luft hängt – halte mich an ihm fest –, während sich mein Orgasmus immer weiter aufbaut. Luc muss es spüren, denn er packt mit seiner freien Hand meine Hüfte und zieht mich hart gegen ihn zurück. Öffnet mich, damit seine Finger tiefer eindringen und seine Zunge meinen Kitzler umkreisen kann.

»Fuck, Luc, ich …«

Er hört nicht mit dem auf, was er tut, um zu antworten, aber seine freie Hand streichelt jetzt meine Hüfte und beruhigt mich, auch wenn meine Hände zittern und meine Gedanken verschwimmen. Und dann macht er etwas mit seiner Zunge, was mich über den Rand schleudert, in Ekstase versetzt, während ich die Kontrolle verliere und wieder und wieder seinen Namen rufe.

Er bleibt währenddessen bei mir, benutzt seinen Mund, seine Hände und seinen Körper, um mich verrückt zu machen. Mich noch höher zu treiben. Das Vergnügen anhalten und anhalten und anhalten zu lassen.

Er bewegt sich nicht, bis es vorbei ist – bis ich nach Atem ringend gegen ihn sacke. Erst dann steht er auf. Erst dann lässt er seine Hose von den Hüften zu Boden fallen. Erst dann presst er sich von den Schultern bis zu den Oberschenkeln von hinten an mich und flüstert mir ins Ohr: »Kannst du mich aufnehmen?«

Ich bin zu trunken vor Lust, um Worte zu formen, also antworte ich ihm auf die einzige Weise, die mir gerade möglich ist. Indem ich die Arme nach hinten zu seinen Hüften bewege, seinen Hintern umfasse und ihn so fest an mich ziehe, wie es nur geht.

Er stöhnt lange und leise und tief. Und dann ist sein Daumen auf meiner immer noch empfindsamen Klit, kreisend, kreisend, kreisend, selbst als er meine Hüften nach hinten neigt. Selbst als er ein Kondom überstreift, das er von Gott weiß woher hat. Selbst als er in mir versinkt.

»Fuck«, flüstert er, und es ist ebenso sehr ein Gebet wie ein Fluch. »Du fühlst dich so gut an.«

»Du auch.« Und das tut er, obwohl er es langsam angehen lässt, mir Zeit gibt, mich auf ihn einzustellen. Aber ich will keine Zeit, ich will mich nicht einstellen. Alles, was ich will, ist, dass er sich in mir bewegt. In mir kommt.

Rastlos bewege ich die Hüften und nehme ihm für lange Augenblicke die Kontrolle ab, indem ich an seinem Schwanz auf- und abgleite. Darren hätte mir das nie durchgehen lassen – er musste immer derjenige sein, der die Kontrolle hatte, selbst wenn er mir wehtat –, aber Luc ist nicht so. Luc stützt einfach die Hände links und rechts von mir auf die Arbeitsplatte, lehnt die Stirn an meinen Rücken. Und lässt mich ihn vögeln, wie ich es so verzweifelt will.

Zumindest für eine kleine Weile. Und dann hält er mich mit

einer Hand auf meiner Hüfte auf. Mit seinem Mund in meinem Nacken. Mit seinen Zähnen, die sanft in meine Haut beißen.

Ich schreie auf, und meine Knie geben unter dem erneuten Ansturm der Lust endgültig nach. »Lass los«, flüstert er mit seinem immer noch feuchten Mund an meiner Haut. »Ich habe dich.«

Und das hat er. O Gott, das hat er. Er bewegt sich jetzt in mir, schneller und schneller. Mit festem Griff seiner Hände, pumpenden Hüften, sein langer, schlanker Körper zittert trotz der eisernen Kontrolle, die er ausübt – oder vielleicht gerade deswegen.

»Luc, bitte. Ich brauche …«

Er stößt fester, leckt über meinen Hals und an meiner Wange hoch. »Nimm dir, was du brauchst, Baby«, sagt er mir mit rauer, angestrengter Stimme.

Es stellt sich heraus, dass das alles ist, was ich brauche – Luc, der mich Baby nennt. Luc, bis zum Zerreißen gespannt. Luc, der mich in diesem Moment genauso sehr braucht, wie ich ihn brauche.

Ich stürze geradewegs über den Rand und von der Klippe. Lust überschwemmt mich, zieht mich runter, reißt mich mit. Und Luc ist bei mir, sein Körper versteift sich. Seine Hände packen meine Hüften fester. Sein Körper zuckt an meinem.

Nichts in meinem Leben – nicht einmal einen Berg im Backcountry runterzuboarden – hat sich je so gut angefühlt. So richtig. Das Gefühl würde mich zu Tode erschrecken, wenn es nicht Luc wäre, der mich hält. Wenn es nicht Luc wäre, der immer noch in mir pulsiert.

Als es vorbei ist – als ich gesättigt und erschöpft an Lucs Seite geschmiegt in seinem Bett liege –, rechne ich damit, sofort einzuschlafen. Trotz der Strapazen, die ich meinem Körper regelmäßig zumute, hat er sich noch nie so ausgelaugt gefühlt.

Aber das ist nicht, was passiert. Luc schlummert neben mir ein, sein Mund an meinem Haar, und ich bleibe zurück und starre an die Decke, während meine Gedanken rasen wegen allem, was heute passiert ist. Dem Bootsausflug mit Luc und Z und Ash. Dass ich nach Hause gekommen bin und festgestellt habe, dass meine lange verschollene Mutter wieder eingezogen ist. Dass ich zu Luc gefahren bin – weil es immer Luc ist, der dafür sorgt, dass ich mich besser fühle – und dass wir den beängstigenden und aufregenden Schritt von Freunden zu Liebenden gemacht haben.

Wenn es das ist, was wir sind. Wenn es das ist, was wir getan haben.

Was haben wir getan?, frage ich mich immer wieder, während Luc neben mir schläft und die Uhr auf seiner Kommode langsam die Minuten bis zum Morgengrauen herunterzählt.

Was tun wir? Und wohin wird uns das führen?

Ich kenne die Antwort auf keine dieser Fragen, genauso wenig, wie ich die Antwort darauf kenne, was mit meiner Familie oder der kommenden Snowboard-Saison passieren wird. Was ich weiß, ist, wenn er mich will – wenn er dieser Sache zwischen uns eine Chance geben will –, dann glaube ich, will ich das auch. Denn mit ihm zusammen zu sein, mit ihm zu reden, ihn zu berühren – mit ihm Liebe zu machen –, hat mich glücklicher zurückgelassen, als ich seit sehr langer Zeit war. Definitiv glücklicher, als ich war, seit das letzte Mal, als wir zusammen waren, alles in eine Landmine verwandelte, die nur darauf wartete zu explodieren. Ich bin nicht bereit, dieses Glück aufzugeben. Nicht bereit, Luc aufzugeben.

Nicht jetzt.

Noch nicht.

Kapitel 6

LUC

Als ich aufwache, bin ich allein – natürlich –, und eine Sekunde lang bin ich nicht einmal in der Lage zu denken. Zu atmen. Einfach nur zu sein.

Aber ich atme, langsam und gleichmäßig. Ein, aus. Ein, aus. Ein, aus.

Ich sage mir, dass es keine Rolle spielt. Ein, aus.

Sage mir, dass es mir egal ist. Ein, aus.

Sage mir, dass ich sowieso genau das erwartet habe. Ein, aus.

Und dann sage ich mir die größte Lüge von allen – dass es mir gut geht. Dass mein Herz verdammt noch mal nicht mitten entzweibricht. Schon wieder.

Schließlich sollte ich mich doch inzwischen daran gewöhnt haben. Das ist genau das, was beim letzten Mal passiert ist. Wir haben uns geliebt. Ich bin eingeschlafen mit dem Gedanken, alles sei in Ordnung – verdammt, alles sei verdammt großartig, wenn ich ehrlich bin –, und dann bin ich aufgewacht, um festzustellen, dass sie sich mitten in der Nacht rausgeschlichen hatte. Schlimmer noch, um festzustellen, dass sie es gehasst hatte, mit mir zusammen zu sein. Dass sie die Tatsache hasste, dass ich sie nackt gesehen hatte, dass ich in ihr gewesen war, dass ich sie hatte kommen lassen.

Warum sollte ich erwarten, dass es dieses Mal anders läuft? Ist das nicht genau die Definition von Wahnsinn? Immer wieder das Gleiche zu tun und ein anderes Ergebnis zu erwarten?

Von wegen.

Meine Augen sind feucht – eine Allergie oder so was –, also wische ich sie schnell trocken und hieve mich aus dem Bett, ohne mir überhaupt die Mühe zu machen, nachzusehen, ob Cams Seite des Bettes noch warm ist. Das wird sie nicht sein, und es ist sowieso egal, ob sie es ist. Sie ist weg, und es hat keinen Sinn, herumzusitzen und deswegen zu jammern. Nicht, wenn ich heute noch haufenweise zu tun habe. Außerdem riecht mein Kissen immer noch nach ihr, und wenn ich nicht aufpasse, wird es das sein, was mich den Verstand verlieren lässt.

Ich schnappe mir ein T-Shirt und eine Jeans aus dem Schrank und werfe sie auf mein Bett. Dann mache ich mich auf den Weg ins Bad, um zu duschen. Vielleicht bringt mich das in eine bessere Stimmung. Und wenn nicht, werde ich vielleicht verdammt noch mal ertrinken.

Ich habe kaum die Badezimmertür erreicht, als ich ein Geräusch von irgendwo aus der Nähe der Küche bemerke. Ich zwinge mich, es zu ignorieren – hallo, Wunschdenken? –, aber dann höre ich Wasser laufen. Gefolgt von dem Geräusch von etwas, das auf den Boden fällt. Heftig.

Plötzlich fühlt es sich gar nicht mehr so sehr nach Wunschdenken an. Entweder ist Cam immer noch hier, oder in meiner Wohnung findet gerade der lauteste Einbruch aller Zeiten statt.

Ich schlüpfe in meine Jeans und haste dann durch den Flur zur Küche, ohne zu wissen, was ich dort vorfinden werde. Viele

Vorstellungen gehen mir durch den Kopf, aber was mich tatsächlich erwartet, ist das Letzte, womit ich je gerechnet hätte. Cam, die mitten in meiner Küche steht, nur mit einem alten Snowboard-T-Shirt von mir bekleidet und mit einer Bratpfanne in der einen und einem Karton Eier in der anderen Hand, während sie auf den Herd starrt.

Sie ist hier. Sie ist immer noch hier.

»Alles okay?«, frage ich, als mein Gehirn sich endlich daran erinnert, wie man Worte formt.

Bei meiner Frage wirbelt sie herum, die Augen weit aufgerissen und die Wangen in einem verdammt umwerfenden Rosaton.

»Es geht mir gut. Ich habe nur versucht …«

Sie gestikuliert wild, und es dauert einen Moment, bis ihre Worte zu mir durchdringen, weil ich zu sehr damit beschäftigt bin, die Art und Weise zu studieren, wie sich die dünne Baumwolle meines T-Shirts an ihre kleinen, hoch angesetzten Brüste und die festen, harten Brustwarzen schmiegt, als dass ich darauf achten könnte, was sie sagt.

Verdammt! Sie sollte ständig meine Sachen tragen. Ich glaube nicht, dass sie je besser ausgesehen hat – und dieses verdammte T-Shirt definitiv noch nie.

»Was versucht?«, frage ich schließlich, nachdem ich mich gezwungen habe, meinen Blick von ihrer Brust loszureißen und mich auf ihr Gesicht zu konzentrieren.

Ich will hier kein Arschloch sein, aber sie muss schon genauer werden. Bei unserer Vergangenheit ist das Letzte, was ich will, ihr Worte in den Mund zu legen. Ich will nichts mutmaßen, was ihr am Ende vielleicht unangenehm ist. Oder mich wie einen noch größeren Idioten aussehen lässt, als ich es ohnehin schon bin.

»Frühstück im Bett für dich zu machen. Aber mir ist die Pfanne auf den Zeh gefallen, und du bist hier statt im Bett und …« Sie verstummt, stößt einen langen und verzweifelten Atemzug aus. »Das war eine dumme Idee.«

»Nein, war es nicht. Es ist …«

Ich bin ein bisschen vorsichtig, als ich näher zu ihr trete und ihr die anstößige Bratpfanne aus der Hand nehme. Dass sie in meiner Küche steht und versucht, *mir* Frühstück zu machen, stand so weit unten auf der Liste dessen, was ich dachte, wie dieser Morgen laufen würde, dass es so gut wie gar nicht auf der Liste stand. Und doch ist sie hier und tut genau das. Und ich habe keine Ahnung, wie ich reagieren soll – oder wie ich mich fühlen soll.

»… nett«, entscheide ich mich schließlich für das fadeste Wort in meinem Wortschatz. »Wirklich nett.«

Schnaubend verdreht sie die Augen. »Ich bin kein Kind. Du brauchst mich nicht zu beschwichtigen.«

»Glaub mir, ich weiß, dass du kein Kind bist.«

Die Worte rutschen mir raus, bevor ich sie aufhalten kann. Ich will mich am liebsten ohrfeigen, aber sie kichert. *Kichert.* Ich wusste nicht einmal, dass das möglich ist – es ist definitiv kein Geräusch, bei dem ich mich daran erinnern könnte, es in den letzten zehn Jahren je von ihr gehört zu haben.

»Bist du hungrig?«, fragt sie und wedelt mit dem Eierkarton vor mir herum.

So hungrig, und das auf so viele Dinge, dass ich gar nicht weiß, wo ich anfangen soll. Aber Essen scheint ebenso gut zu sein wie irgendetwas anderes, also nicke ich.

»Ja, sicher. Was kann ich tun, um dir zu helfen?«

»Nichts. Ich habe jetzt alles unter Kontrolle. Ich verspreche, dass ich die Bratpfanne nicht noch mal fallen lasse …«

»Lass sie ruhig hundertmal fallen«, sage ich ihr, während ich ihr die Pfanne aus der Hand nehme. »Das ist mir völlig egal.« Solange sie bleibt, könnte sie meine ganze Bude in die Luft jagen, und es wäre mir scheißegal.

Ich gehe rüber zum Herd und stelle die Pfanne auf eine der Herdplatten. Dann gebe ich ein Stück von der Butter hinein, die sie offensichtlich vorher schon rausgenommen hat. »Wie wollen wir unsere Eier haben?«

»Als Rührei?«

»Ist das eine Frage oder eine Feststellung?«, will ich schmunzelnd wissen.

»Ach, halt die Klappe.«

Sie schnappt sich einen Pfannenwender und tut so, als würde sie mich damit schlagen.

»Na, da ist ja die Cam, die ich kenne und liebe.«

Scheiße! Ich erstarre, als mir die Worte bewusst werden, und frage mich, ob es wohl zu spät ist, mir den verdammten Mund zuzutackern.

Aber Cam lacht nur.

»Mach du den Kaffee und den Toast«, sagt sie zu mir, nachdem sie sich eine Schüssel genommen hat, um die Eier hineinzuschlagen. »Ich kümmere mich um den Rest.«

Ich tue, was sie sagt, und halte die Unterhaltung leicht, während ich den Kaffee aufsetze und Brot in den Toaster stecke. Ich gebe mein Bestes, meine Stimme gleichmäßig und die Dinge zwischen uns so entspannt wie möglich bleiben zu lassen. Wir sind schon jetzt viel weiter als das letzte Mal, als wir miteinander geschlafen haben – nicht, dass das schwer wäre. Vor allem, da sie weder weint noch mich anbrüllt. Wenn wir jetzt das Frühstück überstehen und sie dann immer noch mit mir redet, werde ich das definitiv als Sieg verbuchen …

Zehn Minuten später hocken wir im Schneidersitz auf meiner Couch – ich habe zwar einen Esstisch, aber ich glaube nicht, dass er mehr als zweimal benutzt wurde, seit ich hier eingezogen bin –, essen Eier und streamen eine alte Folge von *The Walking Dead.* Cams Entscheidung. Ist es da ein Wunder, dass ich verrückt nach diesem Mädchen bin?

»Ich muss dir eine sehr wichtige Frage stellen«, sagt Cam während einer Flaute in der Action.

Ich schaue zu ihr rüber, wo sie gerade Erdbeermarmelade auf ein Stück Toast schmiert. Mein Magen sackt mir in die Kniekehlen, als ich ein sehr vorsichtiges »Klar« antworte.

Sie beißt in den Toast, völlig ahnungslos, dass ich gleich ausflippe und mir das Herz tatsächlich aus der Brust springen könnte, bevor sie fertig gekaut hat. »Also, realistisch betrachtet, wie lange, glaubst du, würdest du in einer Zombie-Apokalypse tatsächlich überleben?«

»Das ist alles?«, will ich wissen. »Das ist deine große Frage?«

Sie zuckt mit den Schultern. »Das ist eine wichtige Frage.«

»Ist es das? Ist es das wirklich?«

»Äh, ja.« Sie deutet auf den Fernseher. »Offensichtlich.«

»Hm, okay.« Ich passe meine Stimmung an und versuche, die Dinge so leicht und spielerisch zu halten, wie sie es anstrebt.

»Also, wie lange würde ich bei einer Zombieinvasion *realistisch betrachtet* überleben?«

Cam bemerkt die Belustigung in meinem Tonfall und verdreht die Augen. »Ja, realistisch betrachtet.« Sie stellt ihren Teller auf den Couchtisch, dann macht sie mit meinem dasselbe. »Nehmen wir an, Salt Lake City wurde von Zombies überrannt und sie sind den Berg rauf nach Park City gekommen. Wie lange, denkst du, würdest du überleben, bevor sie dich erwischen?«

»Nun, das kommt darauf an. Wenn ich hier in meiner Wohnung bin, wahrscheinlich einen Tag. Vielleicht auch zwei. Aber wenn wir bei Z sind, denke ich, können wir uns verschanzen und es verdammt lange schaffen. Der Typ hat in dem Haus alles, außerdem hat er diese riesige Sicherheitsmauer, um die Zombies abzuhalten.«

»Alter, hast du *World War Z* nicht gesehen? Sogar diese mordsmäßige Mauer in Jerusalem konnte sie nicht abhalten. Wie kommst du darauf, dass Zs kleine Mauer das schaffen würde?«

»Mir war nicht klar, dass wir es mit dieser Art von superschnellen Zombies zu tun …« Ich breche ab, als sie sich rittlings auf mich setzt, ihre Knie zu beiden Seiten meiner Hüften und ihre Pussy direkt an meinen Schwanz gepresst. Alle Gedanken an Zombies fliegen aus meinem Hirn, als Cam die Hüften ein wenig wiegt und eine andere Art von Apokalypse in mir losbricht – eine, die einen Haufen der Barrieren einfach zertrümmert, die ich so angestrengt aufrechterhalten habe, seit sie gestern Abend auf meiner Türschwelle aufgetaucht ist.

»Was dachtest du denn, mit welcher Art wir es zu tun haben?«, fragt sie, während sie mir sanfte kleine Küsse auf den Kiefer, das Kinn, meinen Mundwinkel drückt.

Ich drehe den Kopf und versuche, ihre Lippen mit meinen einzufangen, aber sie lehnt sich zurück, knapp außer Reichweite.

Ich packe ihre Hüften, um sie festzuhalten, und stöhne dann fast, als sie sich auf meinem Schoß auf- und absenkt. Verdammt, sie fühlt sich so gut an. Heiß und feucht und offen für mich. Alles, was ich tun muss, ist, meine Jeans zu öffnen, und ich könnte in ihr sein – könnte wieder genau da sein, wo ich in meinen Lieblingsstunden der letzten Nacht war.

Mein Schwanz wird bei dem Gedanken noch härter, was

normalerweise kein Weckruf wäre, aber bei mir – bei Cam – ist er es. Ich denke daran zurück, wie ich mich gefühlt habe, als ich in dem leeren Bett aufgewacht bin. Wie ich mich gefühlt habe, als sie vor ein paar Monaten weglief, nachdem sie mit mir geschlafen hatte. Wie ich mich jedes Mal gefühlt habe, wenn sie mich in den letzten Monaten, in den letzten Jahren, weggestoßen hat. Und ich weiß, ich kann das nicht.

Nicht jetzt. Nicht, ohne die Regeln zu kennen.

Also obwohl es mich fast umbringt, hebe ich sie von meinem Schoß und setze sie neben mir auf die Couch.

Sie sieht verwirrt und mehr als nur ein wenig verletzt aus, was das Letzte ist, was ich will. Aber ich will auch nicht verletzt werden. Zumindest nicht noch mehr, als ich es ohnehin schon sein werde. Ich habe letzte Nacht mit Cam geschlafen, weil ich nicht anders konnte. Weil sie traurig und verletzlich war und ich auch. Aber heute ist eine andere Geschichte. Ich kann einfach nicht ihr Fluchtmittel aus einer schlimmen Situation sein. Ich kann – und werde – nicht zulassen, dass ich mich total in etwas verrenne, nur um dann zuzusehen, wie sie sofort wieder abhaut, sobald sie denkt, dass sie wieder eine Chance bei Z haben könnte.

»Luc? Willst du nicht …«

Sie bricht ab, ohne die Frage zu beenden.

Ich will nicht wie ein totales Weichei aussehen – oder wie ein totaler Mistkerl –, also sage ich: »Ich habe keine Kondome hier draußen.« Das ist die Wahrheit – es ist nur nicht die ganze Wahrheit.

Darauf lächelt sie, ein kleines sexy Lächeln, das mir direkt in den Schwanz schießt. »Ich nehme die Pille. Ich meine, wenn du …«

»Ich bin sauber«, sage ich ihr.

Ich hatte erst vor zwei Wochen meine obligatorische ärztliche Untersuchung, und alles war einwandfrei.

»Ich auch.«

Sie drückt Küsse auf meine Brust, fährt mit ihrer Zunge die Konturen meines Kompass-Tattoos auf dem linken Brustmuskel entlang. Ich spüre, wie ich schwach werde – sie fühlt sich so gut an –, aber dann geht ihr Handyalarm los, bevor ich etwas tun kann, das es noch tausendmal schwieriger machen würde, dem, was auch immer da zwischen uns ist, den Rücken zu kehren.

»Gott, ist es wirklich schon so spät?«, will sie wissen und springt von der Couch auf, um an ihr Handy zu kommen. Sie zuckt zusammen, als ihre verletzten Füße den Boden berühren, aber das hält sie nicht auf, als sie sich unsere Teller vom Couchtisch schnappt, in die Küche rennt und sie in der Spüle abstellt.

»Scheiße, Scheiße, Scheiße! Ich soll in zehn Minuten auf dem Weg nach Salt Lake City sein, und ich hab noch nicht mal geduscht. Scheiße!«

Dann hastet sie halb humpelnd, halb rennend den Flur entlang zu meinem Zimmer und zieht sich dabei mein T-Shirt über den Kopf. »Es macht dir doch nichts aus, wenn ich kurz dusche, oder?«

Ich bin immer noch ein wenig geschockt, weil die Stimmung so schnell umgeschlagen ist, aber ich sage: »Natürlich nicht. Nur zu.«

»Und kann ich mir vielleicht ein paar Klamotten borgen? An meinen Sachen von gestern ist Blut.«

Sie dreht die Dusche auf und tritt unter den, wie ich aus

Erfahrung weiß, eiskalten Wasserstrahl. Sie zuckt nicht einmal mit der Wimper, sondern zieht die Tür der Duschkabine zu und steckt den Kopf unters Wasser.

Diese Frau ist knallhart, wenn sie will.

»Du kannst dir ausborgen, was immer du willst«, sage ich zu ihr. »Aber ich glaube nicht, dass dir etwas passen wird.«

Ich weiß, dass sie schon Sachen von Ash und Z getragen hat, und obwohl sie ihr zu groß sind, schafft sie es, einigermaßen vorzeigbar darin auszusehen. Ich bin mir nicht sicher, ob man das auch von meinen Sachen behaupten kann. Cam ist groß für ein Mädchen – fast eins achtundsiebzig –, aber ich bin eins dreiundneunzig. Und meine Schultern sind viel breiter als die von Z und Ash. Es wäre ein Wunder, wenn ihr meine Klamotten nicht direkt vom Leib fallen würden.

»Ich kann zum Laden laufen und dir etwas holen«, sage ich zu ihr, während sie in der Dusche blind nach meinem Shampoo tastet.

»Dazu ist keine Zeit. Ich muss los.«

»Was ist denn überhaupt so wichtig in Salt Lake City?«

Sie schließt die Augen, hält den Kopf wieder unter die Dusche und beginnt, das Shampoo auszuwaschen. Sie antwortet nicht auf meine Frage.

Plötzlich kommt mir der Gedanke, dass das alles nur gespielt sein könnte. Es könnte ihr Versuch sein, von mir wegzukommen, ohne meine Gefühle zu verletzen.

Schon allein der Gedanke macht mich verdammt sauer, also beschleunige ich die Angelegenheit, indem ich sie nicht mit ihren vagen Aussagen davonkommen lasse. Ich öffne die Tür, greife nach dem Conditioner, als sie gerade auch danach greift, und warte dann, bis ihr Blick meinem begegnet.

»Komm schon, Luc«, sagt sie und versucht, ihn mir abzunehmen. »Ich sollte schon unterwegs sein.«

»Was ist in Salt Lake City?«, wiederhole ich, während ich etwas von dem Conditioner in meine Hand drücke. Ich werfe die Flasche über meine Schulter, wobei ich ignoriere, dass sie vom Waschbecken hinter mir abprallt und mit einem lauten Knall auf die Fliesen fällt.

Sie errötet, kaut mit den Zähnen auf ihrer Unterlippe, schaut weg. Mein Magen krampft sich zusammen, und einen Moment lang bin ich so eifersüchtig, dass ich kaum atmen kann. Ich sage mir, dass ich mich lächerlich verhalte, sage mir, dass Cam auf keinen Fall von meinem Bett direkt zu einem Date mit einem anderen Typen springen würde. Aber die Wahrheit ist, wenn es um Cam geht, habe ich in jedem beliebigen Moment keinerlei Ahnung, was sie tun wird. Besonders in letzter Zeit, und das macht mich wahnsinnig.

Trotz der Eifersucht und des Wahnsinns, die von mir Besitz ergreifen, gelingt es mir, meine zusammengebissenen Kiefer weit genug zu lockern, dass ich – so beiläufig wie möglich – fragen kann: »Heißes Date heute?«

Sie blickt mich an, dabei ist ihr Gesichtsausdruck ein bisschen schockiert und sehr unbehaglich. »Nein, gar nichts dergleichen!«

Die beiläufige, zu hohe Tonlage ihrer Stimme trägt nicht dazu bei, meinen Argwohn zu zerstreuen. »Also, was ist es dann?«, will ich wissen. »Ein Arzttermin? Ein Treffen mit Mitch? Ein …«

»Es ist ein Fotoshooting, okay? Ich habe ein Fotoshooting.« Sie streckt ihre Hand aus. »Jetzt, da du es aus mir herausbekommen hast, kann ich bitte den Conditioner haben?«

»Ein Fotoshooting? Wie ein Model?« Das sind so ziemlich die letzten beiden Worte, die ich je aus Cams Mund zu hören erwartet hätte. Nicht weil sie nicht hübsch genug wäre, um ein Model zu sein, sondern weil sie Cam ist, und sie ist einfach nicht so ein Mädchen. Trotzdem blitzt ein Bild von ihr in meinem Kopf auf – Cam in einem winzigen knappen Höschen und einem Push-up-BH, mit halterlosen Strümpfen an ihren ellenlangen Beinen.

Okay, ja, ich weiß, dass ich ein totaler Perversling bin und dass nicht jedes Fotoshooting für einen Victoria's-Secret-Katalog ist, und trotzdem kann ich nicht anders, als sie mir so vorzustellen. Ich kann nicht anders, als mir vorzustellen, wie sie in einem durchsichtigen kleinen Nachthemdchen aussehen würde, während sie die Beine um meine Taille schlingt und …

»Du brauchst nicht so schockiert auszusehen, weißt du?« Die Verlegenheit ist verschwunden, allerdings wurde sie durch Verärgerung ersetzt. »So hässlich bin ich auch wieder nicht, oder?«

»Natürlich nicht. Du bist wunderschön. Umwerfend. Es ist nur …« Ich breche ab, um nach den richtigen Worten zu suchen. Da ich mir ziemlich sicher bin, dass meine detaillierten Fantasien über sie in einem Paar halterloser Strümpfe nicht in diese Kategorie passen – egal wie heiß diese Fantasien sind –, brauche ich ein paar Sekunden, um mir etwas Vernünftiges einfallen zu lassen. »Das schien einfach nie dein Ding zu sein, weißt du?«, sage ich schließlich. »Aber ich bin sicher, du wirst es rocken. Du bist unglaublich und …«

Sie verdreht die Augen.

»Nicht nötig zu übertreiben, Kumpel. Das lässt dich nur noch unaufrichtiger klingen.«

»Aber ich bin nicht unaufrichtig. Ich meine es total ernst. Du wirst das Shooting sicher reißen, gar kein Zweifel.«

Ich benutze meine Conditioner-freie Hand, um sie aus dem Wasserstrahl zu führen und umzudrehen, sodass sie von mir abgewandt ist. Dann reibe ich meine Hände aneinander, bis sie beide von dem Zeug bedeckt sind, und fahre damit sanft durch ihre wilden roten Locken.

Sie bleibt ein paar Sekunden lang steif, dann entspannt sie sich mit einem langen, tiefen Stöhnen. Ihr Kopf fällt zurück, an meine Brust, und ich weiß, ich habe sie. Ich weiß, dass sie mir gehört, zumindest so lange, wie ich brauche, um ihr die Haare fertig zu waschen.

Ich lasse mir Zeit, massiere ihre Kopfhaut und arbeite die Spülung in jede Haarsträhne ein, vom Ansatz bis zu den Spitzen. Aber ich weiß, dass sie es eilig hat, also verzichte ich auf die Schulter- und Rückenmassage, die ich ihr geben möchte, und greife stattdessen zur Handbrause. Nachdem ich mich vergewissert habe, dass das Wasser endlich warm ist, lasse ich es über ihr Haar laufen, wobei ich darauf achte, dass sie nichts in die Augen bekommt, als ich den Conditioner auswasche.

»Gott, das fühlt sich gut an«, sagt sie, während sie sich an mich schmiegt. »Und wenn ich nicht in einer Stunde beim Shooting sein müsste, würde ich dich total überreden, zu mir unter die Dusche zu kommen.«

Da ich schon allein bei dem Gedanken daran einen Steifen bekomme – ein Zustand, der sich in ihrer Gegenwart zu einer Rund-um-die-Uhr-Angelegenheit entwickelt –, hänge ich die Handbrause zurück und trete von der Dusche weg. Es ist nicht so, dass ich mir oder der Entscheidung, die ich vorhin getroffen habe, nicht traue – ich traue mir selbst nicht im Geringsten.

Vor allem dann nicht, wenn das Mädchen meiner Träume nass und nackt und daran interessiert ist, dass ich das ebenfalls bin.

Ich nehme ein Handtuch aus dem Wäscheschrank und frage dann: »Also, für wen ist das Shooting?«, während ich darauf warte, dass sie sich ein letztes Mal abspült.

»*American Snowboarder.*«

Sie stellt die Dusche ab und greift nach dem Handtuch.

»Wow! Im Ernst?« Ich pfeife lange und leise durch die Zähne, während ich ihr bedeute, aus der Dusche zu steigen. Als sie es tut, wickle ich das Handtuch um sie und beginne, sie trocken zu rubbeln. »Warum hast du uns das nicht erzählt? Das ist ja unglaublich!«

American Snowboarder ist eines der renommiertesten Snowboard-Magazine des Landes – der ganzen Welt, eigentlich –, und sie nehmen immer nur die besten Talente auf ihr Cover. Z war schon dreimal drauf, Ash zweimal. Ich weiß nicht, warum es uns nicht in den Sinn gekommen ist, dass sie auch Cam wollen würden. Sie ist im Moment die beste Snowboarderin in Nordamerika. Es ist schockierend, dass nicht mehr Magazine bei ihr angefragt haben. Andererseits, vielleicht haben sie das ja, und sie hat es uns nur nicht gesagt.

Der Gedanke behagt mir nicht. Ich bin nicht gern außen vor, wenn es um sie geht, ganz und gar nicht.

»Keine Ahnung. Ich schätze, ich dachte mir einfach, je weniger Leute davon wissen, desto besser, falls es nicht gut läuft.« Sie grinst zu mir hoch. »Weißt du, meine Haare brauchen schon an den besten Tagen eine eigene Postleitzahl. Sie brauchen definitiv ihr eigenes Handtuch.«

»Oh, richtig.« Ich nehme eines für sie heraus, reiche es ihr und sehe zu, wie sie es sich wie einen Turban um den Kopf wickelt. Du weißt, dass es dich schlimm erwischt hat, wenn dich allein der Anblick einer Frau, die ihr Haar in ein Handtuch wickelt, dazu bringt, sie vögeln zu wollen. Zu meiner Verteidigung: So ziemlich alles, was Cam macht, bringt mich dazu, sie vögeln zu wollen – außer wenn sie Z anschmachtet.

»Warum sollte das Shooting denn nicht gut laufen?«, frage ich und zwinge mich, mich auf das eigentliche Thema zu konzentrieren und nicht darauf, wie hart mein Schwanz ist.

»Aus so vielen Gründen.«

Sie geht ins Schlafzimmer und zieht die Schublade auf, in der ich meine Jogginghosen aufbewahre. Sie schnappt sich eine meiner ältesten – ich nehme an, weil sie einen Kordelzug in der Taille hat, den sie zubinden kann und der hoffentlich verhindert, dass sie runterrutscht –, dann öffnet sie die nächste Schublade und holt ein Board-Park-City-Shirt heraus.

»Ist es okay, wenn ich mir die ausleihe?«, fragt sie.

»Ich hab dir doch schon gesagt, dass du dir nehmen kannst, was du willst.«

Sie nickt dankend, dann zieht sie die Jogginghose an, ganz ohne Unterwäsche. Wenn man bedenkt, dass sie bei der Vorstellung nicht einmal mit der Wimper zuckt, kann ich nicht anders, als mich zu fragen, wie oft sie ohne Unterwäsche unterwegs ist. Wie oft sie mit nichts unter ihrer Hose oder ihrem Rock neben mir gestanden hat?

Scheiße, Scheiße, Scheiße! Ich werde noch wahnsinnig, wenn ich nicht aufhöre, daran zu denken, wie leicht es wäre, diese Jogginghose runterzuziehen und mich in ihr zu versenken. Und wenn ich den Blick nicht von ihren langen, langen, langen Beinen abwenden kann, geht das niemanden etwas an außer mich.

»Du hast keinen Grund, dir Sorgen zu machen«, sage ich und schiebe die Hände in die Taschen meiner Jeans, in dem verzweifelten Versuch, mich davon abzuhalten, sie anzufassen. »Du wirst das rocken.«

»Ich weiß.«

Trotzdem schaut sie nicht hoch, während sie an dem Kordelzug der Jogginghose herumfummelt, was ein sicheres Zeichen dafür ist, dass hier mehr vor sich geht, als sie mich wissen lassen will – was mich natürlich nur noch entschlossener macht, diesen Mist herauszufinden.

Ich warte, bis sie fertig ist, dann fasse ich sie an den Schultern, sobald sie nach ihrer Handtasche greift.

»Hey«, sage ich zu ihr, während ich sanft ihr Gesicht zu meinem drehe. »Ich weiß, dass die Dinge zwischen uns in letzter Zeit irgendwie beschissen gelaufen sind, aber das heißt nicht, dass du nicht mit mir reden kannst.«

»Wenn man bedenkt, was wir in den letzten zwölf Stunden alles gemacht haben, denke ich, ist mir das ziemlich klar«, sagt sie mit einem Schmunzeln. »Aber da gibt es nichts zu reden. Es ist alles gut.«

Das ist so ziemlich die schlechteste Beteuerung der Geschichte, wenn man bedenkt, dass sie mich verdammt noch mal immer noch nicht ansehen will. Ich will nachbohren, will sie drängen. Es gab mal eine Zeit, in der sie mir alles erzählt hat – aber diese Zeit ist offensichtlich lange vorbei. Und ihrem Gesichtsausdruck und der Haltung ihrer Schultern nach zu urteilen, wird sie komplett dichtmachen, wenn ich sie zu sehr dränge.

Trotzdem, ich werde auch nicht hier stehen und mich von ihr anlügen lassen. Ich bin so was von durch mit diesem Mist. Von uns beiden.

»Wenn alles gut ist, warum siehst du dann so aus, als ob du jeden Moment kotzen müsstest?«

»Tue ich nicht.«

»Doch.«

Sie starrt mich finster an und versucht, meine Hände von ihren Schultern abzuschütteln. Ich ziehe nur eine Augenbraue hoch und lasse meine Hände genau da, wo sie sind.

Es dauert nicht lange, bis sie merkt, dass ich nicht lockerlassen werde. Mit einem Seufzer lässt sie den Blick sinken, dann lehnt sie sich vor und drückt ihr Gesicht an meine Brust.

»Es ist nichts«, sagt sie, dabei klingen ihre Worte gedämpft an meinem Hemd. »Ich bin nur nervös. Das ist nicht gerade mein Ding, weißt du?«

Ich weiß es, aber das muss ich ihr nicht extra sagen. »Du hast das im Griff«, sage ich, während ich ihr über den Rücken streichle. Ich spüre die Unebenheiten ihrer Wirbelsäule unter meiner Hand, und es überrascht mich, wie zerbrechlich sie sich an mir anfühlt. Sie ist so stark, so überlebensgroß, dass ich manchmal vergesse, dass sie auch zart ist. Dass Cam auf ihre eigene Weise genauso zerbrechlich ist wie ich. »Du wirst das Fotoshooting total rocken.«

Sie lacht ein bisschen zittrig. »Schätze, das werden wir sehen, nicht wahr? Wenn du in ein paar Stunden nichts von mir hörst, geh davon aus, dass ich alles vermasselt habe und irgendwo hinziehe, wo man noch nie was vom Snowboarden gehört hat, um meine Demütigung zu begraben.«

»Also in die Wildnis des Kongo?«

»Du lachst, aber das könnte gerade weit genug sein. Vielleicht.« Sie erschaudert.

Scheiße! Sie ist wirklich nervös. Ich denke an alles, was ich heute zu tun habe, und frage dann: »Möchtest du, dass ich mitkomme?«

»Das musst du nicht, Luc.«

»Ich weiß, dass ich das nicht muss. Und ich möchte nicht, dass du das Gefühl hast, Ja sagen zu müssen, aber wenn du möchtest, dass ich dabei bin, werde ich auf jeden Fall mitkommen.«

Daraufhin hebt sie den Kopf und sieht mich an. Sieht mich wirklich an. Ich fange ihren Blick auf und hoffe, dass ich nicht zu viel verrate.

»Hast du heute nichts anderes zu tun?«

Ungefähr eine Million Dinge, aber nichts davon ist so wichtig, wie für Cam da zu sein, wenn sie mich braucht. »Nicht das Geringste«, schwindle ich fröhlich, während ich im Geiste meinen Tag neu ordne.

Ihr Lächeln, als es kommt, ist die Mühe mehr als wert.

»Dann würde ich mich freuen, wenn du mitkommst.«

»Also gut. Gib mir zwei Minuten, um mich anzuziehen, und dann sind wir auch schon unterwegs.«

»Ich habe noch eine Bitte«, sagt sie, als ich zehn Minuten später meinen Geländewagen in den Verkehr lenke.

»Sicher. Was denn?«

»Wenn wir in Salt Lake City ankommen, können wir dann bitte bei Target anhalten und mir Unterwäsche besorgen? Unten ohne ist nicht wirklich mein Ding.«

Kapitel 7

CAM

»Also, was wirst du in Sachen Snowboard-Klamotten machen?«, fragt Luc, als wir uns der Adresse nähern, die unser Agent Mitch mir für das Shooting genannt hat. »Da wir nicht mehr zu dir nach Hause zurückgefahren sind, könnte ich bei REI vorbeischauen und dir was besorgen.«

»Die haben mir gesagt, dass sie dort alles hätten – außer Unterwäsche natürlich«, antworte ich und hebe die Target-Tüte hoch, die ich wie eine Rettungsleine umklammert halte. Ich hoffe wirklich, er hört mir nicht an, wie nervös ich bin – und wie schlecht mir ist. »Ich muss nur spätestens um zehn Uhr da sein.«

»Sieht aus, als kämst du genau pünktlich.« Er grinst mich an, während er ein letztes Mal abbiegt, und dann fahren wir eine lange, gewundene Auffahrt hinauf, die vor einem riesigen, eleganten Haus endet, das dem von Z definitiv Konkurrenz machen würde.

»Sicher, dass das die richtige Adresse ist?«, frage ich und schaue zum gefühlt millionsten Mal, seit wir Park City verlassen haben, auf mein Handy und die Adresse in meinen Textnachrichten. »Ich dachte, ich würde in einem Fotostudio oder so sein.«

»Ich glaube, die machen das bei jedem anders«, erklärt Luc mir mit einem beruhigenden Lächeln. »Z hatte ein Shooting in einem Resort in Aspen, dann ein weiteres in seinem Haus in Park City. Und Ash hatte seines in L. A., glaube ich.«

»Oh, richtig.«

Man sollte meinen, die Tatsache, dass zwei meiner besten Freunde bereits auf dem Cover von *American Snowboarder* zu sehen waren, würde mich weniger nervös machen – stattdessen lässt es mich nur noch mehr ausflippen. Z und Ash sind total heiß – ganz zu schweigen davon, dass sie die besten Snowboarder sind, die ich je gesehen habe. Ich meine, ich weiß, dass ich gut auf dem Snowboard bin, besonders für eine Frau, aber trotzdem bin ich nicht in ihrer Liga. Und ich sehe definitiv nicht annähernd so gut aus wie sie. Frauen schmelzen dahin, wann immer Luc, Ash und Z irgendwo auftauchen. Was mich angeht ... Nun, noch nie ist jemand dahingeschmolzen, wenn er mich gesehen hat. Ich bin einfach eine von den Jungs, der Kumpeltyp. Das war ich immer und werde ich immer sein.

Nur dass ich gestern Nacht nicht der Kumpel war, flüstert eine kleine Stimme in meinem Hinterkopf, während Luc seinen Range Rover am Ende der Auffahrt parkt. Gestern Nacht hat Luc mich wie eine Frau behandelt – und nicht wie irgendeine Frau, sondern eine Frau, die er sehr begehrt. Eine Frau, die ihn total heißmacht.

Ich kann es immer noch nicht glauben.

Nachdem wir das erste Mal miteinander geschlafen hatten, ging alles den Bach runter. Ich gebe zu, das war größtenteils meine Schuld, da ich diejenige war, die deswegen ausflippte. Aber das lag daran, dass ich damals immer noch in Z verliebt war, immer noch darauf fixiert, dass er eines Tages aufwachen und mich wirklich sehen würde. Diese Hoffnung habe ich schon vor einer Weile aufgegeben, nicht lange nachdem Ophelia auf der Bildfläche erschienen ist, und irgendwie macht das die Sache mit Luc – was auch immer es ist – viel leichter zu handhaben. Ich weiß, dass wir irgendwann darüber reden müssen, aber ich habe es nicht eilig. Nicht, wenn es zwischen uns zum ersten Mal seit langer Zeit wieder gut zu laufen scheint. Und falls das die Ruhe vor dem Sturm ist – dann werde ich mich eben darum kümmern. Nach dem Fotoshooting.

Bis dahin schiebe ich es auf die lange Bank. Und ignoriere die kleine Stimme in meinem Kopf, die mich daran erinnert, dass er mich abgewiesen hat, als ich heute Morgen versucht habe, etwas zwischen uns anzuleiern. Wenn ich mir erlaube, darüber nachzudenken – und mich zu sorgen, ob er wegen der Kondome die Wahrheit gesagt hat –, werde ich am Ende noch den Verstand verlieren. Und da ich ohnehin schon hart daran vorbeischramme, ist Vermeiden eine absolut zulässige Wahl, schätze ich.

»Alles okay?«, fragt Luc, und in diesem Moment wird mir klar, dass ich seit Gott weiß wie lange hier in einem geparkten Auto sitze, ohne mich zu bewegen.

»Ja, natürlich. Absolut.«

»Du hast das im Griff«, sagt er mir zum zweiten Mal, und seine Zuversicht wärmt mich trotz meiner Ängste. Denn auch wenn ich es nicht wirklich im Griff habe, stärkt Luc mir zum ersten Mal seit langer Zeit wieder den Rücken. Und das macht den Unterschied aus.

Zumindest bis wir am Haus ankommen, die Eingangstür auffliegt und uns eine gestresst aussehende Frau hereinwinkt.

»Ich bin so froh, dass Sie hier sind! Mac hat Sie schon gesucht!«

»Mac?«, frage ich, während ich versuche, mich an die E-Mails zu erinnern, die Mitch mir geschickt hat. Hatte er darin einen Mac erwähnt?

»Mac Davis.« Sie sieht mich erwartungsvoll an, aber ich habe keine Ahnung, wer das ist. Ein kurzer Blick zu Luc verrät mir, dass er genauso ahnungslos ist wie ich, also lächle ich sie einfach an und hoffe das Beste.

»Der Fotograf?« Sie spricht jetzt langsam, als ob ich schwer von Begriff wäre. »Er schießt viele Covers für *Vanity Fair* und *Rolling Stone*. Und die *Sports Illustrated Swimsuit Issue*.«

»Oh, wow. Das ist – toll?«

»Das ist besser als toll.« Sie führt uns durch das große Foyer und den Flur entlang. »Wir sind schon seit Ewigkeiten hinter ihm her, dass er ein Cover für uns macht, aber er war nie interessiert. Zumindest nicht, bis wir ihm sagten, dass wir Sie dafür haben wollen. Da konnte er gar nicht schnell genug Ja sagen.« Sie zwinkert mir zu. »Sie sollten sich geschmeichelt fühlen.«

Ich nicke mit einem schwachen Lächeln, weil ich nicht weiß, was ich sonst tun soll.

»Also«, fährt sie fort, während sie mich in einen Raum mit zwei Sofas, einer Reihe von Standspiegeln und ein paar bequem aussehenden Stühlen führt. Eine Wand säumt ein riesiger Kleiderständer, und neben einem der Spiegel in der Ecke steht ein Drehstuhl, wie man ihn in Friseursalons findet.

Ich glaube, Luc hat unrecht, wenn er sagt, dass sie bei jedem Shooting die Location wechseln. Z und Ash mögen vielleicht an anderen Orten fotografiert worden sein, aber das lag bestimmt daran, wer sie sind. Dies hier sieht definitiv so aus, als wäre es ein fester Standort für eine Reihe von Fotoshootings.

»Kann ich Ihnen einen Kaffee oder Tee bringen? Ich kann jemanden zu Starbucks schicken, um Ihnen zu holen, was immer Sie wollen.«

Sie sieht Luc an. »Und Ihnen natürlich auch.«

»Oh, das ist nicht nötig«, beeile ich mich zu sagen. »Ich möchte niemandem Umstände machen.«

»Das macht keine Umstände.« Sie sieht mich erneut mit einem seltsamen Blick an. »Es ist unsere Aufgabe, dafür zu sorgen, dass Sie sich wohlfühlen.«

Beinahe muss ich lachen. Als ob das möglich wäre! Ich glaube, ich habe mich noch nie in meinem Leben so unwohl gefühlt.

»Eigentlich, denke ich, reicht uns Wasser, wenn Sie haben.«

»Natürlich. In der Flasche, gefiltert, mit Kohlensäure oder aromatisiert? Ich glaube, wir haben Zitrone, Limette und Orange.«

»Ähm, gefiltert, schätze ich? Oder in der Flasche. Was am einfachsten ist.«

Bestätigung suchend sehe ich Luc an. Er nickt nur. Die Frau holt ihr Handy aus der Tasche und schreibt jemandem unsere Bestellung.

»Und zum Mittagessen?«

»Mittagessen?«

»Von wo sollen wir Ihr Mittagessen bestellen? Wir können Ihnen besorgen, was immer Sie wollen.«

»Oh.« Ich bin allmählich völlig mit den Nerven fertig, obwohl ich versuche, es nicht zu zeigen. Schätze, ich dachte, ich würde hier auftauchen, sie würden mir die Haare machen und mich schminken, ein paar Fotos schießen, und dann wäre ich auch schon wieder weg. Aber Mittagessen lässt es so klingen, als würden wir eine Weile hier sein. Was in Ordnung ist, aber jetzt bin ich so nervös, dass ich mir nicht vorstellen kann, überhaupt etwas runterzukriegen.

Luc muss mein Unbehagen spüren, denn er legt eine Hand auf meinen Rücken und schenkt der Frau ein umwerfendes Lächeln. »Möchtest du einen Burrito?«, fragt er mich. »Oder einen Burger?«

Die Frau wirkt schockiert über seine Essensauswahl. Ich schätze, sie weiß nicht, wie viele Kalorien ich täglich verbrauche – selbst wenn ich nicht boarde, trainiere ich ziemlich hart, stemme schwere Gewichte und mache jede Menge Ausdauertraining. Trotzdem denke ich mir, dass es keinen Sinn macht, sie in helle Aufregung zu versetzen, also sage ich: »Ein Salat wäre gut. Mit Hühnchen, wenn möglich. Und vielleicht etwas Obst?«

Jetzt ist es an Luc, mir einen seltsamen Blick zuzuwerfen. Aber die Frau scheint glücklich zu sein, also zucke ich kaum merklich mit den Schultern. Außerdem ist es ja nicht so, als ob ich heute trainieren würde.

»Und für Sie?«, wendet sie sich an Luc.

»Ich bin mit einem Burger und Pommes zufrieden.«

»Rindfleisch, Pute oder vegetarisch?«

»Definitiv Rindfleisch.«

»Süßkartoffel- oder normale Pommes?«

Luc grinst einnehmend. »Überraschen Sie mich.«

Sie sieht nicht gerade beeindruckt aus, als sie sich wieder zu mir umdreht.

»Was ist mit Musik?«

Okay, jetzt bin ich wirklich verblüfft.

»Was soll damit sein?«

»Haben Sie eine Playlist, die wir für Sie auflegen sollen, während Sie sich fertig machen?«

»Ähm, eigentlich nicht. Ich bin sicher, alles, was Sie haben, ist gut.«

»Na, sind Sie nicht reizend? Und so leicht zufriedenzustellen.« Die Art, wie sie das sagt, lässt mich denken, dass es kein Kompliment ist.

Luc muss derselben Meinung sein, denn er sagt: »Ich bin sicher, sie kann auch schwieriger sein, wenn Sie das wollen.«

Die Frau lässt sich jedoch nicht aus der Fassung bringen. Sie sieht ihn nur an und meint: »Was immer sie glücklich macht. Ich bin übrigens Darla, und ich werde den ganzen Tag hier sein, um nach Ihnen zu sehen. Wenn Sie etwas brauchen, sagen Sie es irgendjemandem der Crew, und er oder sie wird mir Bescheid geben. In der Zwischenzeit setzen Sie sich, Charlene wird gleich bei Ihnen sein.«

»Charlene?«

»Sie ist Ihre Stylistin. Sie wird Ihnen helfen, ein paar Sachen für das Cover auszusuchen.« Sie deutet auf den Kleiderständer, der sich über die gesamte Länge der rückwärtigen Wand erstreckt, während sie das Zimmer verlässt.

Lange Sekunden stehe ich einfach nur in der Mitte des Raumes, ein bisschen geschockt und verwirrt.

»Luc?«

»Ja, Baby?«

»An dem Kleiderständer sind keine Snowboard-Klamotten.«

»Ja. Das habe ich bemerkt.«

Er legt einen Arm um meine Schultern und zieht mich an sich. Einen Moment lang bin ich so überwältigt von seiner Nähe – davon, wie heiß er ist und wie gut er riecht –, dass ich vergesse, wie panisch ich bin. Aber dann mache ich den Fehler, mich umzudrehen, um wieder den Kleiderständer anzusehen, und meine ganze Nervosität kommt dreifach zurück.

»Luc. Da sind nicht mal *Hosen* an dem Kleiderständer.«

»Ja. Das sehe ich.« Er räuspert sich. »Das Positive ist, du hast tolle Beine.«

Ich schleudere ihm einen Blick zu. »Ich weiß gar nicht, was ich darauf sagen soll.«

»Du könntest Danke sagen?«

»Ich könnte auch sagen, fick dich.« Ich stoße ihm den Ellbogen in die Rippen, und zwar hart. »Ich werde mich nicht in einem String-Bikini auf dem Cover dieser Zeitschrift zeigen.«

»Du musst keinen Bikini tragen, wenn du nicht willst.« Er geht zu dem Kleiderständer hinüber und zieht einen Bügel heraus. »Ich meine, da sind auch noch diese reizenden Jeans-Shorts, die du stattdessen tragen kannst.«

»Das reicht. Ich bin hier so was von raus.« Fluchtbereit drehe ich mich zur offenen Tür um, aber ich schaffe kaum ein paar Schritte, bevor eine Frau, von der ich nur annehmen kann, dass es Charlene ist, hereinrauscht.

»Sie müssen Cam sein«, sagt sie mit einem warmen Lächeln, das im direkten Gegensatz zu dem gelangweilten Blick steht, den Darla während unseres gesamten Gesprächs aufgesetzt hat. »Ich bin Charlene, und ich muss Ihnen sagen, dass ich ein großer Fan bin. Sie letztes Jahr bei den X-Games zu sehen, war unglaublich. Sie waren brillant.«

»Danke.«

Dass sie ein Fan ist, spielt im Moment weniger eine Rolle als die Tatsache, dass sie äußerst vernünftig zu sein scheint, und ich spüre, wie ich mich ein klein wenig entspanne.

»Danken Sie mir nicht dafür, dass ich die Wahrheit sage.« Wenn möglich, wird ihr Lächeln sogar noch breiter. »Also, was halten Sie davon, wenn wir ein paar tolle Klamotten für Sie raussuchen, bevor wir Gigi rufen, damit sie Ihnen die Haare und das Make-up macht.«

»Gigi?«

Mein Gott, es ist, als wäre ich tatsächlich in der *Twilight Zone* gelandet. Wo sonst bekäme ich die Chance, eine Frau namens Gigi zu treffen, um Himmels willen?

»Sie ist unsere Visagistin und Hairstylistin. Aber es hat keinen Sinn, sie loslegen zu lassen, bevor wir nicht wissen, wie Ihr Kleidungsstil aussehen wird.«

»Das wollen wir natürlich nicht.«

Mein Unterton ist jetzt entschieden ironisch, aber falls Charlene es merkt, sagt sie nichts – wodurch ich mich mies fühle. Im Gegensatz zu Darla, die von meiner bloßen Existenz genervt zu sein schien, wirkt Charlene echt nett und will wohl tatsächlich helfen. Was bedeutet, dass ich absolut versuchen sollte, mit ihr zusammenzuarbeiten.

Meine Entschlossenheit hält gerade mal zwei Minuten an – oder bis Charlene anfängt, winzige Bikinis in Eiscremefarben von der Stange zu ziehen.

»Was halten Sie von diesem hier?«, sagt sie und hält ein leuchtend himbeerfarbenes Exemplar hoch. »Der würde toll zu Ihrem Pfirsich-Teint aussehen.«

Lange Sekunden starre ich sie nur an, während ich herauszufinden versuche, ob sie scherzt oder nicht. Als sie mich weiter mit einem völlig freundlichen, völlig unschuldigen Gesichtsausdruck ansieht, wird mir schließlich klar, dass sie es ernst meint. Woraufhin ich nicht weiß, wogegen ich zuerst Einspruch erheben soll – die Farbe oder den fehlenden Stoff.

Hinter mir hustet Luc ein wenig und räuspert sich dann. Ich bin mir nicht sicher, ob er damit sein Entsetzen oder seine Belustigung darüber vertuschen will, mich in einem solchen Bikini zu sehen. So oder so trägt es nichts zu meinem ohnehin schon schwindenden Selbstvertrauen bei.

»Cam ist nicht wirklich der Typ für Rosa«, sagt er, nachdem er seinen *Hustenanfall* unter Kontrolle hat.

»Das ist schade, aber okay.« Sie hängt ihn zurück auf den Ständer. »Gefällt Ihnen eine dieser Farben?« Sie hält die anderen fünf Bikinis hoch, die sie ausgewählt hat.

»Vielleicht der limettengrüne …«, setzt Luc an.

»Ich glaube, da liegt ein Irrtum vor«, falle ich ihm ins Wort, bevor er sie tatsächlich zu dieser als Bikini getarnten Zahnseide überreden kann. »Ich bin Snowboarderin, keine Surferin. Ich trage Snowboard-Hosen und -Jacken, nicht …«

Ich gestikuliere zu den Bikinis.

»Oh, glauben Sie mir, Cam, wir wissen genau, wer Sie sind. Aber wir machen das Cover und ein ganzes Mode-Layout weiter hinten als eine Art Kurzurlaub im Winter. Dem Schnee entfliehen. Wissen Sie, was ich meine?«

»Eigentlich nicht, nein. Meine Kurzurlaube im Winter sind immer an Orten, wo es Schnee gibt.«

»Natürlich, natürlich. Aber es hat sich herausgestellt, dass diese Snowboard-Kleidung keine sehr interessanten Bilder ergibt.«

»Z und Ash waren jedes Mal in voller Ausrüstung auf dem Cover. Genauso wie Marc letzten Monat und Travis im Monat davor.«

»Ja, aber …«

»Aber was?«

Sie seufzt schwer und blickt hilfesuchend zu Luc, was mich einfach nur wütend macht.

»Er ist nicht derjenige auf dem Cover, sondern ich. Also

reden Sie mit mir. Und es tut mir leid, Charlene, wirklich. Ich will nicht schwierig sein, aber ich verstehe nicht, warum Sie mich auf dem Cover eines Snowboard-Magazins in einem Bikini sehen wollen.«

Luc verschluckt sich schon wieder, und ich drehe mich um und schleudere ihm einen finsteren Blick zu. Er macht einen Schritt rückwärts und hebt in einer kapitulierenden Geste die Hände.

»Sie sind eine wunderschöne Frau, Cam. Sie wissen doch sicher, dass sich mit Ihnen in knappen Outfits eine Menge Exemplare dieser Zeitschrift verkaufen lassen.«

Einen Moment lang bin ich überzeugt, dass sie scherzt. Ich meine, ich bin nicht dumm. Ich weiß, wie die Welt funktioniert. Ich weiß, dass viele große Sportlerinnen in Badekleidung für Zeitschriften posiert haben, aber die sind anders als ich. Die haben tolle Körper, die einen Bikini ausfüllen können, ganz zu schweigen von jeder Menge Sex-Appeal.

Ich habe nichts davon. Alles, was ich habe, sind verrückte Haare und ein Talent, Berge runterzubrettern. Und da sie nicht wirklich daran interessiert zu sein scheinen, was ich auf einem Snowboard kann, weiß ich nicht, was ich ihnen zu bieten habe.

»Das ist nicht mein Ding«, sage ich zu ihr. »Ich bin nicht … Ich kann nicht …«

»Sicher können Sie das. Warum sehen Sie nicht mal durch, was wir hier haben …«

»Nein, wirklich. Ich kann das nicht tun. Ich bin kein Model. Niemand will mich in einem Bikini sehen. Niemand …«

»Natürlich wollen die Leute das, Cam. Ihr Cover wird eines der beliebtesten des Jahres sein. Ich habe ein Gespür für diese Dinge. Wir müssen nur ein paar Outfits aussuchen, die Mac umhauen werden – was nicht schwer sein sollte. Sie haben einen tollen Körper, also wird alles gut an Ihnen aussehen.«

Habe ich nicht. Habe ich wirklich nicht. Ich habe einen funktionalen Körper, der schlank und muskulös und stark genug ist, um Tricks zu schaffen, die viele Kerle nicht hinkriegen. Aber das bedeutet nicht, dass ich in einem Bikini gut aussehe. Das bedeutet nicht, dass die ganze Welt sehen soll, wie flachbrüstig ich bin. Oder wie groß mein Bizeps ist. Und ich hasse es, dass sie da steht und mich anlügt, nur um mich dazu zu bringen, das zu tun, was sie will, egal, wie beschämend es für mich sein wird.

»Ich kann nicht«, sage ich noch einmal zu ihr, während ich von dem Kleiderständer zurückweiche. Vor ihr.

Ich komme nicht weit, bevor ich rückwärts gegen Luc stoße, der mir beruhigend die Hände an die Taille legt und mich aufhält.

»Es ist okay«, sagt er leise zu mir, dabei lehnt er sich vor, um es mir regelrecht ins Ohr zu flüstern.

Aber es ist nicht okay. Es ist ganz und gar nicht okay.

Man muss Charlene zugutehalten, dass sie zu merken scheint, wie sehr ich mich aufrege. Anstatt mich zu drängen, hängt sie die Sexkinis zurück an den Ständer und geht dann ein paar Schritte in Richtung Tür. »Hören Sie, ich gebe Ihnen einfach ein paar Minuten, ja?«, meint sie. »Dann können Sie selbst schauen, ob etwas dabei ist, in dem Sie sich wohlfühlen. Falls ja, prima.«

»Und falls nicht?«, frage ich, da ich bereits weiß, dass ich bei der Auswahl, die sie mir präsentiert haben, auf keinen Fall etwas zum Anziehen finden werde.

»Darüber werden wir uns Gedanken machen, wenn es so weit ist, okay? Ich gehe einfach kurz raus und schließe die Tür. Suchen Sie sich aus, was Sie wollen. Probieren Sie es an. Sehen Sie, was

Sie davon halten. Und ich komme in einer kleinen Weile wieder, okay?«

Nicht okay. Nichts davon ist okay. Aber ich weiß nicht, wie ich es noch deutlicher sagen soll, als ich es schon getan habe. Also nicke ich nur und sehe zu, wie sie mir ein Lächeln zuwirft, bevor sie leise die Tür hinter sich schließt.

Ich bin innerhalb eines Herzschlags quer durch den Raum und verriegle das Schloss. Und dann wirble ich zu Luc herum.

»Ich kann das nicht tun!«, sage ich zu ihm. »Ich kann es einfach nicht. Du weißt, dass ich es nicht kann. Ich bin nicht sexy. Ich bin nicht schön. Ich kann diese Klamotten auf keinen Fall tragen – und ich werde es auf keinen Fall versuchen, bloß damit mich alle da draußen auslachen können. Oder noch schlimmer, damit sie mich tatsächlich auf das Cover bringen und die ganze Welt über mich lachen kann. Das wird nicht passieren.«

Er streckt beschwichtigend die Hand nach mir aus. »Cam, jetzt beruhigen wir uns einfach …«

»Sag mir nicht, dass ich mich beruhigen soll! Ich will mich nicht beruhigen. Ich will gehen. Ich kann das hier nicht. Ich kann es nicht, Luc. Ich kann es nicht.«

Panik steigt in mir auf und lässt mich zittern. Lässt meine Brust schmerzen. Macht es mir schwer – so schwer – zu atmen.

»Ich werde Mitch umbringen. Ich schwöre bei Gott, ich werde ihn umbringen. Er hat mir gesagt, das hier würde einfach werden. Hat mir gesagt, sie würden ein paar Fotos von mir machen, wie ich bin.« Ich zeige auf die knappen Bikinis, die vorne an dem Ständer hängen. »Die sind *nicht*, wie ich bin. Die sind Kendall-Jenner-mäßig. Ich meine, ich weiß nicht mal, wie man die *anzieht*. Ich kann das nicht. Ich kann es nicht, ich kann es nicht, ich …«

»Cam!« Er packt mich an den Oberarmen und zieht mich

auf die Zehenspitzen. »Sieh mich an«, sagt er mit fester Stimme. »Schau nicht auf die Bikinis, denk nicht an die Bikinis, *zerbrich dir nicht den Kopf* wegen dieser verdammten Bikinis. Schau einfach mich an und atme durch. Okay? Atme einfach durch.«

Ich nicke, aber meine Angst geht nicht weg. Stattdessen wird sie immer größer und größer, bis ich schnaufe wie eine Lokomotive und meine Lunge sich anfühlt, als würden sie jeden Moment explodieren.

Sogar seine Stimme klingt weit weg und blechern, als er meinen Namen ruft. Ich bin im vollen Ausflipp-Modus – etwas, was mir so gut wie nie passiert –, und obwohl ich versuche, es zu verhindern und mich in den Griff zu bekommen, wird die Panik nur immer schlimmer.

»Cam. Cam. Cam!«, ruft Luc immer wieder. Ich versuche, ihm zu antworten, aber es kommt nichts heraus außer nach Luft schnappendes Keuchen.

Mitten in einer ausgewachsenen Panikattacke klammere ich mich an seine Brust, grabe die Finger in den weichen Stoff seines Hemds. Ich zittere so heftig, dass ich fast einen Knopf abreiße.

Ich glaube, das ist es, was ihn endlich begreifen lässt, dass ich nicht fähig bin, mich von allein zu beruhigen, denn unvermittelt ändert Luc sein Verhalten. Er hebt mich vom Boden hoch und knurrt: »Leg deine Beine um mich!«, während sein Mund sich auf meinen presst.

Kapitel 8

LUC

Mein Gehirn hört in der Sekunde zu funktionieren auf, in der Cam ihre langen, herrlichen Beine um meine Taille schlingt. Das ist genau das, was ich zu verhindern versucht habe, genau das, wogegen ich angekämpft habe, seit ich sie heute Morgen in meiner Küche entdeckte. Aber jetzt, da es passiert ist – jetzt, da ich sie wieder in meinen Armen halte –, kann ich nicht einmal so tun, als wäre es nicht genau das, was ich will. Denn als ich sie heute Morgen weggeschoben und behauptet habe, ich hätte kein Kondom, war das nicht, weil ich sie nicht wollte. Sondern weil ich sie zu sehr will. Weil ich sie mehr will, als ich jemals etwas in meinem Leben gewollt habe. Und jetzt, da sie hier ist, um mich geschlungen wie eine Kletterpflanze, will ich sie nie wieder loslassen.

Was das Problem ist.

Trotzdem kann ich sie nicht so zurücklassen. Völlig panisch und hyperventilierend und überzeugt davon, nicht heiß genug zu sein, um einen Bikini auf dem Cover eines Magazins zu tragen? Von wegen! Sie ist so verdammt sexy, dass ich mich zusammenreißen muss, nicht jedes Mal einen Steifen zu kriegen, wenn ich sie ansehe – selbst wenn sie von Kopf bis Fuß in einen Snowboard-Anzug gehüllt ist. So verdammt sexy, dass ich, wenn man all die Zeit zusammenzählt, die ich damit verbracht habe, sie mir nackt oder in so etwas wie diesem winzigen limettengrünen Bikini vorzustellen, *Jahre* meines Lebens zurückbekommen würde.

Cam bewegt sich ein wenig, um mir näher zu kommen, und ich schiebe die Hände unter ihren Hintern, um sie zu stützen. Jetzt, da ich sie in meinen Armen habe, ist das Letzte, was ich tun möchte, sie fallen zu lassen. Oder sie loszulassen.

»Cam, Baby.« Ich reiße den Mund von ihrem los, um zu sagen: »Du wirst auf dem Cover verdammt fantastisch aussehen.«

Ich trage sie langsam durch den Raum, bis ich sie mit dem Rücken an die Wand gedrückt halte. Ihre Arme und Beine sind immer noch um mich geschlungen, aber wenigstens habe ich jetzt die Hebelwirkung, um mit ihr zu machen, was ich will. Was sie ebenso sehr braucht, wie ich es brauche – wenn auch aus völlig anderen Gründen.

»Du bist wunderschön«, sage ich zu ihr, während ich Küsse auf ihren Mund, ihren Hals, den Ansatz ihrer Brüste drücke. »Und du machst mich total an.«

Ich schiebe die Hände unter ihr Shirt, lasse sie über ihren Rücken gleiten, sage ihr immer wieder, wie heiß sie ist. Wie sehr ich sie will. Wie verdammt sexy sie ist und wie verdammt hart sie mich macht.

Sie schüttelt den Kopf, sagt: »Nein, nein, nein« zu jedem Kompliment, das ich ihr mache, aber jetzt kommt ihr Atem in heißen, keuchenden Stößen, die nichts mit Panik zu tun haben. Ihre Hände zerren an meinen Haaren, ihre Beine sind fest um meine Taille geschlungen, und alles, was ich denken kann, ist: nicht die Kontrolle verlieren, *nicht die Kontrolle verlieren,* NICHTDIE-

KONTROLLEVERLIEREN. Noch nicht. Nicht, wenn ich sie noch nicht so weit habe.

Aber ich bin schon nah dran, so nah. Ich wünsche mir schon jetzt nichts sehnlicher, als mich in ihr zu vergraben und zu spüren, wie sie sich um mich herum zusammenzieht, während ich komme.

Mit diesem Gedanken reiße ich ihr das Shirt über den Kopf. Drücke sie heftig mit dem Rücken gegen die Wand. Schlucke ihre Schreie, als ihre nackte Haut auf die kalte Wand trifft und sie sich mir entgegenwölbt.

»Ich finde dich verdammt sexy«, sage ich zu ihr, während ich mich von ihrem Ohr hinunter bis zu ihrer Halsgrube küsse. Es ist lächerlich, wie heiß ich diese kleine Stelle an ihr finde – andererseits finde ich alles an Cam sexy. Besonders die Ansammlung von Sommersprossen, die über die Konturen ihres Schlüsselbeins tanzen. Und das kleine Muttermal an der äußeren Rundung ihrer linken Brust. Und das zarte Rosa ihrer Nippel.

Verdammt, ich finde sogar die Narbe auf ihrer Schulter sexy. Die hat sie, seit sie vor ein paar Jahren mit einem Baum zusammenstieß und sich dabei neben anderen Verletzungen die Schulter auskugelte. Aber wie sie damit umging – wie ruhig und gefasst sie war –, war an sich schon erregend. Genau so, wie sie zulässt, dass ich mich um sie kümmere, obwohl sie das sonst *niemanden* tun lässt.

»Alles an dir macht mich heiß«, flüstere ich an ihrer Haut. Sie stöhnt ein wenig, wiegt die Hüften gegen meine, und ich sehe verdammt noch mal Sterne bei dem Gefühl ihrer Pussy – warm und feucht und einladend – an der harten Kontur meines Schwanzes. In Notwehr packe ich ihre Hüfte und dränge mich in einem letzten Versuch, sie ruhig zu halten, noch fester an sie, während ich weiter feuchte Küsse mit offenem Mund an ihrem Hals entlang und auf ihre Schulter drücke.

»Wie rosig deine Haut wird, wenn du erregt bist.« Ich lecke über die Wölbung erst der einen und dann der anderen Brust.

»Wie deine Nippel immer schon hart werden, bevor ich sie überhaupt berühre.« Ich nehme einen in den Mund und sauge fest genug, bis sie meinen Namen keucht.

»Die gebrochenen, atemlosen Laute, die du machst, wenn du mich in dir haben willst.« Ich beiße sanft zu, dann lasse ich die Zunge um ihren Nippel kreisen, während sie genau die Laute von sich gibt, die ich gerade beschrieben habe.

»Wie deine Hände über meinen Rücken kratzen, wenn ich deine Pussy berühre.« Ich schiebe eine Hand in ihre Jogginghose und umkreise ihren Kitzler mit meinem Daumen.

Das lässt sie aufschreien, ein lauter, verzweifelter Laut, der meinen Schwanz zucken lässt und alle Nervenenden in meinem Körper elektrisiert.

Ich tue es noch einmal, genieße es, wie sich ihre Hände an meine Schultern klammern.

Wie sie den Kopf an der Wand hin und her windet.

Wie sich ihre Beine enger um meine Hüften legen und ihre Fingernägel sich in meine Haut graben, während sie bettelt: »Bitte, bitte, bitte.«

»Dich nur anzuschauen, macht mich härter, als ich es je war. Und in dir zu sein …« Ich stoße gegen ihr Zentrum, während ich gleichzeitig ihre Klitoris zwischen Daumen und Zeigefinger kneife. »In dir zu sein, macht mich …«

Ich breche ab, als sie kommt und ihre Arme, Beine und Hände fester um mich schlingt, während sie gebrochen meinen Namen ruft.

»Verdammt, Cam.« Ich lasse meinen Daumen auf ihrer Klit, bearbeite sie weiter, während ich zwei Finger in sie gleiten lasse, denn es gibt nichts, *nichts,* was ich mehr liebe als das Gefühl, wenn sie sich um mich herum zusammenzieht. Wie ihr Körper einen Teil von mir festhält, als ob sie ihn nie, nie wieder loslassen wollte.

Ich halte sie dort fest, an die Wand gedrückt, bis das Beben aufhört.

Bis sich ihr Atem wieder normalisiert und sie schläfrig die Augen öffnet.

Bis sie mich anlächelt und eine immer noch zitternde Hand an meine Wange legt.

»Alles okay?«, frage ich sie und drücke einen Kuss auf die weiche, zarte Stelle, wo ihre Schulter in ihren Hals übergeht.

»Mehr als okay.« Sie wiegt mir ihre Hüften entgegen. Einmal, zweimal. Dann immer wieder, bis ich mich heftig zusammenreißen muss, nicht wie ein verdammter Vierzehnjähriger in meiner Hose zu kommen. »Aber du bist nicht ge…«

Ich presse meinen Mund auf ihren, um ihr mit einem Kuss das Wort abzuschneiden. Denn wenn ich sie jetzt das Wort *kommen* sagen höre, werde ich mich unmöglich weiter zusammenreißen können. Ihr unmöglich nicht die Jogginghose herunterziehen und mich in ihr vergraben können. Sie unmöglich nicht ficken und ficken und ficken können, bis keiner von uns mehr atmen, geschweige denn stehen, reden und funktionieren kann.

Sie erwidert den Kuss, beißt auf meine Lippe, drängt ihre Zunge tief in meinen Mund, um sie um meine zu winden. Ich stöhne, versuche einen Schritt zurückzutreten, damit sie auf den Boden gleiten und ich vor sexueller Frustration sterben kann. Aber es ist schon eine gute Viertelstunde her, seit ihre Stylistin gegangen ist. Das Letzte, was ich will, ist, dass sie hereinplatzt, während wir miteinander schlafen.

Doch als ich versuche, Cam wieder auf den Boden zu stellen, keucht sie: »Nein!« Und dann fummeln ihre Hände an meinem Gürtel herum, ihre Finger öffnen die Knöpfe und den Reißverschluss meiner Jeans.

»Cam ...« Das ist alles, was ich sagen kann, alles, was ich denken kann, als sich ihre Hand um meinen steinharten Schwanz legt. Cam, Cam, Cam ...

»Fick mich, Luc. Bitte.«

Ihre Stimme ist atemlos, ihr Blick flehend, als sie beginnt, mir einen runterzuholen, während ihr Daumen über meine Spitze reibt. Ich bin so erregt, und ich weiß, wenn ich das zulasse – wenn ich sie das noch länger machen lasse –, werde ich abspritzen wie ein verdammter Teenager bei seinem ersten Mädchen. Andererseits habe ich mir als Teenager nichts sehnlicher gewünscht, als dass Cam mein erstes Mädchen ist.

Mein einziges Mädchen.

Der Gedanke treibt mich höher, und ich spüre, wie mein Orgasmus in meinem Rücken beginnt, wie sich die Hitze direkt an der Basis meiner Wirbelsäule sammelt und sich ihren Weg durch meinen Schwanz und meine straffen Eier bahnt.

Ich versuche noch einmal, mich ihr zu entziehen, sie abzusetzen, bevor ich vergesse, wo wir sind und was wir hier tun. Bevor ich alles vergesse, außer wie heiß sie ist und wie sehr ich in ihr sein will und ...

»Nein!« Cam legt eine Hand um meine Hüfte und umfasst meinen Hintern. Ihre andere Hand ist auf meinem Schwanz, um mich an ihrem Eingang in Position zu bringen, sodass ich nur noch tief einatmen muss, um in ihr zu sein.

Ich halte den Atem an, versuche, völlig reglos zu bleiben. Aber das ist so schwer, so verdammt schwer, wenn alles, was ich will –

alles, was ich je gewollt habe –, direkt vor mir ausgebreitet ist, um es mir zu nehmen.

»Luc, bitte. Ich brauche dich«, sagt sie zu mir, und ihre schönen moosgrünen Augen sind verschwommen und ein wenig feucht, als sie flehend in meine blickt. »Ichbrauchedichichbrauchedichichbrauchedichichbrauchedichichbrau …«

Das ist der Tropfen, der das Fass zum Überlaufen bringt. Diese Worte zu hören, wünsche ich mir seit Jahren – seit einer gefühlten Ewigkeit. Meine Selbstbeherrschung lässt mich im Stich, und mit einem einzigen Stoß meiner Hüften bin ich bis zum Ansatz tief in sie eingedrungen.

Ihre feuchte Hitze umklammert mich, und sie fühlt sich so gut an – so gut –, dass ich beinahe schon beim ersten Stoß komme.

Beim ersten Anheben ihrer Hüften an meinen.

Beim ersten Stöhnen, das ihr über die Lippen kommt.

Aber das hier ist Cam, und ich muss es gut für sie machen. Muss sie noch einmal zum Kommen bringen, bevor ich endlich alles loslasse, was in mir tobt.

»Cam, Baby.« Ich küsse mich ihren Hals empor, dabei halte ich gelegentlich inne, um die Schweißtröpfchen aufzulecken, die ihre Haut hinunterlaufen. Ihr Schweiß. Mein Schweiß. An diesem Punkt kann ich nicht mehr sagen, wessen Schweiß es ist, und das kümmert mich auch nicht. Mich kümmert nichts mehr, außer zu spüren, wie sie um mich herum kommt.

»Du fühlst dich so gut an«, sage ich zu ihr, während ich die empfindliche Stelle hinter ihrem Ohr küsse. »Ich brauche dich so sehr. Ich brauche …«

Ich breche ab, als sie mit ihrer freien Hand meine andere Hüfte packt und mich an sich zieht, in sie, hart. Sie schreit auf und ich ebenfalls. Dann pumpe ich in einem harten, gleichmäßigen

Rhythmus in sie hinein, der uns beide keuchend nach Luft schnappen lässt, während Schweiß weiter an unseren Körpern herunterläuft.

Ich bin so kurz davor, dass das Bedürfnis zu kommen, wie Feuer in meinem Blut ist, ein Nebel in meinem Gehirn, ein Trieb tief in mir, den ich nicht zurückhalten könnte, selbst wenn ich es wollte. In Cam zu sein, fühlt sich so gut an, dass ich nicht atmen kann. Nicht denken kann. Nichts tun kann, außer zu spüren, wie sie ihre schönen Beine enger um mich schlingt und mich wieder und wieder und wieder in sich aufnimmt.

Ich senke den Kopf und sauge hart ihre Brustwarze in den Mund, während ich gleichzeitig meinen Daumen um ihre Klit herumgleiten lasse und anfange, sie zu streicheln.

Sie schreit auf, und es ist mein Name auf ihren Lippen. Mein Name, der durch ihr Blut pulsiert, während sie ihren Kopf an der Wand hin und her bewegt und sich von mir noch höher treiben lässt. Sich von mir bis zur Ekstase bringen lässt.

Sie kommt jetzt, ihr Körper zieht sich rhythmisch um meinen zusammen, und es fühlt sich so gut an, dass ich den letzten schwachen Griff über meine Kontrolle verliere und zusammen mit ihr über die Klippe stürze. Cam spürt es – spürt mich –, und sie wölbt ihre Hüften, beißt in meine Schulter.

Der stechende kleine Schmerz treibt mich noch höher, lässt mich ihren Namen keuchen, während mein Orgasmus anhält und anhält und anhält.

Ich halte sie fest, während ich mich in sie ergieße, die Finger in ihre Hüften gegraben und meine Lippen an der Seite ihrer Brust. Aber sie hält mich ebenfalls fest, die Arme um meine Schultern geschlungen, ihre Finger in meinem Haar vergraben.

»Luc«, flüstert sie meinen Namen an meiner Haut.

Meine Verteidigungsmauern brechen weit auf. In diesen Momenten, wenn ich tief in ihr bin – wenn sie sich so eng um mich schlingt, dass ich nicht sagen kann, wo ich aufhöre und sie anfängt –, spüre ich, wie ein weiteres Stück von mir selbst zerbröckelt. Spüre, wie ich ihr noch ein bisschen heftiger verfalle. Und als sie meinen Namen ruft, während sie auf meinem Schwanz kommt – Momente, die sich anfühlen wie eine Ewigkeit, wie ein gestohlener Augenblick außerhalb der Zeit –, kann ich nichts anderes tun, als ihr dieses Stück von mir – jedes Stück von mir – zu geben.

Kann ich nichts anderes tun, als mich immer heftiger in Cam zu verlieben.

Kapitel 9

CAM

»Sie hat das Fotoshooting total gerockt«, sagt Luc, während er das Bier nimmt, das Z ihm anbietet, und es mir mit einem stummen Trinkspruch hinhält, der meine Wangen erröten und meinen Magen sich aus Freude und Verlegenheit überschlagen lässt. Vor allem, wenn ich daran denke, was Luc getan hat, um mich vor dem Fotoshooting aufzulockern. Ein Teil von mir kann es immer noch nicht glauben, dass ich mich so von ihm nehmen ließ, an die Wand gedrückt, mit den Leuten von der Zeitschrift auf der anderen Seite der sehr dünnen Tür. Andererseits schien es niemanden zu stören, obwohl wir nicht gerade leise waren – was mich zugegebenermaßen dazu bringt, mich zu fragen, wie oft so etwas bei Cover-Shootings vorkommt.

Schon allein bei dem Gedanken brennen meine Wangen heißer.

»Im Ernst«, fährt Luc fort, nachdem er einen Schluck aus der dunkelbraunen Flasche genommen hat. »Nach der Hälfte des Shootings hat der Fotograf sie angefleht, noch einmal für ihn zu modeln. Ich garantiere, dass das nicht das letzte Cover ist, auf dem Cam in diesem Jahr zu sehen sein wird.«

»Sick!«, sagt Ash und hält mir seine Faust zu einem Fist-bump hin. »Kann es kaum erwarten, die Fotos zu sehen. Da wird es auch noch eine ganze Fotostrecke in der Zeitschrift geben, stimmt's?«

»Und ob!«, antwortet Luc. Er sieht richtig stolz aus, als er das sagt, was das Durcheinander an Gefühlen in mir nur noch verstärkt. Ist er stolz, weil er mein bester Freund ist? Weil er mein fester Freund ist – falls er überhaupt mein fester Freund ist? Oder weil mich die beiden Orgasmen, die er mir beschert hat, derart entspannt haben, dass ich vor der Kamera nicht wie eine Pappfigur ausgesehen habe?

»Das ist so toll«, sagt Tansy und hüpft vor Aufregung ein wenig auf ihrem Stuhl. »In welchem Monat kommt das Magazin raus?«

»Im Januar«, sage ich und ziehe den Kopf ein, weil mich diese ganze Sache mit der fehlenden Kleidung immer noch leicht panisch macht. »Weshalb es auch absolut keinen Sinn gemacht hat, mich im Bikini zu fotografieren, wenn man bedenkt, dass ich den ganzen Monat damit verbringen werde, Berge runterzubrettern.«

»Machst du Witze?«, schreit Ophelia, um über die Musikbox in der Ecke der Bar hinweg gehört zu werden, die jemand gerade eingeschaltet hat. »Jungs dürfen Sportklamotten tragen. Mädchen dürfen Bikinis tragen – selbst wenn das bedeutet, dass sie sich den Arsch abfrieren. Ist dir das noch nie aufgefallen?«

»Bikini?«, fragt Ash und sieht Luc mit hochgezogenen Augenbrauen an.

»Nicht nur irgendein Bikini. Ein winzig kleiner limettengrüner Bikini, der mehr Dekoration als tatsächliches Kleidungsstück war«, erklärt Luc ihm. »Unter anderem.«

»*Niiiiiiiice.*« Ash zwinkert mir zu. »Wann kriegen wir die Fotos gleich wieder zu sehen?«

Tansy boxt ihn leicht gegen die Schulter. Aber sie lacht zusammen mit Ash und Z, Luc und Ophelia. Es tut ein bisschen weh, aber ich lache mit. Wie kann ich es ihnen auch verübeln? Die Vorstellung von mir in einem knappen Bikini ist völlig absurd, egal, was sie beim Shooting zu mir gesagt haben. Vor allem, wenn ich an Ophelias großzügige Kurven und Tansys zierliche weibliche Figur denke. Neben ihnen sehe ich aus wie eine plumpe Amazone – wenn ich Glück habe.

Ich versuche, mich nicht davon ärgern zu lassen, dass Luc ebenfalls lacht, als wäre die Vorstellung, dass ich sexy aussehe, ein Witz. Ich meine, er hat mir vorhin hindurchgeholfen – mir gesagt, wie heiß er mich findet –, aber das war sicher nur, um mich zu entspannen. Nur, um mich durch das Shooting zu bringen. Und es hat funktioniert, was wohl alles ist, was zählt, nehme ich an. Und wenn ein kleiner Teil von mir sich wünscht, dass er all die Dinge, die er mir ins Ohr geflüstert hat, während wir Sex hatten, auch wirklich so gemeint hat, dann geht das niemanden etwas an außer mich. Es ist ja nicht so, dass ich viel Zeit damit verbracht hätte, darüber nachzudenken, wie attraktiv er ist oder so …

Aber das stimmt auch nicht ganz, denn ich fand Luc schon immer sehr anziehend. Sogar als ich dachte, ich sei in Z verliebt, fand ich Luc trotzdem total heiß. Total attraktiv. Und jetzt, da ich ihn nackt gesehen habe – jetzt, da er in mir war –, beschreibt »heiß« nicht annähernd das, was ich über ihn denke. Oder wie oft ich an ihn denke.

Im Radio läuft ein Song – »Pretty Girls« von Britney Spears und Iggy Azalea –, und Ophelia springt auf. »Tanz mit mir«, sagt sie, ergreift Zs Hand und zieht ihn auf die provisorische Tanzfläche im hinteren Teil der kleinen Bar, in der wir heute Abend abhängen. Er stöhnt, aber ein breites Lächeln liegt auf seinem Gesicht, als er ihr bereitwillig folgt.

Ich kann nicht anders, als zuzusehen und mich zu wundern, welchen Unterschied neun Monate bei ihm gemacht haben. Welchen Unterschied Ophelia gemacht hat. Der grüblerische Bad Boy, den ich mein ganzes Leben lang gekannt habe, ist nicht direkt verschwunden, aber sein Schmerz wird durch das Glück gemildert, das Ophelia ihm bringt, und das ist erstaunlich zu sehen. Besonders nach so vielen Jahren, in denen ich ihn mit jedem Tag ein bisschen mehr sterben sah.

Lange Zeit wollte ich das Mädchen sein, das seinen Schmerz linderte, das ihm ein Lächeln ins Gesicht zauberte. Aber wenn ich ihn mit Ophelia sehe, empfinde ich weder Bedauern noch Eifersucht darüber, wie sich die Dinge entwickelt haben. Wie könnte ich auch, wenn mein bester Freund keine Todessehnsucht mehr hat? Wenn er mehr lächelt als je zuvor?

Ich nehme einen Schluck von meinem Wein und werfe einen Blick zu Luc hinüber, um zu sehen, was er gerade tut. Wie sich herausstellt, beobachtet er mich, und die Intensität in seinen dunklen Augen steht in direktem Kontrast zu der lässigen Art, mit der er sich auf seinem Stuhl zurücklehnt und seine Bierflasche zwischen zwei Fingern baumeln lässt. Mein Mund wird ein wenig trocken bei der Direktheit seines Blicks, und plötzlich kann ich nicht anders, als mich zu fragen, ob er auch an diesen Nachmittag denkt. Oder an letzte Nacht. Ich kann nicht anders, als mich zu fragen, ob er daran denkt, wieder in mir zu sein. Gott weiß, ihn dort zu haben, ist so ziemlich alles, woran ich den Abend über immer wieder denke.

Ich kann nicht anders, als mich zu fragen, ob man es mir ansieht, ob die anderen es sehen können. Und wenn ja, was sie davon halten, dass wir zwei zusammen sind. Wenn es das ist, was wir sind.

Gott, dieses ganze Friends-to-Lovers-Ding ist absolut furchtbar. Wenn Luc nicht mein bester Freund wäre, würde ich sagen, alle Zeichen deuten definitiv darauf hin, dass wir zusammen sind. Aber das ist er, und obwohl er mich vorhin um den Verstand gevögelt hat, ist er jetzt gerade völlig gechillt und verhält sich mir gegenüber wie immer. Und ich habe keine Ahnung, was das bedeutet. Bedeutet es, dass wir nur Fuckbuddys sind? Bedeutet es, dass er sich schämt, mit mir zusammen zu sein, und niemand anderes wissen soll, dass er die unscheinbare, burschikose Cam vögelt? Oder bedeutet es etwas ganz anderes?

Bevor wir das erste Mal miteinander geschlafen haben, hätte ich ihn einfach gefragt. Andererseits, bevor wir miteinander geschlafen haben, hätte ich nie auch nur daran gedacht, etwas anderes als Freundschaft für Luc zu empfinden. Und jetzt, da ich Gefühle für ihn entwickle, ist es zu spät. Zu spät, um etwas zu ihm zu sagen, ohne mich zu blamieren. Zu spät, um wieder nur Freunde zu sein, zumindest in meinem Kopf. Zu spät, fürchte ich, als dass diese Sache irgendwie anders als schlecht enden könnte.

»Hey, Leute. Was geht?«

Die vertraute Stimme reißt mich aus dem verrückten Kaleidoskop meiner Gedanken, und ich blicke gerade rechtzeitig hoch, um zu sehen, wie Josh Greene mich anlächelt, bevor er auf Zs freien Stuhl rutscht. Josh ist ein weiterer Profi-Snowboarder, ein paar Jahre älter als wir, und er lebt in Salt Lake City, sodass wir ihn ziemlich gut kennen – vor allem, weil er Ashs und Zs Hauptkonkurrent während ihrer gesamten Karriere war. Er ist superbegabt und superverrückt, ein Adrenalinjunkie, der selbst Z in seinen schlimmsten Momenten in den Schatten stellt.

Aber er ist auch ein wirklich netter Kerl.

»Hey, Josh.« Ich lächle ihn an, während er Luc auf den Rücken klopft und mit der anderen Ash die Hand schüttelt.

»Hey, Cam.« Er lächelt zurück, wackelt mit den Augenbrauen und zeigt mit dem Kinn auf mein gerade geleertes Glas. »Was trinkst du?«

»Den roten Hauswein.«

»Ach, komm schon, das können wir doch besser.« Er schaut die anderen an. »Was ist mit euch, Leute? Die nächste Runde geht auf mich.«

»Ich glaube, wir sind es, die dir einen ausgeben müssen, oder nicht?«, fragt Ash. »Hast du nicht gerade in Neuseeland die Konkurrenz weggefegt?«

»Nur weil ihr nicht da wart«, antwortet Josh.

»Nett«, sage ich und verdrehe die Augen. »Erreichst du mit dieser falschen Bescheidenheit eigentlich je was?«

Er schenkt mir ein Grinsen.

»›Das weiß ich noch nicht. Bis jetzt sieht's gut aus.‹«

»Ist das aus *Top Gun*?«, will Tansy wissen. »Hast du gerade einen Spruch aus *Top Gun* auf sie losgelassen? Denn das, ich muss schon sagen, braucht Eier, Mann.«

»Du weißt, dass ich das nicht beantworten kann«, sagt Josh völlig trocken.

»Wieso nicht?« Tansy spielt ihm direkt in die Hände.

»›Das ist top secret. Ich könnt's Ihnen sagen, aber dann müsste ich Sie anschließend töten.‹«

Wir alle stöhnen auf, und Ash wirft eine zusammengeknüllte Serviette nach ihm.

»Okay«, sagt er, »jetzt gibst du wirklich die nächste Runde aus. Ich nehme ein Guinness.«

»Ich auch«, meldet Luc sich zum ersten Mal zu Wort, seit Josh an den Tisch gekommen ist.

»Ich auch«, echot Tansy.

»Na, das ist leicht zu merken.« Josh wendet sich wieder mir zu, während er aufsteht. »Macht es dir was aus, mitzukommen? Mir beim Tragen zu helfen?«

»Klar, kein Problem.« Als ich mich an Tansy und Ash vorbeiquetsche, trifft mein Blick den von Luc. Er lächelt, aber da ist ein Ausdruck in seinen Augen, etwas an seiner Haltung, was mich auf den Gedanken bringt, dass er nicht erfreut ist.

Für einen Moment, nur einen kleinen Moment, frage ich mich, ob es etwas mit Josh zu tun hat und damit, wie aufmerksam er sich mir gegenüber verhält. Aber dann tue ich das als Wunschdenken ab – Luc war die ganze Zeit über völlig entspannt, als Josh am Tisch saß und unerhört mit Tansy und mir flirtete. Außerdem weiß jeder, dass Josh noch eine größere Vorliebe für Schneehäschen hat als Z früher. Ich bin so was von nicht sein Typ.

Bevor ich ihn fragen kann, ob alles okay ist, legt Josh eine Hand zwischen meine Schulterblätter, um mich zur Bar zu dirigieren.

»Also, was ist dein Lieblingswein?«, fragt er mich, während wir darauf warten, dass die Barkeeperin zu uns kommt. Es ist zwar nicht Wochenende, aber es ist eine kleine Bar abseits der Touristenpfade, was ausreicht, dass sie das ganze Jahr über gut besucht ist. In Park City, wo der Tourismus alles zählt, ist solch ein Ort, der nicht auf die großen Urlaubermassen ausgerichtet ist, eine wahre Seltenheit. Und eine kostbare noch dazu.

»Um ehrlich zu sein, ich mag alles«, antworte ich ihm achselzuckend. »Ich habe einen liederlichen Gaumen.«

Das entlockt ihm ein Lachen. »Einen liederlichen Gaumen, hm? Das werde ich mir definitiv merken.« Sein Arm legt sich um meine Taille und zieht mich näher an sich heran. Ich bemerke es kaum, und als ich es tue, beunruhigt es mich nicht. Josh weiß nicht, wie man eine Unterhaltung führt, ohne zu flirten, aber das hat nichts zu bedeuten. Ich kenne ihn seit Jahren, und er war schon von Anfang an so.

Die Barkeeperin kommt endlich zu uns, und wir bestellen für alle, einschließlich Z und Ophelia. Aber als sie uns sagt, dass sie uns die Getränke an den Tisch bringen lassen wird, bietet Josh freiwillig an zu warten. Da wird es mir klar. Ich bin sein Vorwand, um an der Bar rumzuhängen und mit ihr zu reden.

Die Barkeeperin ist wirklich süß. Sie ist kein Schneehäschen, aber sie ist blond und hübsch und hat ein hinreißendes Lächeln. Außerdem scheint sie wirklich nett zu sein – er könnte es definitiv schlechter treffen. Als er also mit einer Geschichte übers Snowboarden in Neuseeland anfängt, die sie offensichtlich beeindrucken soll, mache ich an den richtigen Stellen »Oh« und »Aah« und spiele es ein wenig hoch, damit er für sie gut aussieht.

Ich merke, dass es funktioniert, denn sie macht immer wieder kleine anzügliche Bemerkungen, während sie uns die Getränke bringt, immer zwei auf einmal. Josh geht natürlich darauf ein, aber als ich – ganz leise – anbiete, nach und nach die Getränke an den Tisch zu tragen, damit er mehr Zeit hat, mit ihr abzuhängen, wirft er mir einen seltsamen Blick zu. Und besteht darauf, mich zurück an den Tisch zu begleiten.

Als wir dort ankommen, sind Z und Ophelia bereits von der

Tanzfläche zurück und in eine Unterhaltung mit Tansy und Ash vertieft, über eine Band, die sie sehen wollen, wenn wir in ein paar Monaten in Aspen sind. Normalerweise wäre Luc mittendrin in dieser Unterhaltung. Er ist derjenige, der uns mit NEEDTOBREATHE überhaupt erst bekannt gemacht hat.

Aber er redet nicht darüber, wie man am besten Karten für ihr kleines, intimes Konzert bekommt. Stattdessen starrt er ins Leere, mit zusammengebissenen Zähnen und ungeduldig wippendem Fuß.

Ich werfe ihm einen fragenden Blick zu und forme lautlos *Was ist los?* mit den Lippen, während ich ihm sein Bier vor die Nase halte.

Aber er zuckt nur mit den Schultern und winkt mich mit einer Alles-okay-Haltung weg. Und da er völlig normal wirkt, als er sich umdreht, um etwas zu Ash zu sagen, muss ich es mir wohl eingebildet haben, dass etwas nicht stimmt.

Josh schnappt sich einen freien Stuhl von einem Tisch in der Nähe und zieht ihn dicht an meinen, während er mitten in die Unterhaltung hineintaucht. Wir verbringen die nächste halbe Stunde damit, Geschichten übers Boarden zu erzählen, eine haarsträubender als die andere, obwohl sie alle absolut wahr sind. Das ist vor allem für Tansy und Ophelia gedacht – der Rest von uns ist schon lange genug dabei, um die Geschichten auswendig zu kennen, aber die beiden sind neu in der Welt des Snowboardens, und es macht wirklich Spaß, zu beobachten, wie sie bei den gefährlichsten Stellen nach Luft schnappen, große Augen machen und sich anspannen.

Josh ist ein totaler Possenreißer und im Mittelpunkt des Geschehens – wahrscheinlich, um der Barkeeperin zu zeigen, wie cool er ist. Er ist gerade mitten in einer Geschichte über Dreharbeiten in Patagonien, als Ed Sheerans »Tenerife Sea« aus der Jukebox ertönt.

Er bricht mitten im Satz ab und nimmt meine Hand. »Tanz mit mir«, sagt er und zieht mich auf die Beine. »Ich liebe diesen Song.«

»Ich auch.« Ich lasse mich von ihm auf die briefmarkengroße Tanzfläche führen. Es ist ein langsames Lied, also mache ich mit, als er mich in die Arme nimmt, aber während er das tut, fängt mein Blick über seine Schulter hinweg den von Luc ein.

Und als der Refrain einsetzt, in dem Ed davon singt, dass seine Frau – seine Liebe – genug ist, dass sie alles ist, was er jemals brauchen wird, sind Lucs Augen dunkel und gequält und so, so verletzlich, dass mir der Atem stockt.

Für lange Sekunden bin ich wie gebannt. Ich kann nicht atmen, ich kann nicht denken, ich kann nichts anderes tun, als zu fühlen, während ich mich sanft zur Musik wiege und ihn mit all den gemischten Gefühlen ansehe, die in mir toben.

Aber dann dreht Josh uns herum, und es ist so verwirrend, dass ich ein paar Augenblicke brauche, um zu merken, dass ich Luc aus den Augen verloren habe. Ich drehe meinen Kopf und versuche verzweifelt, ihn durch das Gewirr der anderen Paare auf der Tanzfläche hindurch zu finden. Doch Josh zieht mich näher an sich heran und hält meine Hand in seiner, während er auf mich herablächelt. Als er uns wieder umdreht und ich Luc finde, ist dieses zerbrechliche Etwas, welches auch immer zwischen uns in der Luft hing, längst verschwunden. Luc ist in ein Gespräch mit Ash und Z über irgendetwas vertieft und hat sich dabei so von der Tanzfläche weggedreht, dass er vollständig von mir abgewandt ist.

Und als Josh Greene, der Snowboarder und Frauenheld

schlechthin, anfängt, mir den Songtext vorzusingen, bekomme ich das nicht mal richtig mit. Ich bin zu sehr damit beschäftigt, mich zu fragen, was ich in Lucs Augen gesehen habe. Was es bedeutet.

Und warum ich mich so leer fühle, jetzt, da ich es verloren habe, was auch immer es war.

Kapitel 10

LUC

Cam fängt an zu reden, sobald wir die Bar verlassen. Sie plappert unaufhörlich über irgendetwas, ich weiß nicht einmal, was. Das setzt mir zu, weil es so gar nicht typisch für sie ist – außer dass es so ist. Es ist absolut typisch für sie, wenn sie nervös ist oder sich unsicher fühlt oder einfach nicht weiß, wie sie sich verhalten soll. Dann fängt sie an zu plappern wie eine Verrückte, und die Worte sprudeln so schnell und wild aus ihrem Mund, dass sie sich überschlagen und ihre Stimme ins Wanken gerät, weil sie keinen Moment lang innehält, nicht einmal, um zu atmen.

Normalerweise bin ich derjenige, der sie runterbringt. Ich bin derjenige, der sich vor sie stellt und sie beruhigt und sie dazu ermahnt, ab und zu mal Luft zu holen.

Genau wie gestern Abend, als sie zu mir nach Hause kam.

Genau wie heute Morgen beim Fotoshooting.

Aber ich habe im Moment nicht den Nerv, sie runterzubringen. Ich bin zu sehr damit beschäftigt, mich selbst runterzubringen, mich daran zu hindern, in eine Million verdammte Stücke zu zerspringen, während die Wut in mir brodelt.

Sie hat sich von ihm Drinks ausgeben lassen.

Sie hat sich von ihm *berühren* lassen.

Sie hat sich verdammt noch mal von ihm *halten* lassen, sich von ihm auf die Wange und den Mundwinkel *küssen* lassen.

Während ich direkt danebensaß, verdammt!

Nur wenige Stunden nachdem sie mich genau das Gleiche hat tun lassen.

Wie zum Teufel soll ich mich dabei fühlen? Was zum Teufel soll ich zu ihr sagen?

Er ist viel mehr ihr Typ, als ich es bin. Eine etwas ältere Version von Z, der nur darauf wartet, von ihr gerettet zu werden. Schöner Schein und Tollkühnheit nach außen, gequälte Seele und Todessehnsucht im Innern. Und im Gegensatz zu Z ist er total an ihr interessiert.

Verdammt, es ist ein Wunder, dass sie überhaupt mit mir hier draußen ist – wahrscheinlich wünscht sie sich, sie würde ihm jetzt auf der Toilette einen blasen. Das würde das Geplapper erklären.

Als wir zum Auto kommen, drücke ich auf meine Fernbedienung und würde am liebsten einsteigen, ohne Cam die Tür zu öffnen. Aber alte Gewohnheiten wird man nur schwer los. Außerdem hat mich meine Mutter besser erzogen. Das hält mich jedoch nicht davon ab, die Tür ein wenig zu fest zuzuschlagen, sobald Cam drinnen ist. Es hält mich nicht davon ab, mir vorzustellen, wie sie und Josh all die Dinge tun, die wir bereits getan haben, all die Dinge, die ich immer noch mit ihr tun möchte.

Sexuelle Dinge, sicher, aber auch andere Dinge. Dinge, wie mit ihr oben auf dem Podium zu stehen, mit den Preisen für den ersten Platz in unseren Händen. Josh kann ihr das geben, kann ihr alles in der Snowboard-Welt geben, was ich nicht kann. Zwei der talentiertesten Sportler der Welt, die was miteinander anfangen? Sich daten? Eine ernste Beziehung eingehen? Sie wären das verdammte Traumpaar des Wintersports, ihre Gesichter würden jede Sportsendung und jedes Zeitschriftencover zieren.

Schon allein bei dem Gedanken daran dreht sich mir der Magen um, und mein Blut gefriert, während sich Wut in Angst verwandelt.

Ich sage mir, dass das dumm von mir ist, dass ich die ganze verdammte Sache übertreibe. Aber ich habe gesehen, wie dieser Mistkerl sie heute Abend angeschaut hat. Genau so, wie ich sie anschaue.

Genau so, wie sie Z anschaut.

Aufgewühlt und stinksauer setze ich mich hinter das Steuer meines Range Rovers, lasse ihn an und fahre mit quietschenden Reifen vom Parkplatz, dass Cam sich am Türgriff festhält, während sie besorgt zu mir herüberschaut.

»Luc, bist du sicher, dass du fahren kannst?«

Die Tatsache, dass sie nicht weiß, dass ich stocknüchtern bin – dass ich schon vor Stunden nach meinem zweiten Bier zu trinken aufgehört habe –, macht mich noch wütender. Ich wette, sie könnte mir genau sagen, wie viele Drinks der tolle Josh Greene heute Abend hatte.

Und verdammt, ich muss mit diesem Mist aufhören. Ich höre mich an wie ein verdammter Trottel, und das habe ich satt. Ich habe es so satt.

Eifersucht ist etwas Hässliches, das verstehe ich. Etwas verdammt Hässliches. Es bringt dich dazu, verrückte Dinge zu denken, verrückten Scheiß zu machen. Gott weiß, dass ich im Lauf der Jahre mehr als genug davon empfunden habe, als ich zusah, wie sie meinen besten Freund anschmachtete.

Aber das hier, das fühlt sich nicht wie Eifersucht an. Es fühlt sich an, als würde mein verdammtes Herz weit aufbrechen.

Es fühlt sich an, als würde *ich* noch einmal weit aufbrechen.

Als wir in Südamerika waren, habe ich mir geschworen, dass ich das nicht mehr tun würde. Dass ich nicht mehr zulassen würde, dass Cam mir unter die Haut geht und mich völlig durcheinanderbringt. Dass ich mein Leben nicht mehr damit verbringen würde, abseits zu stehen und darauf zu warten, dass sie mich sieht.

Gut zu wissen, dass meine Entschlossenheit ganze zehn Wochen angehalten hat.

Fuuuuuuuuuuuck!

Es kostet mich jedes Quäntchen Selbstbeherrschung, nicht auf das Lenkrad einzuprügeln. Stattdessen biege ich ein wenig zu scharf in meine Straße ein, und Cam schnappt nach Luft, als sie gegen die Tür geschleudert wird. Ihr unaufhörliches Geplapper verstummt endlich, und ich spüre, wie sie mich anstarrt, während sie herauszufinden versucht, was los ist. Die Tatsache, dass sie es nicht weiß – die Tatsache, dass sie so ahnungslos ist, was ich für sie empfinde, dass sie keinen blassen Schimmer hat, was sie mir heute Abend angetan hat –, macht mich nur noch fertiger.

Ich fahre zu schnell auf meinen Parkplatz, froh darüber, dass nicht Winter ist, sonst wäre ich direkt ins Gebüsch gerutscht – oder schlimmer noch, in die Seite meiner Eigentumswohnung. Aber es ist nicht Winter, und der Range Rover kommt ruckartig zum Stehen. Ich kann fast hören, wie er vor Erleichterung aufstöhnt, als ich den Ganghebel auf Parken stelle und aussteige.

Oder vielleicht ist es auch nur Cam, die rauskrabbelt, bevor ich überhaupt um den Wagen herumlaufen und ihr die Tür öffnen kann.

»Willst du, dass ich gehe?«, fragt sie, als ich die Haustür aufschließe.

Da ich die Antwort auf diese Frage im Moment nicht weiß, gebe ich sie an sie zurück. »Willst du gehen?«

»Ich – nein, ich – du scheinst …«

Es tut weh, ihr zuzuhören, wie sie über ihre eigenen Worte stolpert, also unterbreche ich sie, bevor sie noch mehr Schaden anrichten kann. »Ich habe es dir doch schon gesagt. Du kannst so lange hierbleiben, wie du willst.«

»Ja, aber …«

»Aber was?« Ich sehe sie nicht an, als ich das frage. Stattdessen gehe ich den Flur entlang zu meinem Schlafzimmer und reiße mir dabei das Hemd über den Kopf.

Ich fühle mich, als könnte ich jeden Moment aus meiner Haut fahren und explodieren. Es ist nicht das erste Mal, dass ich mich so fühle – Cam und Boarden und meine lächerliche Familie haben mich im Lauf der Jahre immer wieder so weit gebracht – also weiß ich, das Einzige, was helfen wird, ist rohe körperliche Anstrengung. Und da es im Moment nicht infrage kommt, Cam zu vögeln – ich habe nicht genug Selbstbeherrschung, um sicherzugehen, dass ich ihr nicht wehtue, so wie sie mir wehtut –, muss nächtliches Schwimmen genügen.

Nur dass Cam mir den Flur entlang folgt und in der Tür meines Schlafzimmers steht, als ich mir die erste Boardshorts schnappe, die mir unter die Finger kommt.

»Was machst du da?«

»Wonach sieht es denn aus?«

Ich überlege, ob ich ins Bad gehen soll, um mich umzuziehen, aber scheiß drauf, sie ist diejenige, die mir gefolgt ist. Außerdem ist es ja nicht so, als hätte sie nicht schon alles gesehen, was ich zu bieten habe.

Ich ziehe mitten in meinem Zimmer blank und ignoriere das

erschrockene Geräusch, das Cam macht, als ich aus Jeans und Boxershorts schlüpfe und meine Badehose anziehe. Dann reiße ich die Glasschiebetür auf, die die Hälfte der Rückwand meines Schlafzimmers einnimmt, und trete hinaus in die nächtliche Hitze.

Ich verlasse meinen eingezäunten Innenhof und folge dem Weg durch die Baumgruppe, die meine Eigentumswohnung vom Pool trennt. Ich wohne in einem kleinen Luxuskomplex – insgesamt nur zwanzig Einheiten –, und einer der Gründe, warum ich die Wohnung gekauft habe, waren die großartigen Anlagen. Ich benutze sie oft, und ich bin einer der wenigen. Die meisten dieser Einheiten sind Ferienwohnungen für Leute, die nur ein paar Wochen im Jahr hier sind, im Winter.

Cam folgt mir. Ich kann hören, wie sie die Büsche streift, während sie den Weg entlanghumpelt. Aber ich gehe schnell – und bin immer noch so wütend, dass es mir nicht in den Sinn kommt, langsamer zu werden, damit sie mich einholen kann. Stattdessen beschleunige ich mein Tempo und stürme fast im Laufschritt aus den Bäumen heraus und in den Poolbereich.

Ich werfe mein Handtuch auf die nächstbeste Sonnenliege und springe mit Anlauf in den Pool. Ich tauche sauber und flach ein, dabei dringt die Kühle des Wassers kaum in mein Bewusstsein, als ich sofort anfange, in hartem Tempo meine Runden zu schwimmen.

Ich schwimme zwanzig, bevor ich endlich das Wasser um mich herum spüre.

Dreißig, bevor die körperliche Anstrengung anfängt, die tiefe Wut in mir abzukühlen.

Fünfzig, bevor mein Gehirn anfängt, sich aus dem Nebel aus Schmerz und Eifersucht zu befreien, der mich erfasst hat, als ich zugesehen habe, wie Cam mit einem anderen Kerl gelacht und geflirtet und getanzt hat.

Ich bin bei fünfundsiebzig Runden, als ich ihn spüre, einen weiteren Körper, der meinen streift, sobald ich aus der Wende komme. Und dann umfängt mich Cam, sie schlingt die Arme um meine Taille und verschränkt die Beine mit meinen, während sie mich im flachen Teil des Beckens zum Stehen bringt.

Als sie merkt, dass ich mich nicht wehre, zieht sie mich näher an sich heran – sodass ich ihre nackte Brust an meinem Rücken spüre – und drückt mir heiße Küsse auf die Schultern und den oberen Rücken. Als ihre Zunge über die diagonalen Linien des keltischen Knotens leckt, den ich dort tätowiert habe, peitscht Verlangen durch mich hindurch.

Es löscht meine Wut nicht aus, aber es steigert sie auch nicht. Stattdessen verschmilzt es mit ihr, vermischt sich in meinem Innern, bis ich nicht mehr sagen kann, wo das Verlangen beginnt und die Wut endet. Als Cam versucht, einen Schritt zurückzutreten, um mich sanft umzudrehen, packe ich sie stattdessen. Ziehe sie vor mich. Drücke sie gegen den Rand des Pools.

Und dann verschlinge ich sie.

Mein Mund stürzt sich auf ihren, und es ist mehr ein Kampf als ein Kuss. Lippen, Zähne, Zungen. Beißen, saugen, lecken, nehmen. Dann sind meine Hände in ihren Haaren, ziehen hart genug daran, um sie nach Luft schnappen zu lassen, als ich ihren Kopf nach hinten reiße, damit ich ihr an die Kehle gehen kann.

»Luc!«, schreit sie auf, und ihr Körper wölbt sich meinem entgegen, während ich über ihren Hals, ihre Halsgrube, ihr Schlüsselbein herfalle und immer wieder blaue Flecken in die zarte Haut sauge.

Ich gehe tiefer und sauge mich über den Ansatz ihrer Brüste zu ihren harten kleinen Brustwarzen. Sie schreit auf, sobald ich eine in meinen Mund nehme, greift nach unten, krallt ihre Finger in meine Boardshorts und schiebt sie über meine Hüften und meine Beine hinunter.

Ich kicke sie fort, greife nach ihren Schenkeln, um sie um mich zu legen, aber sie taucht unter Wasser, bevor ich sie gut zu fassen bekomme. Und dann sind ihre Lippen um mich gelegt, und sie saugt mich tief in ihren Mund.

Es ist ein seltsames Gefühl – ihr heißer Mund und das kühle Wasser, die mich gleichzeitig umgeben –, aber es ist fantastisch. Ich stoße die Hüften nach vorn, bis sie mich ganz in die Tiefe ihres Mundes und in ihre Kehle aufnimmt.

Ihre Hände krallen sich um meinen Hintern, aber sie versucht nicht, den Rhythmus zu kontrollieren. Stattdessen lässt Cam mich für lange Sekunden ihren Mund vögeln, bevor sie auftaucht, um nach Luft zu schnappen. Sie holt ein paar tiefe Atemzüge, will wieder untertauchen, aber ich bin dicht davor. Wenn sie mich noch einmal in den Mund nimmt, werde ich kommen.

Also packe ich sie stattdessen an der Taille, hebe sie hoch und werfe sie fast auf den Beckenrand.

Sie sitzt dort an der Kante, benommen und nackt und so verdammt heiß, dass ich kaum atmen kann, als ich ihre Beine aus dem Wasser und über meine Schultern reiße. Und dann tauche ich ein, vergrabe mein Gesicht in ihrem Schoß und meine Zunge tief in ihrer Pussy.

Bei der ersten Berührung meines Mundes stößt sie einen erstickten Schrei aus, und auch wenn ich nicht viele Nachbarn habe, gibt es doch ein paar. Ich lege eine Hand auf ihren Mund, um die Geräusche zu dämpfen, die sie macht, und sie beißt fest in meine Handfläche. Der kleine schmerzhafte Schock macht das Verlangen nur noch größer, und als sie zwei meiner Finger in ihren Mund saugt, komme ich fast schon, bevor ich überhaupt in ihr bin.

Ich dränge mein eigenes Bedürfnis noch ein wenig länger zurück und konzentriere mich stattdessen auf sie. Ich umkreise ihre Klit mit meiner Zunge fest genug, dass sie in meine Hand stöhnt, und dann kneife ich ihre Brustwarze mit meiner freien Hand, während ich gleichzeitig die Zunge wieder tief in sie schiebe.

Sie geht ab wie ein Feuerwerk, ihre Pussy krampft sich um meine Zunge, ihre Hüften stoßen gegen mein Gesicht, ihre Zähne beißen in meine Hand, während sie kommt und kommt und kommt.

Kaum ist sie fertig, reißt sie sich von meinen Händen los. Sie stößt sich vom Beckenrand ab und gleitet direkt ins Wasser – und direkt auf meinen Schwanz.

Sie nimmt meinen Kopf in ihre Hände und zieht mein Gesicht zu ihrem. »Fick mich«, sagt sie, während sie sich ihren Weg in meinen Mund leckt.

Darum muss sie mich nicht zweimal bitten.

Meine Finger graben sich in ihre Hüften, als ich Cam entgegenstoße und sie auf meinem Schwanz auf- und absenke. Ihre Beine sind um meine Taille geschlungen, ihre harten Brustwarzen an meine Brust gepresst, ihre Zähne beißen in meine Unterlippe.

Nichts hat sich je so gut angefühlt. Ich pumpe weiter in sie hinein, genieße das Gefühl des kühlen Wassers, das gegen meinen Rücken schwappt, während sich ihre heiße Pussy wieder und wieder um meinen Schwanz zusammenzieht. Ich bin kurz davor, so verdammt kurz davor, und das Einzige, was mich unter Kontrolle hält, ist das verzweifelte Bedürfnis, sie noch einmal kommen zu lassen – zu wissen, dass ich sie befriedigt habe, dass ich zumindest auf diese eine Weise genug für sie bin.

Ich lasse eine Hand zwischen uns gleiten, über die sanften Wölbungen ihrer Brüste und ihren flachen Bauch hinunter. Noch tiefer, bis ich die Stelle berühre, an der wir miteinander verbunden sind, mit meinen Fingern über ihre Schamlippen streichle, während ich mit dem Daumen über ihre Klit reibe, in einer kontinuierlichen Bewegung, die sie meinen Namen schreien lässt. Dieses Mal versuche ich nicht einmal, sie aufzuhalten.

Stattdessen genieße ich es einfach, wie sie ihren Mund von meinem losreißt und sich über meinen Kiefer und meinen Hals hinunterküsst und -saugt, mit einer Heftigkeit, von der ich weiß, dass sie am Morgen blaue Flecken hinterlassen wird.

»Verdammt, Baby, du fühlst dich so gut an«, sage ich zu ihr, während ich wieder und wieder in sie stoße, sie immer höher treibe. Mich selbst höher treibe. Sie mit meinem Körper auf eine Art und Weise für mich beanspruche, wie sie es zu einem anderen Zeitpunkt nie zulassen wird. »Ich brauche dich so sehr. Ich brauche ...«

Ich breche ab, als sich ihre Zähne in den Muskel an meiner Schulter graben, und jetzt bin ich an der Reihe, abzugehen. Mein Körper entgleitet meiner Kontrolle und explodiert in einem Orgasmus, der so heftig ist, dass ich ihn in jeder einzelnen Nervenendung spüre.

Meine Erfüllung löst ihre aus, und dann kommt auch sie und ruft meinen Namen, während sich ihre Pussy in einem Rhythmus um meinen Schwanz krampft, der mich so verausgabt, dass ich die Augen verdrehe und mein Herz einen Schlag aussetzt.

Als es vorbei ist, als ich wieder denken und atmen und mich endlich wieder bewegen kann, hebe ich sie behutsam auf den

Rand des Pools. Ich schwinge mich hinaus und nehme sie auf die Arme, bevor ich durch die Grünanlage zu meiner Wohnung zurückkehre. Ich lasse meine Boardshorts und ihre Kleider am Beckenrand liegen, weil ich sie keine Sekunde loslassen will. So wie sie die Arme um meinen Hals schlingt und sich an meiner Brust vergräbt, denke ich, dass es ihr genauso geht.

Draußen ist es immer noch warm, und als wir in meiner Wohnung ankommen, sind wir trocken genug, dass wir uns nur noch kurz mit einem Handtuch abtupfen müssen. Und dann kriechen wir ins Bett, und sie schmiegt sich an mich, noch bevor ich überhaupt die Decke über uns ziehen kann.

Cam sagt kein Wort, während sie sich an mich kuschelt, und ich auch nicht. Ich würde gerne behaupten, es liege daran, dass wir in diesem Moment so gut harmonieren, dass Worte unnötig sind, aber die Wahrheit ist, dass ich mich noch nie weniger auf derselben Wellenlänge mit ihr gefühlt habe, trotz alldem, was wir gerade getan haben.

Alles fühlt sich einfach – falsch an. Vielleicht ist es die Erinnerung daran, wie sie heute Abend in Joshs Armen aussah. Oder vielleicht ist es einfach nur die Erinnerung daran, wie sie war, als sie während eines Großteils der letzten fünf Jahre hinter Z her war. Oder vielleicht ist es die verdammte Erkenntnis, dass nichts von diesem Interesse – nichts von diesem bewussten Wahrnehmen – existiert, wenn sie mich ansieht. Wir sind befreundet, und die Chemie stimmt offensichtlich, sonst wäre der Sex nicht so verdammt phänomenal. Das sollte genug für mich sein. Es sollte mehr als genug für mich sein – schließlich habe ich mich so lange mit so viel weniger von ihr zufriedengegeben.

Und vielleicht wäre es wirklich genug, wenn ich sie nicht mit Josh gesehen hätte. Wenn ich sie nicht mit Z gesehen hätte. Wenn ich nicht sehen könnte, was wir zwei werden würden, wenn sie sich einfach auf mich einlassen würde. Wenn sie mich einfach nur so lieben würde, wie ich sie liebe. Aber ich kann es sehen, und es spielt eine Rolle, egal, wie sehr ich mir wünsche, dass es nicht so wäre …

Ich sage mir, dass ich es gut sein lassen soll, aber ich kann es nicht. Jetzt, da ich gekommen bin, hat die Wut etwas nachgelassen, und an ihre Stelle ist eine tiefe Traurigkeit getreten, von der ich keine Ahnung habe, wie ich sie abschütteln soll. Es ist eine Traurigkeit, die mich wach hält und an die Decke starren lässt, lange nachdem Cam eingeschlafen ist. Eine Traurigkeit, die sich in mich eingräbt und jede Freude unterminiert, die ich darüber empfinden könnte, sie in meinen Armen, in meinem Bett zu haben.

Die Zeit vergeht langsam, so langsam, bis ich – unfähig, noch eine Sekunde länger still zu liegen – unter Cam hervorrücke. Ich bringe etwas Abstand im Bett zwischen uns.

Sie bemerkt es nicht einmal. Und das sagt mir alles, was ich wissen muss.

Kapitel 11

CAM

Ich wache auf, weil der Wecker meines Handys klingelt. Es liegt auf dem Nachttisch neben mir, was keinen Sinn ergibt, denn ich kann mich nicht daran erinnern, es aus meiner Handtasche geholt zu haben, als wir gestern Abend aus der Bar zurückkamen. Andererseits kann ich mich an nichts anderes erinnern als daran, dass Luc mich im Pool um den Verstand gevögelt und dann in seine Wohnung zurückgetragen hat, in sein Bett.

Luc. Meine Augen fliegen auf, als mich der Gedanke an all das, was letzte Nacht zwischen uns passiert ist, gründlicher aufweckt, als es mein Handyalarm je könnte. Ich strecke eine Hand aus und streiche damit über mein Handy, um das allgegenwärtige Kreischen zu stoppen. Es funktioniert, Gott sei Dank! Dem unaufhörlichen Lärm folgt Stille, gesegnete Stille, als ich zurück ins Bett sinke.

Ein kurzer Blick über die Schulter verrät mir, was ich bereits wusste – dass ich allein bin. Was seltsam ist, wenn man bedenkt, dass ich meinen Wecker auf sieben Uhr morgens gestellt habe und Luc nicht gerade das ist, was man einen Frühaufsteher nennen würde, außer es geht ums Boarden.

Ich werfe die Decke zurück und drehe mich herum, um mich an der Bettkante aufzusetzen. Das Zimmer dreht sich ein wenig, und ich kann mich der Frage nicht erwehren, wie viel ich gestern Abend getrunken habe. Ich wusste, dass ich angenehm angeheitert war, als ich die Bar verließ, aber der stechende Schmerz in meinem Kopf und das unangenehme Gefühl in meinem Magen schreit »Kater!«.

Ein Kater *würde* erklären, woher ich gestern Nacht den Mut hatte, mich auszuziehen und Luc in den Pool hinterherzuspringen, obwohl ich wusste, wie wütend er war. Und warum ich ihn nach dem Sex nicht gezwungen habe, mit mir über das zu reden, was ihn überhaupt erst aus der Bahn geworfen hat.

Aber jetzt bin ich nüchtern – mit flauem Magen, aber nüchtern –, und ich stehe auf, dann lasse ich mich langsam zurück ins Bett sinken. Ich werde der Sache auf den Grund gehen, sobald das Zimmer aufhört, sich zu drehen.

»Luc«, sage ich in der Hoffnung, dass er mir ein Glas Wasser und ein paar Kopfschmerztabletten bringen wird. Er antwortet nicht. »Luc?«, rufe ich etwas lauter und zucke zusammen, als mein Kopf dadurch nur noch mehr schmerzt. Als er immer noch nicht antwortet, greife ich nach meinem Handy, um ihm eine Nachricht mit einem superjämmerlichen Flehen zu schicken.

Aber da sind bereits zwei Nachrichten von ihm – zusammen mit etwa zwanzig von meinem Vater und meinen Brüdern, die ich weiterhin geflissentlich ignoriere. Ich tippe auf seinen Namen, um seine letzten Nachrichten aufzurufen.

Gehe mit Ash und Z trainieren.
Bin bald zurück.

Und zwei Minuten später:

Da sind Bagels und frischer Orangensaft, falls du Hunger hast.

Das ist alles. Kein *Willst du zu uns ins Fitnessstudio kommen?* Kein *Wollen wir uns zum Mittagessen treffen?* Nicht mal ein *Wham, bam, danke für letzte Nacht, Ma'am.* Es fühlt sich seltsam an, als ob die Dinge irgendwie noch mehr aus dem Gleichgewicht geraten wären anstatt weniger.

Ich dachte, seit dem Fotoshooting gestern sei zwischen uns alles in Ordnung. Wir haben den ganzen Nachmittag zusammen abgehangen, und alles war gut. Normal. Lustig. Sogar in der Bar war alles gut. Jedenfalls besser, als es seit Langem zwischen uns war. Und dann plötzlich, gestern Nacht, wurde er ganz seltsam und ernsthaft und still, etwas, was nur vorkommt, wenn er stinksauer ist. Ich weiß nicht, was ihn so aufgeregt hat, und als ich Z und Ash gefragt habe, haben sie nur mit den Schultern gezuckt.

Und jetzt das.

Vielleicht mache ich eine zu große Sache daraus. Vielleicht hat Luc mich nicht gebeten, mitzukommen, weil er mich hat schlafen lassen wollen.

Oder vielleicht machen sie irgendwelchen Männerkram, und er nimmt an, dass ich kein Interesse daran habe.

Oder vielleicht wollte er mit ihnen über mich reden. *Gott!* Ich hoffe wirklich, wirklich, *wirklich*, dass es nicht das ist. Schon allein der Gedanke, dass er mit Z und Ash darüber reden könnte, was wir tun – was wir getan haben –, lässt die Übelkeit jäh zurückkommen, und ich schließe die Augen und lege die Stirn auf die Knie. Unsere besten Freunde brauchen absolut nicht zu wissen, wie ich im Bett bin.

Ich sitze da und versuche, die Energie aufzubringen aufzustehen – oder, na ja, meinen Lebenswillen zu finden –, als mein Handy erneut vibriert. In der Hoffnung, dass es eine Nachricht von Luc ist, greife ich danach und bin maßlos enttäuscht, als sich herausstellt, dass sie von Zach stammt, meinem jüngsten älteren Bruder. Er ist der Einzige, der mir in den letzten Tagen nicht geschrieben hat, und insgeheim habe ich gehofft, es läge daran, dass er sich wegen der Rückkehr dieser Frau genauso fertig fühlt wie ich. Aber nach dem ersten Teil seiner Nachricht zu urteilen, den ich in der Vorschau sehen kann, habe ich in einer Traumwelt gelebt.

> Hör auf, eine verwöhnte Göre zu sein.
> Du musst …

Ich wische die Nachricht weg, ohne sie überhaupt zu öffnen. Wenn es das ist, womit er anfängt, habe ich kein Interesse an allem, was er sonst noch zu sagen hat.

Trotzdem gibt mir das den nötigen Antrieb, um mich endlich ins Bad zu schleppen. Meine Füße fühlen sich heute ein wenig besser an, stelle ich fest, als ich barfuß über Lucs Hartholzboden humple. Die Schnittwunden fangen an zu heilen, das ist doch schon mal positiv, sage ich mir. Schade nur, dass es sich nicht so anfühlt, als ich am Waschbecken stehe – eine Hand auf dem Waschtisch abgestützt, um mich aufrecht zu halten – und mir die Zähne putze. Mir Wasser ins Gesicht spritze. Und verzweifelt versuche, mir einzureden, dass es keinen Grund zur Sorge gibt.

Ja, ich kenne Luc fast so gut, wie ich mich selbst kenne.

Ja, die Dinge zwischen uns waren in letzter Zeit hart und anders. Ja, diese ganze Sache mit dem Abhauen, während ich noch schlafe, ist ein bisschen seltsam – und erinnert mich auf unheimliche Weise an das, was ich mit ihm gemacht habe, als wir das erste Mal im Bett waren.

Aber das bedeutet nicht, dass irgendetwas Seltsames vor sich geht. Unsere Beziehung verändert sich, entwickelt sich – ist es da ein Wunder, dass wir beide uns ein wenig unbehaglich fühlen? Als ob die Dinge nicht ganz passen würden? Das ist völlig normal, versichere ich mir zum tausendsten Mal. Zumindest ist das meine Geschichte, und daran werde ich mit blutigen Fingerspitzen festhalten, so lange ich kann.

Als ich ins Schlafzimmer zurückkehre, sehe ich, dass meine Klamotten von der Bar gestern Abend – eine Jeans und eine Sommerbluse, die ich bei Macy's gekauft habe, bevor wir ausgegangen sind – ordentlich gefaltet auf Lucs Kommode liegen. Da meine letzte Erinnerung an sie darin besteht, sie auf eine Liege am Pool geworfen zu haben, kann ich nur annehmen, dass Luc heute Morgen losgegangen ist und sie geholt hat.

Gott sei Dank! In Anbetracht dessen, dass meine einzige andere Option darin besteht, seinen Kleiderschrank nach einer weiteren Jogginghose zu durchwühlen. Dieser Gedanke behagt mir nicht. Genauso wenig wie der Gedanke, eine komplett neue Garderobe zu kaufen, wenn ich doch eine völlig einwandfreie zu Hause im Schrank hängen habe. Ich muss einfach nur aufhören, ein Feigling zu sein, und sie holen.

Ein kurzer Blick auf die Uhr verrät mir, dass ich, wenn ich noch ein bisschen warte, heute wahrscheinlich nach Hause gehen kann, um meine Sachen zu holen und dann wieder zu verschwinden, ohne einem meiner Elternteile über den Weg zu laufen. Seit mein ältester Bruder nach Salt Lake City gezogen ist, um dort aufs College zu gehen, hat unsere Familie die langjährige Tradition, sich sonntagmorgens zum Pancake-Frühstück im hiesigen Frühstückslokal zu treffen. Im Laufe der Jahre hat sich vieles geändert, da alle ausgezogen und zur Uni gegangen sind, Arbeit gefunden haben, Freundinnen bekommen haben und so weiter – aber die einzige Konstante war immer das Sonntagsfrühstück. Solange man nicht auf dem Sterbebett liegt oder verreist ist, lässt man es nicht ausfallen – egal, wie betrunken man am Samstagabend war.

Ich liege zwar nicht auf dem Sterbebett, aber ich werde es heute definitiv ausfallen lassen. Wenn meine Mutter dort sein wird, werde ich es auch für die absehbare Zukunft ausfallen lassen. Vielleicht für immer. Und wenn mir das tief im Innern einen Stich versetzt, dann ist das einfach verdammtes Pech. Denn ich werde auf keinen Fall nachgeben und auch nicht die Tatsache vergessen, dass sie uns für ein besseres, aufregenderes Leben im Stich gelassen hat.

Wer macht so etwas? Das frage ich mich zum zehnmillionsten Mal. Wer fährt los, um Eiscreme zu kaufen, und kommt nicht mehr zurück? Die Tatsache, dass sie jetzt wieder aufgetaucht ist, hat für mich keine Bedeutung. Außer dass ich mich frage, was in diesem größeren, besseren Leben schiefgelaufen ist, dass sie letztendlich wieder hier angekrochen kommt, damit mein Vater ihr aus der Patsche helfen kann.

Also, nein, ich werde nicht mit ihr frühstücken. Aber den vielen Nachrichten auf meinem Handy nach zu urteilen, werden meine Brüder und mein Vater es tun. Das bedeutet, dass ich in der Lage sein sollte, für eine Weile ins Haus zu gehen, ohne mir Sorgen machen zu müssen, einem von ihnen über den Weg zu laufen.

Mit diesem Gedanken als mein leitendes Leuchtfeuer schaffe ich es schließlich in die Küche. Ich finde ein paar Kopfschmerztabletten, schlucke sie mit einer Tasse kochend heißem Kaffee runter, der mir die Kehle verbrennt, und nehme mir dann einen Bagel – meine Lieblingssorte – aus der Tüte, die Luc auf der Arbeitsplatte dagelassen hat.

Ich esse ihn im Stehen an die Küchenzeile gelehnt, während ich aus Lucs Fenster starre und angestrengt versuche, mir keine Sorgen zu machen. Es klappt nicht. Ein paar weitere Nachrichten kommen rein, und obwohl ich weiß, dass sie wahrscheinlich nicht von Luc sind, sehe ich sie mir trotzdem an. Und ich hatte recht. Definitiv nicht von Luc, aber auch nicht von meiner Familie.

Sie sind von Josh.

Hatte sehr viel Spaß gestern Abend.

Hoffe, wir können das bald wieder machen.

Seltsam, dass er mir eine Nachricht schickt, nachdem er schon immer mehr mit Z befreundet war als mit mir – aber vielleicht schreibt er ja uns allen. Wie auch immer, ich will nicht unhöflich sein, also schreibe ich zurück.

Absolut! So viel Spaß!

Dann stecke ich das Handy zurück in meine Tasche und vergesse ihn. Ich habe viel größere Sorgen als die SMS-Gewohnheiten von Josh Greene.

Sobald es neun Uhr ist und ich sicher bin, dass meine Eltern bereits zum Sonntagsfrühstück aufgebrochen sind, schnappe ich mir meinen Rucksack und mache mich auf den Weg zum Haus meines Vaters. Komisch, ich bin erst seit zwei Tagen weg, und schon fühlt es sich so an, als wäre das Haus, in dem ich aufgewachsen bin, das Haus meines Vaters und nicht mehr mein Zuhause. Ich bin mir nicht sicher, was ich davon halten soll, also verdränge ich den Gedanken in den Hinterkopf und konzentriere mich stattdessen aufs Fahren.

Doch als ich in meine Straße einbiege, sehe ich eine Reihe von vertraut wirkenden Autos, die auf beiden Seiten des Hauses am Bordstein parken. Die Autos meiner Brüder.

Was zur Hölle …? Die kommen sonntagvormittags nie hierher. Sie treffen sich immer im Restaurant. *Immer.* Warum also sind sie jetzt hier? Das ergibt keinen Sinn.

Stumm vor mich hin fluchend, lenke ich meinen Wagen zwischen den Autos hindurch und denke mir, dass ich einfach weiterfahren werde. Es ist zwar lästig, aber ich kann mir noch ein paar Sachen für die nächsten Tage kaufen. Irgendwann werde ich einen Zeitpunkt finden, an dem ich allein hier sein kann.

Nur läuft es nicht ganz so wie geplant. Gerade als ich am Haus vorbeifahre, kommt mein Bruder Nicholas aus der entgegengesetzten Richtung angefahren. Sobald er meinen Jeep sieht, hält er seinen Truck mitten auf der Straße an und versperrt mir damit den Weg.

Ich denke darüber nach, in die Einfahrt zu biegen und umzudrehen, aber das würde mich wie ein totales Miststück aussehen lassen. Vor allem, als Ty und Marcus genau diesen Moment wählen, um aus dem Haus zu Marcus' Wagen zu gehen. Es ist offensichtlich, dass sie mich ebenfalls entdeckt haben.

Scheiße! Ich sitze in der Falle.

Da ich nicht weiß, was ich sonst tun soll, fahre ich zurück, bis ich zu einer freien Stelle am Bordstein komme, an der ich parken kann. Dann steige ich aus dem Auto und bete, dass die nächste halbe Stunde nicht so schlimm wird, wie ich befürchte.

Ich komme gerade zur Einfahrt, als Marcus und Ty ein paar Kisten Bier und Wein aus dem Truck laden. »Wir fangen heute wohl schon früh mit dem Trinken an, oder?«, frage ich mit hochgezogenen Augenbrauen. »Nicht, dass ich es euch verdenken könnte. Kann ich bei der Action mitmachen?«

Ty rempelt mich mit der Schulter an. »Wir sehen uns nach dem Frühstück das Spiel an. Bleib hier, und du kannst gern bei so viel Action mitmachen, wie du vertragen kannst.«

»Das wird auf keinen Fall passieren. Ich bin nur hier, um meine Sachen zu holen.«

»Deine Sachen?«, fragt Nick, als er hinter uns auftaucht. »Du hast doch nicht wirklich vor auszuziehen, oder?«

»Doch, das ist genau das, was ich vorhabe.«

Meine Brüder sehen sich über meinen Kopf hinweg an und verdrehen die Augen. »Sei nicht so ein Mädchen«, rät Marcus, während er die Haustür mit dem Fuß aufstößt.

»Ich hab Neuigkeiten für dich, du Trottel. Ich bin ein Mädchen.«

Ty seufzt schwer. »Würde man nicht merken, wenn man dich ansieht. Ich meine, bis auf die Haare.« Er zieht an einer meiner Locken und haut dann ab, bevor ich Vergeltung üben kann.

Die anderen folgen ihm in die Küche, aber ich stehe einfach nur da und überlege, was ich tun soll. Ich höre das Klirren von Töpfen und Pfannen und eine Menge Leute, die sich alle gleichzeitig unterhalten. Den Autos draußen nach zu urteilen, sind Nick und ich als Letzte eingetroffen – was bedeutet, dass meine sechs Brüder gerade da drin sind. Zusammen mit meinem Vater und ihr.

Ein Teil von mir möchte den Kopf reinstecken, nur um zu sehen, wie meine Brüder auf sie reagieren. Aber nach dem Gelächter und dem fröhlichen Geplauder zu urteilen, scheinen sie bestens damit klarzukommen. Sogar Zach, der Verräter.

Und ich bin so was von nicht in der Stimmung, mich mit all dem auseinanderzusetzen.

Also laufe ich, scheiß drauf, immer zwei Stufen auf einmal nehmend, die Treppe hoch. Mein Zimmer ist das letzte auf der linken Seite – direkt neben dem Badezimmer, weil ich ein Mädchen bin, pflegte mein Vater zu sagen. Das war der einzige Vorteil, den es mit sich brachte, in diesem Haus weiblich zu sein, das und die Einzige zu sein, die sich als Kind ihr Zimmer mit niemandem teilen musste. Die Jungs beschwerten sich immer darüber, dass ich mein eigenes Zimmer hatte, aber in Wahrheit hätte ich jederzeit sofort mit ihnen getauscht. Es war immer ein bisschen einsam, die Einzige zu sein, die keinen Zimmergenossen hatte. Dazu kam noch die Tatsache, dass meine drei besten Freunde ebenfalls Jungs waren – Jungs, die regelmäßig beieinander übernachteten, jedoch ohne mich, weil mein Vater nicht so liberal eingestellt war. Eine Zeit lang war es ziemlich ätzend, ein Mädchen zu sein. Vor allem, wenn man bedenkt, dass ich kein Interesse an Barbies, Nagellack oder irgendeinem der anderen Dinge hatte, die den Mädchen in der Schule gefielen.

Das Positive daran ist, dass ich es gewöhnt bin, die Außenseiterin zu sein, also stört es mich nicht, mich als Einzige meiner Mutter zu verweigern.

Wobei … Genau gesagt *sollte* es mich nicht stören, denke ich, während ich mich in mein Zimmer schleiche und die Tür hinter mir schließe. Es sollte mich nicht stören, aber das tut es.

Wie können meine Brüder einfach vergessen, was sie getan hat?

Wie können sie so tun, als wäre nichts davon passiert? Das verstehe ich nicht.

Jetzt ist allerdings nicht der beste Zeitpunkt, um mir darüber Gedanken zu machen. Nicht, wenn ich Klamotten einpacken muss und nicht viel Zeit dafür habe. Es wird vermutlich nicht lange dauern, bis mein Vater an meine Tür hämmert und meine Anwesenheit am Frühstückstisch verlangt. Und da ich nicht die Absicht habe, mit dieser Frau im selben Raum zu sein, bin ich mir ziemlich sicher, dass das einen Streit vom Zaun brechen wird. Bevor das passiert, würde ich gerne so viel wie möglich gepackt haben. Ich schnappe mir meine beiden Reisetaschen aus dem Schrank, lege sie auf mein Bett und fange an, Sachen hineinzustopfen. Unterwäsche, Socken, Tanktops, Shorts, Jeans, sogar ein paar Sommerkleider für den Fall, dass sich die Sache mit Luc irgendwann in baldiger Zukunft zu einem Date manifestiert.

Die Taschen sind groß, da sie für meine dicken Snowboard-Klamotten gedacht sind, also schaffe ich es, in kurzer Zeit eine Menge hineinzubekommen. Es ist erst September, also brauche ich meine Snowboard-Sachen noch nicht, aber ich packe trotzdem ein Outfit mit ein – nur für den Fall. Ich werfe noch ein paar Schuhe, Toilettenartikel und meine Antibabypille dazu und bin in weniger als zehn Minuten fertig.

Gerade schnappe ich mir meinen Laptop und mein Tablet – und mein Handy-Ladegerät, damit ich mir nicht mehr das von Luc ausleihen muss –, als jemand an meine Tür klopft. Scheiße! Ich habe wirklich gehofft, dass ich es unbehelligt nach unten schaffen würde, wo es einen einfachen Fluchtweg gibt.

Aber da daraus offensichtlich nichts wird, bringe ich es am besten einfach hinter mich. Und zwar schnell. Ich gehe um mein Bett herum zur Tür und öffne sie, nachdem ich einmal tief durchgeatmet habe. Ich bin darauf gefasst, dass mein Vater oder mein ältester Bruder Greg auf der anderen Seite warten – darauf gefasst, von einem von ihnen angezickt zu werden. Aber womit ich nicht gerechnet habe, ist, dass meine Mutter da steht, in einem sonnengelben Kleid und mit einer großen Tasse in der Hand.

Ich bin sogar so unvorbereitet, dass ich sie für lange Sekunden einfach nur anstarre.

»Ich habe dir Kaffee gebracht«, sagt sie und hält mir die Tasse hin. »Dein Dad sagt, du magst ihn schwarz.«

»Er mag ihn schwarz. Ich mag ihn mit Milch.«

»Oh. Entschuldige.« Sie lässt ihre Opfergabe sinken und blickt dann an mir vorbei in mein Zimmer. »Darf ich reinkommen?«

»Ich wollte eigentlich gerade gehen.«

Ich wende mich von der Tür ab, trete zum Bett und ziehe die Reißverschlüsse meiner Taschen zu.

»Du ziehst nicht wirklich aus, oder?«, fragt sie, während sie ein paar ungebetene Schritte in mein Zimmer macht.

»Warum stellt mir jeder heute diese Frage? Ja, ich ziehe wirklich aus.«

»Bitte tu es nicht. Nicht wegen mir. Das Letzte, was ich will, ist, dass du das Gefühl hast, in deinem eigenen Zuhause nicht willkommen zu sein.«

Nun, das hätte sie sich wahrscheinlich überlegen sollen, bevor sie wieder hier eingezogen ist. Aber das sage ich nicht – es bringt nichts, ein totales Miststück zu sein, wenn noch mehr Drama das Letzte ist, was ich will.

Alles, was ich will, ist, so schnell wie möglich von hier zu verschwinden.

»Mach dir keine Sorgen. Ich bin nur deshalb so lange geblieben, weil ich nicht wollte, dass Dad allein ist. Da das ja jetzt kein Problem mehr ist …«

Ich lasse den Satz ausklingen, während ich mir eine der Taschen über die Schulter hieve und nach der zweiten greife.

Sie hält mich mit einer Hand auf meinem Arm auf. »Bitte geh nicht. Ich hätte wirklich gern eine Chance, mit dir zu reden, dich kennenzulernen.«

»Ja, nun, als ich klein war, hätte ich auch gern eine Chance gehabt, dich kennenzulernen. Sieht so aus, als würde keiner von uns beiden bekommen, was er will, nicht wahr?«

So viel dazu, kein Miststück zu sein.

Aber ich kann auf keinen Fall hier sein und mit ihr reden, wenn ich mich so durcheinander fühle. Ich würde am Ende noch in Tränen ausbrechen oder etwas ähnlich Lächerliches, und das werde ich auf keinen Fall tun. Auf keinen Fall werde ich jemandem, der mich bereits so sehr verletzt hat wie sie, zeigen, wie verletzlich ich bin.

Ich schüttle die Schuldgefühle ab, die mit meiner zickigen Bemerkung einhergehen, und hebe die andere Tasche auf. Und dann bin ich auf und davon, zwei Stufen auf einmal nehmend in meinem Bemühen, so schnell wie möglich von ihr wegzukommen.

Aber sie kapiert den Wink nicht. Sie folgt mir, und offensichtlich habe ich meine sportlichen Fähigkeiten von meinem Dad geerbt, denn sie stolpert, bevor sie auch nur die halbe Treppe hinunter ist. Ich höre sie aufschreien und habe gerade noch genug Zeit, die Taschen fallen zu lassen und mich umzudrehen, um sie aufzufangen, bevor sie gegen mich prallt und uns beide die letzten Stufen hinunterschleudert.

Sie schreit, als wir fallen – natürlich tut sie das –, und als wir unten landen, strömen mein Vater und meine Brüder aus der

Küche herbei. Wie durch ein Wunder schaffe ich es, uns beide aufrecht zu halten, obwohl mein schwaches Knie und meine verletzten Füße den größten Teil des Aufpralls abbekommen.

»Was hast du getan?«, will Greg wissen, als er vor uns stehen bleibt.

»Was *ich* getan habe?«

Sobald ich überzeugt bin, dass sie wieder sicher auf den Füßen steht, lasse ich meine Mutt… lasse ich *sie* los und hebe meine Taschen von dort auf, wo sie hingefallen sind. Ich hoffe, mein Laptop ist in Ordnung. Ich werde verdammt sauer sein, wenn ich ihn bei dem Versuch, sie zu retten, kaputt gemacht habe.

»Es war meine Schuld«, sagt sie. »Ich bin ihr hinterhergelaufen …«

»Hey, wo willst du hin?«, fragt Ty und packt mich am Arm, um mich festzuhalten. »Du kannst nicht einfach abhauen, wann immer du willst. Sie hätte sich verletzen können …«

»Alles, was ich getan habe, war, meine Taschen zu packen. Sie ist diejenige, die ungebeten in mein Zimmer gekommen ist, und sie ist diejenige, die über ihre eigenen Füße gestolpert ist.« Ich schubse ihn hart, und da er nicht damit rechnet, gelingt es mir tatsächlich, ihn ein paar Schritte zurückzustoßen. Sobald seine Hand von meinem Arm abrutscht, gehe ich zur Tür.

Doch Zach stellt sich mir in den Weg. Zach, der neben Luc, Ash und Z immer mein bester Freund war. Zach, der laut seiner Nachricht von heute Morgen denkt, ich sei eine verwöhnte Göre.

»Geh mir aus dem Weg«, sage ich zu ihm.

»Kannst du mal aufhören, so verdammt stur zu sein, und eine Minute lang zuhören?«

»Ich bin nicht diejenige, die nicht zuhört. Geh. Mir. Aus. Dem. Weg.«

»Sonst was?«, fragt er und zieht spöttisch eine Braue hoch.

»Sonst mache ich dir Beine.« Ich strecke die Hand aus, um ihn genauso zu schubsen, wie ich es bei Ty getan habe, aber bevor ich ihn berühren kann, dröhnt die Stimme meines Vaters durch die Diele. »Cameron Michelle Bradley, hör auf, dich wie ein tollwütiger Hund zu benehmen, sonst werde ich dir einen Maulkorb verpassen. Stell sofort diese Taschen ab und geh in die Küche, um dir die Hände zu waschen. Du bleibst zum Frühstück.«

Ich erstarre wie angewurzelt, denn wenn mein Dad diesen Tonfall anschlägt, muss man sich fügen. Es spielt keine Rolle, wie alt oder wie wütend oder wie verletzt man ist, man tut, was einem gesagt wird. Und obwohl ein objektiver Teil meines Gehirns mir sagt, dass ich ihn ignorieren kann – dass ich immer noch rausgehen kann –, sagen mir meine einundzwanzig Jahre Familienkenntnis etwas ganz anderes. Ich stelle die Taschen in der Diele ab, bevor ich in die Küche gehe, um das vermutlich elendig längste und unangenehmste Frühstück in der Geschichte der Familie Bradley einzunehmen.

Kapitel 12

LUC

»Also, was ist letzte Nacht zwischen Josh und Cam gelaufen?«, fragt Z, als ich nach einem kurzen Abstecher auf die Toilette an unseren Tisch zurückkehre.

»Ich weiß es nicht«, antworte ich, während ich zu verdrängen versuche, wie glücklich sie aussah, als sie ihn in der Bar anlachte. Oder wie gut sie beide aussahen – wie gut sie zueinander passten –, als sie zusammen tanzten. »Ich glaube nicht, dass irgendwas gelaufen ist. Warum?«

Z schiebt sein Handy über den Tisch, damit Ash und ich die letzten Nachrichten sehen können, die er von Josh bekommen hat.

> Hey, Alter, war toll mit euch gestern Abend. Cam ist supercool. Was isst sie gern? Ich werde diese Woche mit ihr ausgehen.

Und ein paar Minuten später:

Ist sie gern auf dem Wasser?

Ich starre die Nachrichten an, während ich überlege, wie ich antworten soll, ohne zu viel zu verraten. Aber es fühlt sich gerade so an, als hätte mir der unglaubliche Hulk den Brustkorb zertrümmert – oder sollte ich sagen, das Herz? –, und wahrscheinlich sieht es auch so aus. Vor allem, weil ich ein paar Sekunden zu lange brauche, um mir eine Antwort einfallen zu lassen.

Das Schweigen um uns herum schlägt im Nu von abwartend zu unangenehm um. Ich weiß es. Ich kann es im pulsierenden Klang der Stille spüren, der die ganze Luft ausfüllt und einfach für schmerzhafte Sekunden zwischen uns schwebt, um mich langsam zu erdrücken.

Und trotzdem kann ich nicht sprechen – kann mein Gehirn nicht dazu bringen, Worte zu bilden. Ich bin zu sehr damit beschäftigt, die verdammten Nachrichten noch mal zu lesen. Ich gehe sie in meinem Kopf immer wieder durch, während ich herauszufinden versuche, wie das Schreckgespenst, das mich fast die ganze Nacht wach gehalten hat, plötzlich real geworden ist.

Er schreibt nicht, dass er Cam um ein Date bitten wird. Er schreibt, dass er mit ihr ausgehen wird. Bedeutet das, dass er sie bereits gefragt hat? Und dass sie Ja gesagt hat?

Wie zum Teufel ist das möglich? Und wenn es möglich ist – wenn es wahr ist –, hätte sie mir dann nicht irgendwann etwas davon erzählen sollen?

Nicht, dass ich ihr wirklich eine Chance gegeben hätte, mit mir zu reden. Ich habe sie letzte Nacht bis zur Erschöpfung gevögelt und bin dann gegangen, bevor sie heute Morgen aufgewacht ist. Aber trotzdem, ich habe sie in meine Wohnung einziehen lassen.

Ich habe ihr Bagels gekauft. Ich bin ihr bester Freund. Wenn sie sich mit einem Kerl verabredet, während sie mit mir vögelt, hätte sie doch sicher eine Möglichkeit finden sollen, das zu erwähnen. Vielleicht, bevor sie nackt in den Pool steigt und sich um mich schlingt.

»Vielleicht hat er sie gerade erst gefragt«, sagt Ash, als ob er meine Gedanken lesen könnte oder so. »Ich meine, wir waren den ganzen Tag weg. Er hätte ihr heute Morgen eine Nachricht schicken und sie fragen können.«

»Ja, wahrscheinlich«, stimmt Z zu, während er mir sein Telefon aus der Hand nimmt und es zurück in seine Tasche steckt, wo ich mir wünschte, es wäre die ganze Zeit geblieben. »Oder … Ihr kennt Josh ja. Er denkt wahrscheinlich einfach, dass sie schon Ja sagen wird, wenn er sie irgendwann fragt.«

»Das klingt eigentlich sogar sehr nach ihm«, meint Ash. »Er ist ein arroganter Arsch.«

»Ja, aber so mag Cam ihre Männer, nicht wahr?« Die Worte sind raus, bevor ich überhaupt weiß, dass ich sie sagen werde. Und wenn ich dachte, dass die Situation vorher schon unbehaglich war, habe ich sie gerade auf eine ganz neue Ebene gehoben.

»Alter, das ist schon ewig her«, sagt Z nach der unangenehmsten Pause aller Zeiten.

»Das war vor neun Monaten. Und es hat Jahre gedauert.«

»Ja, aber sie hat es nie wirklich ernst mit …«

»Das ist ein Haufen Blödsinn, und wir alle wissen das. Sie hat es mit dir genauso ernst gemeint wie ich mit ihr. Und Josh ist verdammt noch mal genauso wie du. Einfach … Verdammt!« Ich stoße mich vom Tisch ab, ziehe mein Portemonnaie aus der Gesäßtasche und lasse etwas Geld auf den Tisch fallen. »Hört mal, ich muss hier raus. Ich muss …«

»Warte«, sagt Ash und steht hastig auf. »Wir kommen mit dir. Lass mich rasch die Rechnung bezahlen.«

»Mach dir keine Sorgen. Es geht mir gut.« Ich werfe ihm den fröhlichsten Blick zu, den ich zustande bringe, aber seinem Gesichtsausdruck nach zu urteilen, missglückt mir der völlig. Pech, denn das ist alles, wozu ich gerade in der Lage bin.

Ich gehe zur Tür und winke ihnen dabei schwach zu. Ich bin schon fast bei meinem Auto, als Z mich einholt und meinen Arm packt. Verdammt! Ich versuche, ihn abzuschütteln. Er ist mein bester Freund, und ich liebe ihn wie einen Bruder, aber ich kann das nicht ertragen. Nicht jetzt. Und nicht von ihm.

»Du verstehst das falsch«, sagt er mit gequälter Miene. »Es war nie so zwischen Cam und mir …«

»Weil du es nie zugelassen hast. Das heißt aber nicht, dass sie nicht in dich verliebt wäre.«

»Sie war in mich verschossen …«

»Sie war in dich verliebt. Sie ist immer noch in dich verliebt. Und Josh Greene – er ist nicht du, bei Weitem nicht. Aber er ist das, was dir verdammt noch mal am nächsten kommt, nicht wahr?«

»Sie hat dich. Sie braucht mich nicht – und sie braucht ganz sicher nicht diesen verdammten Josh Greene.«

»Ja, schade, dass sie das nicht so sieht.« Ich öffne die Tür meines Range Rovers, steige ein.

»Du weißt nicht, wie sie es sieht. Du hast sie nie gefragt. Und du hast ihr nie gesagt, was du empfindest. Woher soll sie es wissen, wenn du nie mit dem Mädchen redest?«

»Oh, ich habe es ihr gesagt«, erwidere ich grimmig.

»Ach ja?« Zum ersten Mal sieht er überrascht aus. »Was hat sie gesagt?«

»Sie hat sich mitten in der Nacht aus meinem Haus geschlichen und dann wochenlang nicht mehr mit mir geredet. Ich weiß nicht, wie viel deutlicher sie noch hätte sein können.«

»Das glaube ich nicht. Cam ist verrückt nach dir …«

»Ja, glaub das ruhig weiter. Aber ich bin durch damit.« Ich knalle ihm die Autotür vor der Nase zu und drehe den Schlüssel um. Ich biege rückwärts aus der Parklücke und fahre erst um Z herum, der sich nicht vom Fleck bewegt hat, und dann um Ash, der gerade aus dem Restaurant geschossen kommt.

Fuck!

Fuckfuckfuckfuckfuckfuckfuckfuck!

Fuuuuuuuuuuuck!

Schlimm genug, dass ich ertragen musste, dass sie in Z verliebt ist. Und jetzt auch noch Josh Greene? Der beschissene Josh Greene? Schon allein der Gedanke lässt mich den verdammten Verstand verlieren.

Ich bin allerdings nicht überrascht, nicht so, wie Z und Ash es sind. Ich habe sie gestern Abend zusammen gesehen. Ich habe gesehen, wie er sie im Arm hielt, wie sie ihn ansah, als sie dachte, niemand würde sie beachten.

Und ich habe sie trotzdem gevögelt – was mich zum erbärmlichen Verlierer in dieser Situation macht, vor allem, als ich früh aufgestanden bin, nachdem ich kaum geschlafen habe, nur um ihr Bagels zu kaufen.

Die Ampel, an der ich angehalten habe, wird grün, doch ich bin so in Gedanken versunken, dass der Typ hinter mir erst hupen muss, bevor ich merke, dass ich losfahren soll.

Zu dumm, dass ich keine Ahnung habe, *wohin* ich eigentlich fahren soll. Normalerweise würde ich nach Hause wollen, aber das kommt im Moment nicht infrage. Und da ich auch Z und Ash nicht sehen will, bin ich ziemlich aufgeschmissen.

Außer dass ich an der Kreuzung stehe, die zum Haus meiner Eltern führt, nur ein paar Kilometer von dem Ort entfernt, an dem ich aufgewachsen bin. Es ist schon ein paar Wochen her, dass ich dort vorbeigeschaut habe, um nach dem Rechten zu sehen. Das könnte ich jetzt machen und so zwei Fliegen mit einer Klappe schlagen.

Wenn man nicht gerade zwischen den Resorts hin- und herfährt, ist Park City ein kleiner Ort, also dauert es nur etwa fünf Minuten, bis ich in die Einfahrt einbiege. Das Haus sieht gut aus – aber das tut es eigentlich immer. Meine Mutter würde es nicht anders haben wollen, selbst wenn sie Tausende Kilometer entfernt in New York City ist.

Das ist der Grund, warum ich regelmäßig vorbeischauen muss, obwohl sie einen Gärtner, einen Poolservice und sogar einen Hausmeisterdienst hat, der einmal in der Woche kommt und sauber macht, obwohl hier niemand mehr wohnt – und das schon nicht mehr, seit ich in der elften Klasse war.

Das ist eine weitere Sache, die meine Mom in den Wahnsinn treibt – und ihr bei jedem Telefongespräch Munition gibt, um mich damit zu nerven.

Warum musstest du eine Eigentumswohnung kaufen, die nur drei Kilometer entfernt liegt, wenn du ein völlig einwandfreies Haus hast, in dem du wohnen könntest?

Das ergibt doch keinen Sinn, Luc. Du weißt, dass deine Karriere als Snowboarder nicht mehr lange dauern wird. Du kannst froh sein, dass du das Geld aus den Sponsorenverträgen hast. Du solltest es sparen, anstatt es für Dinge auszugeben, die du nicht brauchst.

Ich weiß, dass du schon immer leichtsinnig warst, aber du musst anfangen, an deine Zukunft zu denken. Selbst wenn du dich nicht verletzt, ist dein Name nicht der größte oder der strahlendste im Wintersport. Du musst für schlechte Zeiten vorsorgen.

Und sie fragt sich, warum ich nicht in diesem Haus leben will? Vielleicht weil ich jedes Mal, wenn ich auch nur einen Fuß auf das Grundstück setze, ihre Stimme in meinem Kopf höre, die mir sagt, dass ich nicht gut genug bin. *Dass ich* nie *gut genug sein werde.* Sie denkt, ich hätte einfach nur Glück, Freunde wie Z und Ash zu haben, die mich auf ihrer Erfolgswelle mitschwimmen lassen und dafür sorgen, dass ich ein Stück vom Sponsoring-Kuchen abbekomme.

Ich nehme den Ersatzschlüssel aus dem Handschuhfach, dann steige ich langsam aus dem Auto und gehe den Weg zur Haustür entlang.

Es ist nicht so, dass sie falschliegt, denn das tut sie nicht. Ich weiß genau, wie viel Glück ich habe, ebenso wie ich genau weiß, wie talentiert ich bin – und wie talentiert ich nicht bin. Aber es ständig zu hören, macht meine Unzulänglichkeiten nur noch schwerer zu ertragen.

Ich schließe die Tür auf, trete ein und hebe die verstreute Post auf, die in den Tagen seit dem letzten Besuch der Haushälterin durch den Briefschlitz geschoben wurde. Es ist alles Werbemüll, also nehme ich ihn mit in die Küche und werfe das Zeug weg.

Während ich schon mal dort bin, drehe ich den Wasserhahn auf und zu und vergewissere mich, dass das Wasser noch läuft – ein Punkt auf der Checkliste meiner Mutter, nicht meiner, aber ich mache es, weil es einfacher ist, als zu lügen, wenn sie mich fragt, ob ich es getan habe. Und Gott bewahre, dass es jemals ein

Problem gibt und ich es nicht merke, weil meine Hauskontrolle sporadisch und schlampig war.

Rasch gehe ich durchs Haus und überprüfe alle Räume. Ich vergewissere mich, dass alle Türen verschlossen, alle Fenster intakt sind und dass alles genau so ist, wie sie es zurückgelassen hat. Das ist es – welche Überraschung!

Das letzte Zimmer im Erdgeschoss ist das Musikzimmer, und fast würde ich es auslassen. Aber dort gibt es Verandatüren, die auf eine kleine Terrasse hinausführen, und auch hier ist es einfacher, es zu überprüfen, als später zu lügen.

Außerdem ist es einer meiner Lieblingsräume im Haus. Ich kann gar nicht sagen, wie oft ich hier hereingekommen bin, nur um meiner Schwester zuzuhören, wie sie etwas Fantastisches auf dem Konzertflügel spielt, der in der Mitte des Raumes steht. Beethoven, Rachmaninow, Mozart. Prokofjew, Wagner, Ravel. Cage, Taverner, Penderecki. So viele Komponisten. So viele Kompositionen. So überragendes Talent.

Natürlich war das Klavier nicht ihr Instrument, nicht wirklich. Oh, sie konnte es ebenso gut spielen wie die Besten, aber das Instrument, für das meine Schwester bekannt war, das sie wahrlich meisterhaft spielen konnte, war die Geige. Und wenn ich das über sie sage, dann ist das nicht nur familiärer Stolz. Es ist der gemeinsame Konsens der größten Musiker, Dirigenten und Kritiker auf der ganzen Welt.

Als Lauren zehn Jahre alt war, nannte man sie bereits ein Wunderkind. Als sie dreizehn war, nannte man sie bereits ein Genie. Und als sie fünfzehn war, entschied meine Mutter, die Welt sollte nicht länger darauf warten müssen, die Genialität meiner Schwester persönlich zu erleben. Sie zog mit ihr nach New York, damit Lauren als Solistin bei den Philharmonikern spielen konnte – was nur ein Jahr dauerte, bevor sie mit ihr auf ihre erste Welttournee ging.

Ich war nicht eingeladen. Das war okay für mich. Das Letzte, was ich wollte, war, ohne mein Snowboard durch die Welt zu reisen, und bei Laurens rasanter Karriere hätte ich keine Zeit zum Boarden gehabt, wenn ich Park City verlassen hätte.

Also tat ich es nicht. Stattdessen blieb ich hier allein, in diesem Haus, während meines dritten Highschool-Jahres. Ich sah meine Mutter und meine Zwillingsschwester bloß in den Ferien – und dann auch nur, wenn ich zu ihnen flog. Lauren hat sich immer dafür entschuldigt, aber das hat mich nie gestört. Weil ich verstehe, was es heißt, etwas so sehr zu lieben, dass es jeden Teil von dir vereinnahmt. Ich bin vielleicht nicht so ein Genie wie Lauren mit der Geige, aber das macht es nicht weniger wichtig für mich.

Außerdem habe ich Freunde, die so gut sind. Z wird seit vielen Jahren vieles genannt – alles von einem Genie über einen Meister bis hin zum besten Snowboarder, der je gelebt hat. Und Ash ist fast genauso gut. Genau wie Cam.

Und wir sind alle besessen vom Snowboarden. Lauren Vorwürfe zu machen, weil sie genauso für etwas empfindet? Das könnte ich nie tun, obwohl ich sie sehr vermisse.

Cam geht mir durch den Kopf, als ich den Raum betrete und vor dem Flügel stehen bleibe. Cam und der verdammte Josh Greene. Ich schwöre bei Gott, wenn dieser Bastard sie anrührt, werde ich ihm sein verdammtes Herz herausreißen und es ihm in seinen verdammten Hals stecken.

Ich strecke die Hand aus, lasse die Finger über ein paar Tasten gleiten. Drücke sie in einer schnellen kleinen Version von »Mary Had a Little Lamb« runter. Lauren ist schließlich nicht die

Einzige, die Klavier spielen kann. *Auch wenn ich es nie über drittklassige Unterrichtsstunden hinaus geschafft habe.*

Der Flügel ist ein bisschen verstimmt – zu viele Monate und Jahre der Vernachlässigung und Einsamkeit. Ich mache mir im Geiste eine Notiz, einen Klavierstimmer in Salt Lake City anzurufen, damit er herkommt, und gehe dann hinauf in den ersten Stock, um sicherzustellen, dass alles so ist, wie es sein sollte.

Das ist es. *Natürlich* ist es das. Im Haus meiner Mutter würden sich selbst die leblosen Gegenstände davor hüten, ein Problem zu verursachen. Nichts will Opfer ihrer eisernen Faust oder ihres Kontrollwahns werden.

Und ich auch nicht – weshalb ich ein paarmal im Monat diesen blöden Rundgang mache, nur damit ich ihr sagen kann, dass ich es getan habe. Und nur, damit ich sie zum Schweigen bringen kann, wenn sie zum dreimillionsten Mal damit anfängt.

Der Rundgang dauert nicht annähernd so lange, wie ich es mir wünsche, und für eine Sekunde denke ich daran, mich auf dem Sofa zurückzulehnen und eine Weile fernzusehen. Aber die Wahrheit ist, dass mir die Leere dieses Ortes – das Leben, das sich knapp außer Reichweite befindet – irgendwie Gänsehaut verursacht.

Also beende ich die Aufgabe, so schnell ich kann und so gründlich wie möglich. Und dann flüchte ich wieder hinaus und zurück zu meinem SUV, zurück zu meiner Wohnung, wo ich weiß, dass ich Cam zur Rede stellen muss. Aber nach einer Reise in die Vergangenheit in meinem alten Zuhause erscheint mir selbst das nicht mehr ganz so schlimm. Sie mag vielleicht nicht in mich verliebt sein, aber zumindest ist sie nicht unverhohlen verächtlich. *Das muss doch auch etwas zählen.*

Als ich in der Wohnung ankomme, sitzt Cam zusammengerollt mit ihrem Laptop auf dem Sofa. Sie lächelt mich an, und trotz allem, was in mir vorgeht, lächle ich zurück. Ich kann nicht anders. Sie sieht so warm und behaglich und einladend aus, dass ich eigentlich nichts anderes will, als mich zu ihr auf die Couch zu setzen und sie ein halbes Dutzend Mal kommen zu lassen.

Zumindest, bis mir bewusst wird, dass sie Ed Sheerans Album *X* hört. Mit einem Mal kann ich an nichts anderes mehr denken als an den verdammten Josh Greene und wie er sie gestern Abend zu genau diesem Song, der gerade läuft, auf der Tanzfläche herumgewirbelt hat. Ich kann nicht anders, als mich zu fragen, ob sie das Lied absichtlich spielt, ob sie es vielleicht hört, weil es sie an ihn denken lässt.

Schon allein der Gedanke macht mich krank.

Sie blickt hoch, als ich die Tür schließe, und lächelt ein wenig verschlafen, während sie mir ihre Hand hinhält. »Wie war dein Tag mit den Jungs?«

»Ganz okay. Nichts Besonderes.«

Die Worte kommen gestelzter heraus, als mir lieb ist, aber dagegen scheine ich im Moment nichts machen zu können. Ich scheine im Moment gegen nichts etwas machen zu können. Alles, was ich hören kann, ist, wie Z fragt, was zwischen Cam und Josh läuft. Alles, was ich sehen kann, ist die Nachricht, in der steht, dass er mit Cam ausgehen wird. Und alles, was ich fühlen kann, ist die Angst, die mich seit dem Moment begleitet, als ich mit Cam vor zwei Nächten ins Bett gegangen bin – die Angst, dass ich sie verlieren werde, bevor ich überhaupt eine Chance bei ihr habe. Oder schlimmer noch, die Angst, dass ich überhaupt nie eine Chance haben werde. Diese Angst schlitzt mich auf, sorgt dafür, dass ich mich wie ein totales Weichei fühle. Aber ich kann nicht anders. Nicht, wenn sie alles ist, was ich je wollte – und alles, von dem ich weiß, dass ich es nie haben kann.

»Was hast du heute gemacht?«, will ich wissen und halte dann den Atem an, weil ich mich frage, ob sie mir von Josh erzählen wird. Es ist nicht so, dass ich versuche, ihr eine Falle zu stellen, ich will nur wissen, was sie denkt. Über ihn. Über mich. Über uns.

Sie nimmt meine Hand, als ich näher komme, und zieht mich mit einem Augenrollen neben sich auf die Couch. »Ich wurde zu einem Frühstück mit meiner Mutter genötigt.« Sie schüttelt sich übertrieben schaudernd. »Es war furchtbar.«

»Mit deiner Mutter? Wie ist das denn passiert?«

»Ich bin rübergefahren, um ein paar von meinen Sachen zu holen, als alle eigentlich schon beim …«

»… Bradley-Familienfrühstück sein sollten«, beende ich den Satz für sie, da ich im Laufe der Jahre selbst mehr als ein paarmal daran teilgenommen habe.

»Ganz genau. Aber es stellte sich heraus, dass meine Eltern beschlossen hatten, diese Woche selber Frühstück zu machen. Was zum Geier …, oder?«

»Genau. Also, wie ist es gelaufen?«

»Ziemlich so, wie man es erwarten würde.« Sie beugt sich vor und drückt mir eine Reihe heißer Küsse auf den Hals. »Aber darüber will ich jetzt nicht reden.«

Ich stöhne und lasse den Kopf ein wenig nach hinten fallen, als sie sich über meinen Kiefer zu meinem Mund vorarbeitet. Und dann küsst sie mich, ihre Lippen sind warm und weich und ein klein wenig feucht auf meinen. Ich erwidere ihren Kuss – natürlich erwidere ich ihn –, aber in den spitzen Winkeln meines Gehirns kann ich nicht anders, als mich zu fragen, warum sie das tut. Warum sie hier ist, auf meiner Couch, und mich küsst, wenn sie irgendwo sein und Josh Greene küssen könnte? Und wie lange es anhalten wird? Wie lange sie hier sein wird, bei mir, jetzt, da er sie ins Visier genommen hat?

Sie stöhnt ein wenig, vertieft den Kuss, sodass ihre Zunge über meinen Gaumen streicht. Es fühlt sich so gut an, *sie* fühlt sich so gut an, aber es ist nicht genug. Nicht, wenn es Z und Josh gibt und beide so viel besser sind als ich, so viel mehr als ich. Und so viel mehr ihr Typ sind, als ich es je sein werde.

Ihre Hände bahnen sich einen Weg über meine Brust und meinen Bauch zum Bund meiner Jeans.

»Warte«, sage ich ihr, während ich ihre Hände nehme und versuche, sie ruhig zu halten. Wenn sie noch weiter geht, wird mein Widerstand schmelzen wie Schnee an einem strahlenden Frühlingstag.

Aber Cam wartet nicht. Sie lacht einfach an meinem Mund und fängt an, an meiner Gürtelschnalle zu zerren, das Leder durch die Schlaufe zu ziehen.

»Warte!«, sage ich noch einmal, und da muss etwas in meiner Stimme sein, denn diesmal wartet sie tatsächlich. Sie erstarrt, ihre Hände an meinem Reißverschluss. Große flaschengrüne Augen blicken zu mir auf.

Ich greife nach ihr, fasse ihre Ellbogen. Ich ziehe sie auf ihre Füße.

»Ich will das jetzt nicht«, sage ich, und es ist die größte Lüge, aber auch die unverblümteste Wahrheit, die ich je zu ihr gesagt habe.

»Du willst was nicht?«, fragt sie, dabei ist ihre Stimme so leise, dass ich mich anstrengen muss, um sie zu hören. »Du willst keinen Sex? Oder willst du *mich* nicht?«

Sie nicht wollen? Ist es das, was sie denkt? Dass ich sie nicht will? Ich will sie mehr, als ich je etwas in meinem Leben gewollt habe. Mehr als einen ersten Platz bei einem Turnier und den damit verbundenen Respekt. Mehr als eine olympische Medaille und die Anerkennung meiner Mutter, die eine solche Auszeichnung vielleicht endlich mit sich bringen würde. Mehr als alles andere.

Ich will sie mehr als alles andere.

Aber mit ihr zu schlafen, heißt nicht, sie zu haben, nicht wirklich. Nicht, wenn sie immer noch Z so ansieht, wie sie es tut. Nicht, wenn sie Nachrichten mit dem verdammten Josh Greene austauscht. Und nicht, wenn sie denkt – nicht, wenn sie *weiß* –, dass ich nicht gut genug bin, um mit ihr mitzuhalten.

Ich starre sie sekundenlang an, während ich mich frage, welche meiner Wahrheiten ich sagen soll.

Natürlich will ich dich oder *ich habe dich immer gewollt – werde dich immer wollen* – oder *ich will dich nicht wollen. Nicht so. Nicht, bis du alles bist, was ich sehe, alles, was ich fühle, alles, was ich atme.*

Jede davon ist auf ihre eigene Weise eine ehrliche Antwort. Jede ist die Wahrheit. Aber keine davon ist die ganze Wahrheit, und außer dass ich ihr hier und jetzt meine Seele offenbare – was nicht passieren wird –, weiß ich nicht, was ich sagen soll. Oder wie ich es sagen soll.

Also lüge ich letztendlich. Ich sage ihr, dass ich müde bin, dass ich Kopfschmerzen habe – dass ich mich ein bisschen betrunken fühle, obwohl ich nie nüchterner war.

Und letztendlich weiß sie, dass ich lüge. Natürlich weiß sie das.

Wir sind seit siebzehn verdammten Jahren beste Freunde. Sie kennt mich besser, als ich mich selbst kenne.

Und genauso gut weiß ich, als sie sich von mir zurückzieht, dass es so am besten ist – auch wenn es höllisch wehtut.

Kapitel 13

CAM

Ich weiß nicht, was ich tun soll. Was ich sagen soll. Wohin ich gehen soll. In den Momenten, nachdem Luc mich zurückgewiesen hat, nachdem er sich von mir abgewandt hat, als wäre ich nichts – als wäre ich weniger als nichts –, stehe ich einfach in der Mitte seines Wohnzimmers und sehe zu, wie er weggeht. Ich sehe zu, wie er den Flur entlang zu seinem Schlafzimmer geht, wo meine Koffer auch jetzt noch einen Platz in der Ecke an der Wand einnehmen.

Ich habe nicht ausgepackt, als ich vorhin zurückkam, weil ich nicht wusste, wo er meine Sachen haben will. In seinem Schrank und ein paar der leeren unteren Schubladen seiner Kommode? Oder im Gästezimmer, das einen leeren Schrank hat, weil es ihm auch als Kraftraum/Büro dient? Ich dachte, ich würde warten, bis er nach Hause kommt, und ihn fragen, aber das scheint jetzt nicht mehr zur Debatte zu stehen.

Nichts tut das mehr, außer meine Sachen zu holen und so schnell wie möglich von hier zu verschwinden. So schnell wie möglich von ihm wegzukommen.

Er will mich nicht. Die Worte pulsieren in meinem Kopf wie ein besonders lebhaftes Mantra, während ich meinen Laptop in den Rucksack schiebe. Ich nehme das Ladegerät und mein Handy-Ladegerät und stecke sie vorsichtig in die Vordertasche. Ich gehe behutsamer mit ihnen um, als ich müsste – es sind ja nur Kabel –, aber ich tue es, weil ich das Gefühl habe, dass ich diejenige bin, die in Stücke geschnitten wurde, diejenige, die in dem Moment zusammenbrechen wird, in dem ich eine falsche Bewegung mache.

Er will mich nicht. Er will mich nicht. Er will mich nicht.

Keine große Überraschung, oder? Das ist so ziemlich die Geschichte meines Lebens. Zu schade, dass ich das von ihm nie habe kommen sehen.

Jeder Funke meines Selbsterhaltungstriebs sagt mir, dass ich leise gehen soll. Einfach meine Sachen zusammenpacken, wenn er im Badezimmer duscht, und mich davonschleichen, bevor er merkt, was ich tue. Nicht schlimm. Das Letzte, was ich will, ist eine große melodramatische Szene, in der er mir sagt, dass wir immer Freunde bleiben werden.

Das ist es, was mein Gehirn mir befiehlt, das ist, was ich tun sollte. Was ich stattdessen tue, ist etwas völlig anderes.

»Warum hast du mich gevögelt?«, will ich wissen, während ich ihm in sein Schlafzimmer folge. »Warum zum Teufel hast du mich gevögelt, wenn du mich nie wolltest?«

Meine Stimme ist hoch und schrill und kaum wiederzuerkennen, selbst für mich. Ich klinge nie so. Ich schreie nie so, brülle nie jemanden so an. Egal, wie wütend ich bin. Aber ich kann mich nicht daran hindern, Luc anzuschreien. Es ist eine unabwendbare Katastrophe, aber eine, die ich anscheinend so weit treiben will wie möglich.

»War das die Rache für das, was vorher passiert ist? Hast du es getan, um es mir heimzuzahlen?«

»Das glaubst du doch nicht wirklich«, sagt er mit schockierter und gequälter Miene.

»Du hast mir verdammt noch mal nicht zu sagen, was ich glauben soll! Ich habe dir vertraut. Ich habe dir verdammt noch mal vertraut!«

»Und du kannst mir immer noch vertrauen. Cam, wir sind immer noch beste Freunde. Ich bin einfach nur müde.«

»Fick dich!«, schreie ich ihn an, nehme einen Kaffeebecher von seinem Nachttisch und schleudere ihn auf ihn, so fest ich kann. Er zerschellt an der Wand, etwa drei Zentimeter links von seinem Kopf. »Hast du nicht wenigstens die Eier, mir die Wahrheit zu sagen? Wenn wir *beste Freunde* sind, denkst du nicht, dass du mir dann so viel schuldest?«

Er starrt entgeistert auf die Scherben des Bechers. »Welche Wahrheit willst du von mir hören? Woher kommt das auf einmal?«, will er wissen.

»Willst du mich verarschen? Was hast du denn gedacht, was passieren würde? Du wolltest mich einfach für eine Weile bei dir einziehen lassen, mich ein paarmal ficken und mich dann rausschmeißen, sobald es dir langweilig ...«

»Ich schmeiße dich nicht raus! Du bleibst hier ...«

»Den Teufel werde ich tun.« Ich nehme eine Tasche und hieve sie mir über die Schulter. Dann schnappe ich mir die andere und gehe zur Tür. Ich ignoriere den Schmerz in meinen Füßen, das Pochen in meinem Knie, das ich mir vorhin beim Sturz die Treppe runter verletzt habe.

»Cam, komm schon.« Jetzt ist er derjenige, der mir hinterherläuft, der versucht, meine Aufmerksamkeit zu erlangen. Ich ignoriere ihn, schüttle seine Hand ab, die er mir auf die Schulter legt, die Finger, die meinen Ellbogen umfassen.

»Geh weg von mir«, sage ich zu ihm. »Wenn du nicht ehrlich sein willst, dann halte dich verdammt noch mal von mir fern.«

Ich öffne die Haustür, aber er streckt die Hand aus und knallt sie zu, und zwar heftig, noch bevor ich auch nur einen Zeh hindurchstecken kann.

»Was willst du von mir hören?«

»Ich will, dass du mir die Wahrheit sagst. Was läuft hier? Warum bist du einmal heiß und dann plötzlich kalt? Warum hast du letzte Nacht mit mir geschlafen, als wären wir die letzten beiden Menschen auf Erden, und bist dann den ganzen Tag lang verschwunden? Warum zeigst du mir jetzt die kalte Schulter?«

Ich atme schwer, als ich damit fertig bin, ihm meine Fragen entgegenzuschleudern, und ich spüre, wie mir die Tränen in den Augen brennen. Aber scheiß drauf – und scheiß auf ihn, wenn er auch nur eine Sekunde lang denkt, dass ich ihm die Genugtuung gebe, mich weinen zu sehen. Mich zum Weinen zu bringen. Ich weine für niemanden.

Er antwortet nicht auf meine Fragen. Stattdessen steht er einfach nur da, die Fäuste geballt und mit leerem Blick, als würde er darauf warten, dass ich etwas tue. Aber ich weiß nicht, was ich tun soll, außer zu gehen. Also tue ich genau das. Ich packe die Türklinke und ziehe sie auf, und diesmal schiebe ich schnell meine Schulter und meine Tasche dazwischen, bevor er Gelegenheit hat, sie wieder zuzuschlagen.

Ich bin schon halb durch die Tür, als er mit einer Stimme, die kaum mehr als ein Flüstern ist, fragt: »Hast du diese Woche ein Date mit Josh Greene?«

Zuerst denke ich, ich hätte ihn falsch verstanden.

»Ein Date?«, wiederhole ich, während ich in seinem Gesicht nach irgendeinem Hinweis darauf suche, was hier vor sich geht. »Mit *Josh*?«

»Hast du?«

»Natürlich nicht! Warum sollte ich mich mit ihm verabreden, wenn ich mit dir schlafe?«

»Keine Ahnung. Warum sollte er denken, dass du dich mit ihm verabredet hast, wenn du es nicht getan hast?«

»Ist das ernsthaft das, was du hier tun willst? Jede Frage, die ich dir stelle, mit einer Gegenfrage zu beantworten?«

Er zieht nur eine Augenbraue hoch. Legt den Kopf schief. Wartet auf meine Antwort. Als wäre ich eine Angeklagte in einem Gerichtsverfahren und er Richter, Geschworener und Henker in einer Person.

»Ich habe keine Ahnung, wie er darauf kommt, dass wir ein Date haben. Er hat mir heute eine Nachricht geschrieben und mir gesagt, dass er gestern Abend viel Spaß mit uns hatte und dass wir das wiederholen sollten. Ich habe zugestimmt, dass es Spaß gemacht hat. Das ist alles an Interaktion, die wir miteinander hatten.«

Ich gehe einen Schritt zurück in die Wohnung, lasse die schwerere meiner beiden Taschen durch meine Finger auf den Boden gleiten. »Ist es das, worum es hier geht? Bist du eifersüchtig?«

»Ich bin nicht eifersüchtig. Ich muss nur wissen, wo ich bei dir stehe.«

»Wo du stehst? Ich dachte, wir wären beste Freunde, die dabei sind, ein Liebespaar zu werden.«

Mein Magen krampft sich zusammen, während ich ihm die Beschreibung gebe. Denn um ehrlich zu sein, weiß ich nicht, was wir sind. Ich weiß, was ich *gehofft* habe, was wir wären – Freunde, die sich vorsichtig auf den Weg machen, ein festes Paar zu sein, da wir eine lange Vergangenheit miteinander haben –, aber offensichtlich bin ich die Einzige, die so denkt. Warum sonst sollte er das hier tun? Warum sonst sollte er denken, dass ich mich mit einem anderen verabreden würde, sobald er mir den Rücken zukehrt? Noch nicht einmal den Rücken zukehrt – er war gestern Abend in der Bar direkt daneben, als ich mit Josh geredet habe.

Seine Miene wird weicher. Lange Sekunden sagt er nichts, aber dann flüstert er: »Ist es das, was du wirklich willst?«

»Ich denke, ich habe ziemlich deutlich gemacht, was ich will«, sage ich ihm. »Du bist derjenige, der völlig chaotisch ist.«

»Kannst du mir nicht ausnahmsweise mal eine klare Antwort geben? Bitte. Hör auf, die Dinge komplizierter zu machen.«

»Ich habe dir eine klare Antwort gegeben. Du hast dich nur entschieden, mir nicht zu glauben. Außerdem bin ich hier, oder nicht?«

»Du bist hier, weil du nirgendwo anders hinkannst, nicht weil du unbedingt mit mir zusammen sein willst.«

Seine Worte schneiden durch mich hindurch wie gezackte Messer.

»Darum geht es hier also? Du denkst, ich benutze dich nur?«

»Was soll ich denn denken?«, fragt er und fährt sich frustriert mit der Hand durch die Haare.

»Warum sonst würdest du mir monatelang aus dem Weg gehen und dann hier so auftauchen, wie du es getan hast, wenn du woanders hinkönntest?«

»Nur fürs Protokoll: *Du* bist derjenige, der *mir* monatelang aus dem Weg gegangen ist. Und was? Ich schlafe mit dir als irgendeine kranke Art von Rache? Dann bin ich also nicht nur ein jämmerlicher Loser, sondern auch noch eine Hure?«

»Hör auf, mir Worte in den Mund zu legen.«

»Alter, ich brauche dir keine Worte in den Mund zu legen. Das machst du ganz allein. Nach allem, was wir zusammen erlebt haben, nach all der Scheiße, die wir durchgemacht haben, vertraust du mir nicht. Und du vertraust ganz sicher nicht dem, wovon ich dachte, dass wir es gemeinsam aufzubauen versuchen.«

Er sieht gequält aus, aber er sagt nichts. Streitet es nicht ab. Und das ist der letzte Sargnagel für mich, der das Schicksal besiegelt. Schneehäschen gibt es hier draußen wie Sand am Meer. Wenn es ihm wirklich nur darum geht, ohne Komplikationen jemanden flachzulegen, wird er kein Problem damit haben, genau das zu tun. Ich ignoriere den Schmerz, den mir der Gedanke verursacht, während ich mich bücke und die Tasche aufhebe, die ich vorhin fallen gelassen habe.

»Ich kann das nicht«, sage ich ihm. »Nicht jetzt, nicht mit dir. Ich bin fertig, Luc. Fertig. Ich bin so verdammt fertig.«

Dieses Mal, als ich die Tür öffne, versucht er nicht, mich aufzuhalten. Andererseits habe ich auch nicht wirklich erwartet, dass er es tun würde.

Kapitel 14

LUC

Drei Monate später

Ich wache auf zum Geräusch von fallendem Schnee. Während ich die Decke zurückschiebe, befreie ich mich von dem Kissen, an das ich mich geklammert habe, und von dem Laken, in das ich mich im Schlaf irgendwie fest eingewickelt habe.

Ich erinnere mich nicht an viel von letzter Nacht oder daran, was passiert ist, nachdem ich hierher zurückgekommen bin. Ich war mit Ash unterwegs – er meinte, dass er es satthätte, mir dabei zuzusehen, wie ich zu Hause sitze und meinen verdammten Kummer ertränke. Also sind wir essen gegangen und haben uns dann einen Film angesehen – irgendwas mit viel Blut und Gewalt –, und es lief ziemlich gut, glaube ich, zumindest, bis ich von hinten ein Mädchen mit roten Locken sah und für einen Moment – nur einen Moment – dachte, es wäre Cam.

Das hat den ganzen Abend ruiniert, und ich bin in der nächstgelegenen Bar gelandet, um mich bis zur Besinnungslosigkeit zu betrinken. Wieder mal. Und ja, ich bin mir bewusst, wie verdammt erbärmlich das klingt. Aber ich war noch nie jemand, der sich vor der Wahrheit versteckt hat, und im Moment ist die Wahrheit, dass ich verdammt erbärmlich bin. Ich trainiere den ganzen Tag, um nicht an sie zu denken, trinke die ganze Nacht, damit ich sie vergessen kann. Das ist kein großartiges System, aber es funktioniert gut genug. Wenigstens vertreibt es die Einsamkeit für eine Weile und lässt mich schlafen. Was viel besser ist als im ersten Monat, nachdem sie gegangen war, als ich mein Gehirn nicht genug abschalten konnte, um mehr als ein oder zwei Stunden am Stück zu schlafen.

Und die Nebenwirkungen – der Kater am Morgen und die Unfähigkeit, mich auch nur im Spiegel zu betrachten – sind gering genug. Zumindest verglichen mit dem erdrückenden Schmerz, der mich jedes Mal durchfährt, wenn ich an die Tatsache denke, dass Cam wirklich nicht zurückkommen wird.

Ein Blick auf mein Handy verrät mir, dass es noch früh ist. Sehr früh, weshalb es draußen noch stockdunkel ist. Trotzdem werde ich jetzt auf keinen Fall wieder ins Bett gehen. Nicht, wenn der erste Schnee der Saison direkt vor meiner verdammten Tür fällt. Nicht, wenn ich zum ersten Mal seit drei Monaten einen Schimmer von etwas anderem als Verzweiflung spüre.

Ich geistere in die Küche, hole mir einen Orangensaft und ein paar Kopfschmerztabletten. Dann gehe ich raus auf meine Terrasse, um mir die Show anzusehen.

Es ist absolut wunderschön.

Die Straßenlaternen spenden gerade genug Licht, sodass die Schneeflocken wie kleine Tropfen aus Silber aussehen, während sie langsam zu Boden schweben. Ich trete aus dem Schutz meiner Terrasse heraus, breite die Arme weit aus und hebe das Gesicht zum Himmel. Diese Schneeflocken sind groß und unförmig, und sie fühlen sich kalt und nass an meinen Wangen, meinen Armen und meinen Wimpern an.

Ich liebe es, ich liebe jede verdammte Schneeflocke und jede verdammte Sekunde, in der ich mit dem Schnee hier draußen bin, allein. Ich strecke die Zunge raus und lache ein wenig, als ein paar davon dort landen und ich meinen ersten Vorgeschmack vom Winter bekomme.

Gott sei Dank.

Gott sei Dank.

Dann durchfährt mich ein Schluchzen, hart und schmerzhaft und so völlig unerwartet, dass es mich fast in die Knie zwingt. Ich gönne mir diesen Moment – diesen einen schönen, niederschmetternden Moment –, und dann kämpfe ich dagegen an, verdränge den ganzen Mist tief in mir und schließe ihn für ein paar weitere Monate weg.

Der Wind nimmt zu, und jetzt peitscht er mir die Schneeflocken ins Gesicht. Aber auch das ist okay für mich. Verdammt, für mich ist alles okay, was mich auf mein Board bringt – die letzten drei Monate ohne die Erlösung durchs Snowboarden zu überstehen, war verdammt noch mal brutal.

Aber jetzt nicht mehr. Der Schnee bleibt liegen, der Boden unter meinen nackten Füßen ist bereits mit einer dünnen Puderschicht überzogen. Wenn das so weitergeht, bin ich im Nu auf meinem Board.

Draußen ist es kalt, und der Wind ist heftig, aber ich gehe nicht zurück ins Haus, trotz der Tatsache, dass ich nur ein dünnes T-Shirt und eine Jogginghose anhabe. Ich mag die Kälte – mag es, wie sie bellt und beißt.

Ich mag die Ablenkung, die sie mit sich bringt.

Ich weiß nicht, wie lange ich hier draußen stehe, die Arme anbetend und flehend ausgebreitet, während der Schnee weiter fällt. Lange genug, dass mein Hemd von den schmelzenden Schneeflocken feucht wird. Lange genug, dass meine Fußsohlen von der Kälte zu schmerzen und zu brennen beginnen. Mehr als lange genug, um das Bedürfnis, zu boarden, von einem Wunsch zu einer Notwendigkeit anwachsen zu lassen, der ich mich nicht entziehen kann.

Während sich der Himmel langsam zu einem tintigen Violett verfärbt, gehe ich um das Gebäude herum zu dem großen Lagerraum, in dem ich meine Snowboard-Ausrüstung aufbewahre. Ich habe eine Menge davon, also lagere ich einen Teil davon auch im Haus meiner Mutter, aber meine Lieblingsboards und das Wachs bewahre ich hier auf – zusammen mit einer Balancierstange und einigen anderen Sachen, mit denen ich außerhalb der Saison übe.

Ich nehme ein paar Boards – darunter mein Lieblings-Burton – und etwas Wachs heraus und gehe dann hinein, um meine Ausrüstung zu holen. Normalerweise wachse ich mein Brett in der Waschküche – da gibt es weniger Sauerei, wenn das Wachs auf die Fliesen kommt –, also lege ich es auf die Arbeitsböcke. Dann hole ich das Bügeleisen heraus und heize es vor, während ich meine Wachsmittel durchgehe. Ich habe hier drin sechs oder sieben verschiedene Sorten, die alle für unterschiedliche Bedingungen und unterschiedliche Performances gedacht sind. Da ich heute Streetstyle machen will, wähle ich ein leuchtend grünes Speed-Wachs, um mir mehr Geschwindigkeit zu geben.

Als das Bügeleisen heiß ist, drücke ich die Wachsstange dagegen und fahre dann damit über mein Board, sodass das Wachs darauf tropft. Sobald ich genug Wachs aufgetragen habe, lege ich die Stange beiseite und fange an, mein Board zu bügeln.

Viele Leute mögen diesen Teil des Boardens nicht, aber mir hat er schon immer gefallen. Weil ich so viel im Pulverschnee unterwegs bin, wachse ich mein Board alle paar Tage, was zugegebenermaßen ziemlich nervig sein kann, da es so eine Sauerei ist. Aber an einem Morgen wie heute, wenn ich schon seit ein paar Monaten nicht mehr im Schnee war, ist es irgendwie schön. Vor allem, weil ich dabei die Tricks, die ich machen will, im Kopf durchgehen und sie mir vorstellen kann, bevor ich tatsächlich draußen im frischen Powder bin.

Während das Wachs abkühlt, schlüpfe ich in eine schwarze Snowboard-Hose, ein langärmeliges T-Shirt und einen Kapuzenpullover. Normalerweise würde ich auch eine Jacke anziehen, aber es ist noch nicht so kalt, und ich werde nicht lange draußen sein, also mache ich mir nicht die Mühe.

Sobald mein Board abgekühlt ist, ziehe ich das Wachs ab, wobei ich darauf achte, den gesamten Überschuss zu entfernen. Das Letzte, was ich will, ist ein Haufen Rückstände, die mein Board langsamer machen – oder schlimmer noch, an einem Rail hängen bleiben und mich ins Trudeln bringen. Ich bürste das Board zweimal ab, um sicherzustellen, dass es glänzt, und fahre dann mit einem Scheuerschwamm darüber, damit es perfekt poliert ist.

Ich bin gerade fertig, als die Dämmerung über den Himmel kriecht, was schön ist, denn ich bin nicht selbstmordgefährdet genug, um im Dunkeln zu snowboarden. Zumindest nicht in einem Gebiet, das nicht auf dem Berg liegt. Und obwohl ich zu dem Resort rauffahren könnte, das Ophelias Tante und Onkel betreiben – es ist unser Heimatresort, und sie bezahlen mich, Ash, Z und Cam dafür, dort zu fahren –, ist das nicht die Art von Boarden, nach der ich mich heute sehne.

Also lasse ich die Autoschlüssel auf der Arbeitsplatte liegen, packe meine Sachen zusammen und gehe über meinen Parkplatz hinaus auf die Hauptstraße. Ich habe es nicht weit bis zu meinem Ziel – ein paar Blocks von meinem Haus entfernt gibt es eine altmodisch aussehende Einkaufsmeile mit niedrigen schrägen Dächern und hohen Treppen und – falls sich nichts geändert hat – einem Müllcontainer in perfekter Position für das, was ich vorhabe.

Die Schneepflüge sind bereits unterwegs, um die Straße von den vierzig Zentimetern Neuschnee, die über Nacht gefallen sind, zu räumen und ihn an den Bordsteinkanten aufzuhäufen, an denen ich entlanglaufe. Ich liebe den Anblick der aufgetürmten Schneehaufen und das knirschende Geräusch meiner Stiefel. Verdammt, ich mag sogar den Geruch des Schnees – frisch und sauber und rein, so ganz anders, als ich mich im Moment fühle.

Als ich an der Einkaufsmeile ankomme, gehe ich sofort zur Seite des Gebäudes – und zu der eingebauten Leiter, die dort hinaufführt. Ich schwöre, wer auch immer der Besitzer dieses Ortes ist, muss ebenfalls ein Boarder sein, denn der Aufbau ist einfach viel zu perfekt.

Bevor ich hinaufsteige, überprüfe ich den Müllcontainer und vergewissere mich, dass er noch da steht, wo er immer war. Ich fahre mit den Händen an den Rändern entlang, um sicherzugehen, dass sie sauber und ohne Hindernis sind. Dann laufe ich ein paar der verschiedenen Treppen rauf und runter und überprüfe die Geländer, um sicherzustellen, dass sie ebenfalls in Ordnung sind.

In den Bergen würde ich das nie tun, aber da müsste ich es auch nicht. In den Skigebieten gibt es Leute, deren einzige Aufgabe es ist, dafür zu sorgen, dass die Pisten in einem tadellosen Zustand sind. Und wenn wir im Backcountry unterwegs sind, gehört die

Überraschung zu dem Nervenkitzel, sich der Natur frontal zu stellen, einfach dazu. Aber in der Stadt, beim Streetstyle-Boarden, können Überraschungen dich umbringen. Ich habe schon vor langer Zeit gelernt, mich zu vergewissern, dass die Strecke in gutem Zustand ist, bevor ich versuche, sie zu befahren.

Adrenalin pumpt durch mich hindurch, als ich mir die Tasche über die Schulter werfe und anfange, aufs Dach hinaufzuklettern. Ich war seit Chile nicht mehr boarden und kann es nicht erwarten – *kann es nicht erwarten* –, den Powder unter meinem Board zu spüren. Es ist zu verdammt lange her, Mann, und mein Kopf ist zu verdammt durcheinander. Ich brauche ein paar Runs, wenn ich irgendeine Hoffnung haben will, ihn freizukriegen.

Als ich oben auf dem Dach ankomme, blicke ich über den Parkplatz. Der Himmel ist noch ein wenig heller geworden, und über allem liegt ein frühmorgendlicher Schleier, als ob sämtliche harten Kanten ein wenig verschwommen wären. Ich liebe diese Tageszeit, vor allem, wenn der Boden mit frischem Pulverschnee überzogen ist. Alles ist kalt und schön und doch irgendwie weniger harsch als im vollen Tageslicht.

Es ist, als ob die Unvollkommenheiten der Welt um mich herum irgendwie gemildert würden, weniger offenkundig und ins Auge springend. Ich glaube, es gefällt mir, weil ich hoffe, dass es mit mir dasselbe macht – dass es mich weniger wie einen untalentierten Trottel aussehen lässt und mehr wie einen Typen, der was auf dem Kasten hat. Wunschdenken, aber so ist es.

Was hat das Alleinsein inmitten von Neuschnee an sich, dass ich so philosophisch werde? Was auch immer es ist, es muss aufhören, denn die Zeit läuft mir davon – und ich werde auf keinen Fall nach Hause gehen, bevor ich nicht ein paar Rails gejibbt habe.

Ich lasse meine Tasche auf dem Scheitelpunkt des Dachs

fallen und schnalle mir dann vorsichtig mein Board an. Dann bringe ich mich ins Gleichgewicht und atme tief ein. Ich beuge die Knie ein wenig, strecke die Arme aus, bekomme ein Gefühl dafür, zum ersten Mal seit viel zu langer Zeit wieder das Board unter mir zu spüren. Es ist ein langer Weg nach unten, und das Letzte, was ich will, ist, von diesem verdammten Dach zu fallen, bevor ich überhaupt die Chance auf einen Salad oder einen Smith hatte.

Ich nehme mir noch ein paar Sekunden, um mich ins Gleichgewicht zu bringen, meine Mitte zu finden. Und dann, scheiß drauf – ich kann nicht länger warten. Ich nehme meine Haltung ein und drücke das Brett nach vorne, sodass ich die steile Neigung des Daches hinuntergleite.

Ich mache einen langsamen 180, treffe den Müllcontainer genau richtig mit einem Backside Lip Slide, der mich schnell an der Kante entlanggleiten lässt, bis ich mit einem 540 von der hinteren Ecke springe. Ich bin jetzt frontside, sodass ich beim Jibben über die Heckklappe des Trucks, der zwei Plätze vom Müllcontainer entfernt geparkt ist, hart aufkomme, bevor ich von der Kante auf den frischen Powder flippe.

Fuck, yeah!

Ich hätte mir keinen besseren Start für den Run wünschen können, der mich nach einer langen Durststrecke entjungfert – und ich grinse wie ein verdammter Gaffer, als ich die drei Meter zur ersten Treppe gleite. Und dann bin ich auch schon da. Ich mache einen Switch Butter, verlagere mein Gewicht auf den hinteren Fuß und ziehe die Nase meines Boards hoch. Ich treffe das Rail frontside und grinde mich dank des Speed-Wachses schnell nach unten. Ich fliege regelrecht, als ich unten ankomme und mit einem Rodeo vom Rail flippe.

Meine Landung ist ein wenig daneben – ich habe nicht genug Airtime bekommen –, und ich schlittere gute sechs Meter auf dem Arsch über den Schnee, bevor ich mein Board einkanten und mich zum Stillstand bringen kann.

Aber ich lache, als ich das Board abschnalle und wieder auf die Beine komme. Kein Zweifel, für die erste Fahrt der Saison war das wirklich verdammt geil.

Mit meinem Board in der Hand steige ich die Treppe hinauf und trabe dann über den Parkplatz zum Gebäude. Ich kann es kaum erwarten, das zu wiederholen.

Ich mache es noch dreimal, bevor die Sonne schließlich aufgeht. Wenn ich könnte, würde ich den ganzen Tag hierbleiben, aber diese Gruppe von Geschäften hier in Park City ist sehr beliebt. Die Läden werden in etwa einer Stunde öffnen, und der Parkplatz wird sich ziemlich schnell füllen. Außerdem habe ich bekommen, weswegen ich hergekommen bin.

Ein paar Runs, bei denen es nur mich, mein Board und den frischen Powder gab.

Ein paar Runs, bei denen niemand da war, um zuzuschauen, niemand da war, um zu urteilen.

Ein paar Runs, bei denen ich mich nach Monaten in der Hölle wieder wie ich selbst fühle.

Es wird nicht von Dauer sein, aber genau hier, genau jetzt fühle ich mich gut. Nicht großartig, nicht unbesiegbar, nicht einmal glücklich eigentlich. Aber gut genug.

Vielleicht ist das der Grund, warum ich noch nicht bereit bin zu gehen. Nach so vielen Monaten ohne Schnee hört er nicht auf, mich zu locken. Ich bin vielleicht nicht so gut wie Z oder Ash oder Cam, aber ich liebe das Snowboarden genauso sehr wie sie.

Vielleicht sogar noch mehr, weil ich so viel härter dafür arbeiten muss als sie.

Scheiß drauf. Ein letzter Run wird niemandem schaden, sage ich mir, als ich zum fünften Mal die Leiter hochklettere. Ich werde schnell machen – nur das Dach und den Müllcontainer und vielleicht noch über den Parkplatz buttern. Es wird nur ein paar Minuten dauern. Eigentlich werde ich ...

Ich erstarre, als ich mich auf das Dach ziehe, und sehe überrascht Z an, der sich lang ausgestreckt und es sich so auf dem Dachfirst bequem gemacht hat, als gehörte ihm der Laden. Andererseits neigt er dazu, sich überall, wo er hingeht, so zu verhalten.

»Hey, Bro«, sagt er und senkt seine Wayfarer, sodass er mich über den Rand hinweg ansieht. »Krasser Run.«

»Er war ziemlich gut.«

Er schnaubt.

»Der war sick, Mann, und das weißt du. Du bist der Beste im Streetstyle, verdammt!«

»Ich bin mir ziemlich sicher, dass Darcy und Marc die Besten im Streetstyle sind, aber danke für deine Stimme, Mann.«

Weil ich mir denke, was soll's, lasse ich mich neben ihm nieder, wobei ich die Füße auf der Schräge abstütze, um nicht abzurutschen. Ich habe vier gute Runs geschafft – einen fünften zu versuchen, war sowieso zu gierig.

»Darcy und Marc sind Pussys«, sagt Z. »Sie gehen nicht die Risiken ein, die du eingehst.«

»Ich bin mir ziemlich sicher, das liegt daran, dass sie an ihre multimillionenschweren Karrieren denken müssen.«

»Multimillionen was auch immer. Wenn du anfängst, auf Nummer sicher zu gehen, stirbst du. So einfach ist das.«

»Warte, lass mich das aufschreiben.« Jetzt bin ich an der Reihe zu schnauben. »Perlen der Weisheit aus Z Michaels' Schule des Snowboardens.«

»Hey. Du könntest schlechtere Ratschläge kriegen als den, weißt du!«

»Oh, das weiß ich. Ich bin mir ziemlich sicher, dass ich schon schlechtere Ratschläge als diesen *von dir* bekommen habe. Auch wenn du der großartigste Snowboarder bist, der je gefahren ist.« Das Letzte sage ich mit der Stimme eines bescheuerten Sportmoderators, um mich über den Typen von ESPN lustig zu machen, der genau die Worte während der ganzen letzten Saison über ihn gesagt hat – sogar wenn er etwas verkackt hat. Ganz besonders, wenn er etwas verkackt hat.

Z lacht nur, so wie ich es erwartet habe. Aber dann sieht er mich an, sieht mich wirklich an, und ich kann nicht anders, als mich unter der strengen Musterung zu winden.

»Du hast wahrscheinlich recht, Alter.«

»Ich habe definitiv recht. Also, was machst du überhaupt hier oben? Streetstyle ist nicht wirklich deine Scene.«

»Ich bin gekommen, um dich zu holen. Offensichtlich.«

»Aber woher wusstest du, dass ich hier sein würde?«

Das hier ist mein Ort. Ich habe ihn noch nie jemandem gezeigt. Außer Cam – was, wenn ich jetzt darüber nachdenke, wahrscheinlich alles an Antwort ist, was ich brauche. Sie war schon immer schlecht darin, Geheimnisse vor Z zu haben – selbst kleine, harmlose.

»Jungfräulicher Powder? Der erste der Saison? Wo zum Teufel solltest du sonst sein, außer in deinem supergeheimen Snowboard-Versteck?«

Vielleicht war es gar nicht Cam. Vielleicht hat Z einfach die

Snowboard-»Macht«, die ihm alles verrät. Was ihn betrifft, sind schon seltsamere Dinge passiert. Außerdem ist es doch eigentlich egal, oder? Wenn ich diesen Ort schon teilen muss, dann lieber mit ihm.

Schweigend sitzen wir ein paar Minuten lang da und genießen das, was im Wesentlichen der erste richtige Wintertag ist. Aber ich habe Hunger – schwer, keinen Hunger zu haben, nachdem ich vier Runs ohne jegliche Nahrung im Magen hingelegt habe –, und ich beschließe, ihn zu fragen, ob er etwas frühstücken gehen möchte. Doch bevor ich fragen kann, holt er einen silbernen Flachmann hervor und nimmt einen langen Zug daraus. Dann hält er ihn mir hin.

»Ich dachte, du hättest es aufgegeben, vor der Mittagszeit zu trinken.«

»Das habe ich auch.«

Ich mustere den Flachmann in seiner Hand. »Hättest mich fast täuschen können.«

»Ja, nun, der ist mehr für dich als für mich.«

»Wirklich?«

Ich spüre, wie ich mich anspanne, denn wenn Z meint, dass ich trinken muss, dann ist irgendwas mit Cam. Und wenn das der Fall ist, dann, verdammt, ja, brauche ich einen Drink. Und zwar einen großen. Zum Teufel mit meinem leeren Magen.

Ich nehme den Flachmann, trinke einen Schluck – und verziehe das Gesicht angesichts des Geschmacks von Tequila. Natürlich ist es das, was Z trinkt. Natürlich. Man sollte meinen, ich wäre an den Geschmack gewöhnt, wenn man bedenkt, wie viele Jahre ich das Zeug nur deshalb getrunken habe, weil ich so sein wollte wie er – aber das bin ich nicht. Nach all dieser Zeit kann ich das Zeug immer noch nicht ausstehen.

Ich reiche ihm den Flachmann zurück und wappne mich – mental und körperlich – für das, was auch immer als Nächstes kommt. »Sag es mir«, sage ich.

»Sie wird mich dafür umbringen«, erwidert er und blickt ein paar unendlich lange Sekunden in die Ferne. »Aber das ist mir scheißegal. Du musst es wissen.«

»Was wissen?«

Daraufhin richtet er den Blick auf mich, seine blauen Augen starren mich mit laserartiger Präzision an.

»Cam ist schwanger. Und es ist mir scheißegal, was zwischen euch vorgefallen ist. Du musst für sie da sein.«

Bei seinen Worten springt meine Welt wirbelnd aus ihrer Achse. Und mein erster Gedanke, neben O MEIN GOTT, ist, dass Z mir das natürlich ausgerechnet dann sagt, wenn wir auf einem verdammten Dach sitzen. Er hatte schon immer mehr Vertrauen in meine Fähigkeit, das Gleichgewicht zu behalten, als ich es verdiene …

Kapitel 15

CAM

»Ich verstehe nicht, wie das passieren konnte«, sage ich zu meiner Ärztin, nachdem sie mir bestätigt hat, dass die drei verschiedenen Schwangerschaftstests, die ich gemacht habe, doch keine falschen positiven Ergebnisse geliefert haben. »Ich nehme die Pille. Ich lasse keine Einnahme aus. Ich bin vorsichtig.«

Offensichtlich nicht vorsichtig genug. Sie sagt es nicht, und vielleicht bilde ich es mir auch nur ein, aber die Worte hängen in der Luft zwischen uns, als sie meine Krankenakte weglegt und ihren Hocker näher an den Untersuchungstisch schiebt, auf dem ich sitze.

»Wir haben Ihnen die Pille mit der niedrigstmöglichen Dosierung verschrieben, da das vorrangige Ziel war, Ihren Zyklus für die Wettkämpfe zu regulieren, im Gegensatz zum Schutz vor einer Schwangerschaft. Nachdem Sie die letzte Pille so schlecht vertragen haben, sind wir auf diese umgestiegen, weil die Dosis so niedrig ist – ausreichend, um Ihre Periode abzuschwächen und für einen gleichmäßigen Zyklus zu sorgen, aber nicht ausreichend, um …«

»… um zu verhindern, dass ich schwanger werde«, beende ich

den Satz für sie, während ich angestrengt versuche, mir unser letztes Gespräch über dieses Thema ins Gedächtnis zu rufen. Ich erinnere mich nicht daran, dass sie ausdrücklich gesagt hätte, diese Pille sei vielleicht nicht stark genug, um zu verhüten, aber das hat nicht viel zu bedeuten. Damals hatte ich seit über einem Jahr keinen Freund mehr, und da Z mich nicht mal wahrnahm, war ich nicht besonders besorgt wegen der empfängnisverhütenden Wirkung der Pille – oder deren Mangel daran.

Jetzt allerdings bin ich sehr besorgt. Nur ist es verdammt noch mal zu spät, irgendetwas dagegen zu tun.

»Ich bin so dumm«, sage ich zu ihr. »Ich habe nicht mal daran gedacht. Und als ich bei den letzten zwei Perioden nur Schmierblutungen hatte, habe ich gedacht, es läge an der Pille. Erst als sie dieses Mal ganz ausblieb, kam mir der Gedanke, ich könnte schwanger sein.«

Und trotzdem habe ich es nicht geglaubt. Ich habe den Test gemacht, weil ich sicher sein wollte, dass ich überreagiere – und jetzt, da ich sicher bin, dass ich nicht überreagiere, wirft das all meine sorgfältig ausgearbeiteten Pläne für dieses Jahr völlig über den Haufen.

Was soll ich nur machen? Was zum Teufel soll ich jetzt machen?

»Sie haben verschiedene Möglichkeiten«, sagt sie zu mir. »Utah hat ziemlich restriktive Abtreibungsgesetze, aber falls Sie sich für diesen Weg entscheiden, haben Sie noch ein wenig Zeit, bevor es zu einem Problem wird.«

»Abtreibung?«, frage ich. Das Wort fühlt sich fremd in meinem Mund an, was lächerlich ist, wenn man bedenkt, dass es seit dem ersten Test vor zwei Tagen am Rande meines Verstandes herumschwirrt. Trotzdem hätte ich nie gedacht, dass ich diese Entscheidung einmal treffen müsste. Ich bin einer der Jungs, ich war mein ganzes Leben lang einer der Jungs. Die Tatsache, dass mir jetzt alles um die Ohren fliegt, weil ich es nicht bin – weil ich dieses rein weibliche Problem habe –, gibt mir ein wenig das Gefühl, in eine andere Dimension eingetreten zu sein. Eine, die sehr bizarr und darüber hinaus sadistisch ist.

Meine Besorgnis muss mir anzusehen sein, denn die Ärztin legt mir sanft die Hand auf die Schulter. »Das ist nicht die einzige Option, Cam. Sie können sich auch dafür entscheiden, dieses Baby zu bekommen. Sie sind jung, in bester körperlicher Verfassung. Es gibt keinen Grund zu glauben, dass die Schwangerschaft nicht erfolgreich sein würde. Wie auch immer, Sie müssen sich nicht sofort entscheiden. Nehmen Sie sich ein paar Tage Zeit, denken Sie darüber nach.«

Sie geht zu den Schränken am anderen Ende des Raumes und holt zwei Mappen heraus.

»Eine davon ist über Abtreibung und eine über Schwangerschaft. Lesen Sie sie durch. Denken Sie darüber nach, was Sie tun wollen. Die sollten die meisten Ihrer Fragen beantworten, aber Sie können mich gerne anrufen, wenn Sie noch Fragen zu einer der beiden Optionen haben.« Sie macht eine kurze Pause, als wollte sie die Worte, die sie sagt, auf mich wirken lassen. Schade, dass das nicht funktioniert, weil ich so ziemlich aufgehört habe zuzuhören, nachdem sie die drei Worte gesagt hat, die mein Leben für immer verändert haben.

»Also, haben Sie irgendwelche Fragen, die ich in der Zwischenzeit beantworten kann? Ich weiß, das ist eine Menge zum Nachdenken.«

»Snowboarden.« Das ist das Einzige, was ich im Kopf habe, der einzige Gedanke, den ich festhalten kann, außer: *Alles ist ruiniert.* »Ich habe gestern online nachgesehen, und die Antworten sind unterschiedlich, je nachdem, auf welcher Seite ich war. Kann ich snowboarden, während ich schwanger bin?«

Dr. Amato sieht mitfühlend aus, auch wenn sie den Kopf schüttelt.

»Ich fürchte nein, Cam. Die meisten Ärzte werden sagen, dass eine Frau ihr übliches Sportprogramm während der Schwangerschaft fortsetzen kann und sogar sollte. Und auch wenn einige Ärzte nichts gegen eine entspannte Fahrt mit dem Snowboard den Berg hinunter haben, wenn die Frau vorsichtig ist, ist das nicht das, worüber Sie reden. Sie reden von Abfahrten und Halfpipe-Runs auf Wettkampfniveau und von Stürzen, die, wenn sie passieren, schwer genug sind, um Knochenbrüche und Gehirnerschütterungen zu verursachen. Ganz zu schweigen von der Tatsache, dass Sie bereits im dritten Monat sind. Die Schwangerschaft wird bald zu sehen sein, und dann werden sich Ihr Schwerpunkt und Ihr Gleichgewicht deutlich verändern. Um auf einem Snowboard das Gleichgewicht zu halten, muss man seinen Körper und seine Bewegungen genau kennen – in ein paar Monaten wird das nicht mehr der Fall sein, weil er sich mit fortschreitender Schwangerschaft ständig verändert.«

Ich nicke langsam, versuche, eine gefasste Miene zu wahren, während ich so tue, als würde mir nicht gerade mein ganzes Leben um die Ohren fliegen. Ich wusste schon, dass sie das sagen würde, bevor ich gefragt habe, aber ich habe gehofft … Ich habe *gehofft*.

Das hier sollte mein Jahr werden. *Mein* Jahr. Ich habe mich im letzten Jahr als Boarderin so stark weiterentwickelt, die Dinge auf ein völlig neues Niveau gehoben. Außerdem habe ich den ganzen Herbst über Krafttraining gemacht und mir den Arsch aufgerissen, damit ich in der besten Verfassung meines Lebens in die Saison gehe. Ich wollte eine neue Stufe erreichen, wollte die Grenzen der Tricks ausloten, zu denen weibliche Boarder in der Lage sind. Ich wollte dieses Jahr die Podien beherrschen.

Jetzt ist das vorbei.

Und was soll ich mit all meinen Sponsoringverträgen machen? Ich habe Verträge im Wert von mehr als einer Million Dollar – Verträge, die ich einhalten muss. Ich kann nicht einfach …

»Durchatmen«, sagt Dr. Amato, während sie meinen Kopf zwischen meine Knie drückt. »Nehmen Sie sich einfach ein paar Sekunden Zeit, und atmen Sie für mich, okay? Durch die Nase einatmen, durch den Mund ausatmen.«

Ich weiß nicht, wie ich jemals wieder in der Lage sein werde zu atmen, um ehrlich zu sein. Aber ich tue, was sie sagt, und nach ein oder zwei Minuten lässt das Schwindelgefühl nach. Nicht die Panik – die ist immer noch im Überfluss da –, aber zumindest habe ich nicht mehr das Gefühl, ohnmächtig zu werden.

»Ich muss – ich muss …«

»Sie müssen noch ein paar Minuten hier sitzen bleiben«, sagt sie zu mir, während sie die Tür öffnet und in den Flur hinausgeht. Nach wenigen Sekunden ist sie wieder da, und ein paar Minuten später kommt ihre Arzthelferin mit einem großen Glas Orangensaft herein.

»Trinken Sie das«, sagt Dr. Amato, als die Arzthelferin es mir hinhält. »Das wird Sie ein wenig beruhigen.«

Ich will ihr nicht sagen, dass es nichts auf der Welt gibt, was mich jetzt gerade beruhigen könnte, also nehme ich den Saft. Trinke ein paar große Schlucke, bevor ich ihn beiseitestelle.

»Nippen Sie weiter daran, während wir reden«, sagt sie, während sie sich wieder auf ihrem Hocker niederlässt.

Ich will nicht mehr reden – will nicht mehr denken –, aber das ist im Moment keine wirkliche Option. Also tue ich, was mir gesagt wurde, und trinke langsam den Saft, während sie mir eine Liste von Anweisungen gibt, die völlig unverständlich und absolut beängstigend zugleich ist.

»Ich gebe Ihnen ein paar Proben von Schwangerschaftsvitaminen. Ich möchte, dass Sie sie in den nächsten Tagen einmal täglich einnehmen, während Sie über Ihre Optionen nachdenken. Falls Sie sich entscheiden, das Baby zu behalten, ist es wichtig, dass Sie die Vitamine so schnell wie möglich einnehmen, da Sie wie gesagt bereits im dritten Monat sind. Außerdem wird Ihnen meine Arzthelferin Blut abnehmen, bevor Sie heute gehen. Wir testen Sie auf Anämie und ein paar andere Dinge, und wir untersuchen Sie auf Geschlechtskrankheiten – was heutzutage bei allen Schwangerschaften Standard ist. Nichts, worüber Sie sich Sorgen zu machen brauchen.«

Gut zu wissen, denn ich denke, meine Sorgenkarte ist schon komplett voll. Aber das sage ich nicht. Ich sage nichts, während sie mir letzte Anweisungen gibt, durch die mein Baby wohlbehalten und gesund bleiben wird. Mein Baby.

Mein Baby.

Mein Baby.

Die Worte zerreißen mich, zwingen mich fast in die Knie, als ich mich von ihr aus dem Zimmer begleiten lasse.

»Denken Sie daran, mich anzurufen, falls Sie irgendwelche Fragen haben. Ansonsten sehen wir uns in einer Woche wieder, nur zur Vorsorge.«

»In einer Woche?«

Ist das normal? Ich habe keine Zeit, jede Woche herzukommen! Ich habe – *nichts zu tun,* wird mir bewusst, als ich vor der Empfangstheke stehen bleibe.

»Nur damit wir reden können«, sagt sie beruhigend. »Wenn

Sie bis dahin eine Entscheidung getroffen haben, können wir über die nächsten Schritte sprechen.«

»Und wenn ich noch keine Entscheidung getroffen habe?«

»Wenn nicht, dann machen wir nur eine Routineuntersuchung, um sicherzustellen, dass Sie gesund sind und die Schwangerschaft gut verläuft. Ist das in Ordnung?«

Ich nicke wie betäubt, denn es scheint nicht so, als ob ich zu diesem Zeitpunkt irgendetwas anderes tun *könnte*. Ich entrichte meine Zuzahlungsgebühr wie auf Autopilot, vereinbare den nächsten Termin auf dieselbe Weise. Und dann gehe ich hinaus ins Wartezimmer, wo Tansy und Ophelia nervös die Tür beobachten.

Tansy springt auf, sobald sie mich sieht.

»Bist du okay? Was hat die Ärztin gesagt? Bist du – au!«

Sie bricht ab, als Ophelia ihr den Ellbogen in den Bauch stößt, hart.

»Tut mir leid«, fügt sie verlegen hinzu.

Ophelia sagt zunächst gar nichts, stellt keinerlei Fragen. Sie legt einfach die Arme um mich und drückt mich so fest, wie sie kann. Das ist genau das, was ich jetzt brauche, und für eine Sekunde, nur eine Sekunde, vergrabe ich den Kopf an ihrer Schulter und atme tief und zitternd ein, während ich darum kämpfe, nicht zu weinen. Sie tätschelt mir den Rücken, kämmt mit den Fingern durch mein Haar, gibt leise, beruhigende Laute von sich, die irgendwie alles besser und schlechter zugleich machen.

Wenn mich jemand noch vor sechs Monaten gefragt hätte, was ich von Ophelia halte, hätte ich gesagt, dass sie gut für Z ist, aber dass ich nicht darauf aus bin, mit ihr befreundet zu sein. Es ist erstaunlich, was sechs Monate bewirken, und jetzt sind wir hier, und ich bin mit ihr fast so eng befreundet wie mit Z und Ash.

»Lass uns nach Hause gehen«, sagt sie nach ein paar Minuten, und ich nicke nur. Ich wohne seit ein paar Monaten bei ihr und Z. Eigentlich habe ich vorgehabt, auszuziehen und mir eine eigene Wohnung zu suchen, aber sie und Z haben darauf bestanden, dass ich die Saison über bei ihnen bleibe. Z hat eine riesige Villa, also ist reichlich Platz für mich, um ihnen ihren Freiraum zu lassen, vor allem, da ich so ziemlich ein ganzes Stockwerk für mich allein habe.

Auf der Heimfahrt sage ich nicht viel, bis auf das Offensichtliche.

»Der Test war positiv. Die Ärztin hat mir einige Informationen zum Nachlesen gegeben über«, meine Stimme bricht, ich räuspere mich und versuche es noch einmal, »über meine Möglichkeiten.«

Weder Tansy noch Ophelia drängen mich, was ich tun soll, wofür ich dankbar bin. Ich meine, ich weiß, was ich tun *sollte*. Ich sollte eine Abtreibung vornehmen lassen und die Saison so beginnen, wie ich es mir schon die ganze Zeit gewünscht habe – topfit und bereit, die Welt zu erobern. Ich bin sicher, das ist, was Mitch mir raten wird, was die Jungs von mir erwarten werden. Und es ist das Richtige. Das *ist* es.

Dennoch fällt es mir sehr schwer, daran zu denken. Vielleicht, weil die Realität, schwanger zu sein, immer noch nicht ganz zu mir durchgedrungen ist, ich weiß es nicht. Vielleicht, weil ich auf törichte Weise emotionaler bin, als ich es je für möglich gehalten hätte. Aber jedes Mal, wenn ich daran denke, Lucs Baby loszuwerden …

Ich habe bereits meinen besten Freund verloren, seit dieser Schlamassel angefangen hat. Soll ich wirklich absichtlich auch noch sein Baby loswerden? Die Vorstellung ist mir ein Gräuel.

Aber wie kann ich das nicht tun, wenn ich Verträge habe und Sponsoren und Erwartungen und …

Ich schlage die Tür zu diesem Gedankengang zu, als ich spüre, wie ich wieder in Panik gerate. Das Letzte, was ich jetzt gebrauchen kann, ist, mitten im Verkehr von Salt Lake City zu hyperventilieren. Irgendetwas sagt mir, dass Ophelia und Tansy nicht so ruhig damit umgehen werden, wie Dr. Amato es getan hat.

Im Auto ist es still, zu still. Ich weiß, dass sie mir meinen Freiraum lassen, und ich weiß das zu schätzen – wirklich –, aber wenn ich mich auf der ganzen Heimfahrt mit nichts anderem beschäftige als meinen Gedanken, werde ich noch den verdammten Verstand verlieren. Aber mir fällt nichts ein, was ich sagen könnte, außer *Hilfe!, Verdammt!* Oder: *Macht, dass es aufhört!* – und *nichts* davon ist besonders erfreulich. Also schalte ich stattdessen das Radio ein, in der Hoffnung, dass der Lärm meine Gedanken ebenso übertönt wie die Stille.

Es hätte auch funktionieren können, wenn nicht gerade der Song »Bleeding Out« von Imagine Dragons laufen würde. Fuck! *Soll das ein Witz sein?* Es ist, als ob es das Universum tatsächlich auf mich abgesehen hätte.

Der Text brandet über mich hinweg, bevor ich es verhindern kann, Worte darüber, vom Weg abgekommen zu sein, über Jahreszeiten, die sich verstecken und den Himmel, der grau wird, und alles schreit. Gott, genau so fühle ich mich jetzt, und genau so habe ich mich in den letzten Monaten gefühlt. Als ob alles in mir – alles, was ich bin, und alles, was ich je sein werde – schreit, schreit, schreit. Was soll ich tun? *Was soll ich tun? WAS SOLL ICH TUN?*

Gott, alles ist so ein Schlamassel. So ein verdammter, furchtbarer, schrecklicher Schlamassel – und ich habe keine Ahnung, wie ich mir einen Weg da rausgraben soll. Habe keine Ahnung, ob es überhaupt einen Ausweg gibt. Alles fühlt sich gerade so überfordernd an, so beängstigend, dass ich mich am liebsten zusammenrollen und für eine Million Jahre verstecken würde.

Aber das ist keine Option, vor allem, weil mein Körper seinen eigenen persönlichen Countdown hat, der in sechs Monaten abläuft, ob ich dafür bereit bin oder nicht. Und weil ich, als wir die lange, kurvenreiche Auffahrt von Z hinauffahren, Lucs Range Rover ganz oben auf dem Hügel parken sehe.

»Was macht er denn hier?«, will ich wissen. Es ist nicht so, dass er völlig aufgehört hätte, bei Z zu Hause rumzuhängen, seit ich eingezogen bin – das hat er natürlich nicht –, aber seine Besuche waren ziemlich dünn gesät. Normalerweise lässt er sich nur blicken, wenn sich unsere ganze Gruppe dort trifft. Die Tatsache, dass er jetzt hier ist, als ich gerade von meinem ersten Besuch bei der Gynäkologin zurückkomme, ist also mehr als nur ein wenig verdächtig.

»Oh, Scheiße«, sagt Ophelia. »Z hat versprochen, dass er nichts sagen würde.«

»Du hast es ihm erzählt? Du hast versprochen ...«

»Ich wollte es nicht! Das schwöre ich! Er hat es aus mir rausgeluchst. Und als ich ausgeflippt bin, hat er gesagt, dass alles okay ist. Ich dachte, das bedeutet, dass er Luc nichts erzählen würde, aber du weißt ja, wie er ist.« Sie sieht todunglücklich aus. »Es tut mir so leid, Cam.«

Ich weiß tatsächlich genau, wie er ist. So wie ich weiß, dass er seinen eigenen, speziellen Ehrenkodex hat, der ganz sicher dafür gesorgt hat, dass er mit der Nachricht von meiner Schwangerschaft schnurstracks zu Luc gerannt ist – was wirklich toll ist. Einfach scheißfantastisch. Ist ja nicht so, als ob ich gern ein, zwei Tage Zeit gehabt hätte, um es selbst zu verarbeiten, bevor ich es ihm sage. Als ob ich erst einmal überlegen wollte, was ich tun soll, oder wie ich es ihm sage.

Dass ich mich heute zu allem Überfluss auch noch mit Luc auseinandersetzen muss, ist genau das, was ich mir gewünscht habe. Logisch.

Fuck! Vielleicht sollte ich meinen Grundsatz, keine Riesenheulsuse zu sein, noch mal überdenken.

»Warum hast du mich nicht wenigstens vorgewarnt?«, frage ich, während ich mich langsam abschnalle und aus dem Auto steige. »Dann hätte ich mir doch überlegen können, was ich zu ihm sage.«

»Ich dachte, ich hätte mehr Zeit. Ich war mir sicher, dass er wenigstens warten würde, bis wir von der Ärztin zurückkommen, bevor er mit Luc redet.«

»Ja, nun, das sieht gerade nicht sehr wahrscheinlich aus, oder?«

Sie antwortet nicht. Aber das muss sie auch nicht. Nicht, als Luc die Haustür aufstößt und den Weg entlang direkt auf mich zurennt.

Kapitel 16

LUC

Ich bin die letzten anderthalb Stunden in Zs Eingangsbereich auf und ab marschiert, seit er die Nachricht von Ophelia bekommen hat, dass sie auf dem Heimweg sind. Ich habe mir eine ganze Ansprache zurechtgelegt, bin tausend verschiedene Möglichkeiten durchgegangen, wie ich sagen soll, was ich sagen will, und tausend verschiedene Reaktionen auf das, was Cam zu mir sagen wird.

In meinem Kopf ist jede einzelne Reaktion davon ruhig und gelassen und gut durchdacht. Jeder einzelne davon ist freundlich und unterstützend und entschlossen, hilfreich zu sein.

Schade, dass sich das, was mein Kopf mir vorgibt, nicht auf meinen Körper übertragen lässt.

Stattdessen stürze ich in dem Moment, in dem ich Ophelias Auto in die Einfahrt biegen höre, aus dem Haus und habe nur einen Gedanken im Kopf – zu Cam zu kommen. Und als sie tatsächlich aus dem Auto steigt und blass und verletzlich und zerbrechlicher wirkt, als ich sie je gesehen habe, möchte ich sie einfach nur in die Arme schließen und ihr sagen, dass alles gut werden wird. Ihr sagen, dass ich, egal was passiert, für sie da sein und mich um sie kümmern werde.

Aber was stattdessen aus meinem Mund kommt, ist: »Wann zum Teufel hattest du vor, es mir zu sagen?«

Sie versteift sich – natürlich tut sie das –, und obwohl sie immer noch zerbrechlich aussieht, verdrängt sie die Verletzlichkeit tief in ihr Inneres, wo ich sie nicht sehen kann. Wo ich nicht an sie herankomme. Gottverdammt!

»Ich komme gerade von meiner Gynäkologin zurück, die es mir bestätigt hat. Das heißt, ich weiß es erst seit ganzen zwei Stunden mit Gewissheit. Also, warum lässt du mich nicht verdammt noch mal in Ruhe, hm?«

Sie will an mir vorbeirauschen, aber ich packe sie am Ellbogen und halte sie auf. »Es tut mir leid. Ich bin nur ein wenig ausgeflippt. Ich hatte keine Ahnung, dass die Möglichkeit überhaupt bestand …«

Cam sieht mich nicht an, als sie antwortet.

»Wirklich? Ich war nämlich in der Schule im selben Aufklärungskurs wie du, und ich weiß ziemlich genau, wie Babys gemacht werden.«

»Du weißt, dass ich das nicht gemeint habe …«

»Was dich betrifft, weiß ich gar nichts.«

Sie wehrt sich gegen meinen Griff, aber ich halte sie fest. Ein Teil von mir fürchtet, wenn ich sie loslasse, werde ich sie nie wieder halten können. Sie nie wieder berühren können.

Wie konnten die Dinge zwischen uns nur so schieflaufen? Ich war ein Narr, sie gehen zu lassen, als sie vor ein paar Monaten meine Wohnung verließ, aber woher sollte ich wissen, dass es so schlimm zwischen uns werden würde? So furchtbar war es nicht einmal nach dieser einen betrunkenen Nacht, die wir miteinander verbracht hatten. Wie hätte ich damals ahnen können, dass wir so weit vom Kurs abkommen würden?

»Was kümmert dich das überhaupt?«, fragt sie, während sie die Geduld mit mir verliert, und reißt ihren Ellbogen aus meinem Griff. »Woher willst du überhaupt wissen, dass es von dir ist?«

Für einen Moment, nur einen einzigen Moment, wird mir übel. Denn das ist mein schlimmster Albtraum, nicht wahr? Dass ich ihr so wenig bedeute, dass sie mich einfach durch irgendeinen anderen Typen ersetzen kann – oder schlimmer noch, dass ich die ganze Zeit ein Ersatz für den Typen war, den sie wirklich wollte. Dass ich die ganze Zeit nicht über sie hinwegkomme, egal was ich tue, während sie überhaupt nie über mich hinwegkommen musste.

Aber dann schaltet sich mein gesunder Menschenverstand ein, und ich ignoriere die Unsicherheiten, ignoriere die Angst, dass ich nicht gut genug bin, weil ich es noch nie war. Stattdessen sage ich mir: Nur weil sie auf meine schlimmste Angst abzielt, bedeutet das nicht, dass es die Realität ist. Es bedeutet nur, dass sie mich genauso gut kennt wie ich sie. *Ein weiteres Problem, das damit einhergeht, wenn man mit seiner besten Freundin schläft.*

»Bitte tu das nicht«, sage ich zu ihr. »Ich weiß, dass es von mir ist.«

Sie zieht spöttisch eine Augenbraue hoch. »Bist du dir da sicher? Bist du dir sicher, dass es nicht von Josh Greene ist?«

Hinter mir höre ich, wie Z ein leises »What the fuck?« ausstößt, nur um von Tansy und Ophelia zischend zum Schweigen gebracht zu werden.

»Oder vielleicht es ist von Z. Hast du je daran gedacht?«

Diesmal ist Zs »What the fuck?« viel lauter und vehementer.

Aber Cam ist noch nicht fertig, bei Weitem nicht. »Natürlich hast du das gedacht. Das ist wahrscheinlich alles, woran du denkst, stimmt's? Du fragst dich, wessen Baby es ist. Fragst dich, ob ich versuchen werde, dir das Kind eines anderen unterzuschieben …«

»Ich habe kein einziges Mal gedacht, dass das Baby von jemand anderem als mir sein könnte.«

»Blödsinn. Du vertraust mir nicht. Du hast mir nie vertraut. Du bist so besorgt, dass ich wie alle anderen bin, dass ich denke, du bist nicht gut genug. Aber frag dich mal, wenn das so ist, warum sollte ich dein Baby überhaupt haben wollen? Warum sollte ich …«

»Das reicht, Cam.« Die Worte sind leise und schroff, und obwohl sie genau das sind, was ich denke – was ich denke, seit Cam angefangen hat, mich auseinanderzunehmen –, kommen sie nicht von mir. Stattdessen kommen sie von Z, der sich irgendwie zwischen uns geschoben hat. »Du benimmst dich wie ein richtiges Miststück.«

»Wer zum Teufel bist du eigentlich, mir zu sagen, dass es reicht? Wer zum Teufel bist du eigentlich, mir zu sagen, ich sei ein Miststück?« Sie geht auf ihn los, stemmt ihre Hände gegen seine Brust und schubst ihn heftig. »Du bist doch derjenige, der zu Luc gerannt ist und ihm wie eine kleine Petze alles brühwarm erzählt hat. Du bist doch derjenige, der diese ganze Szene verursacht hat.«

Ich weiß nicht, wer über ihren heftigen Angriff schockierter ist – Z oder ich. Sie redet nie so mit ihm, geht nie auf ihn los, wenn sie stattdessen eine Entschuldigung für ihn finden kann. Außer dass er bei näherer Betrachtung überhaupt nicht schockiert aussieht. Er sieht verärgert aus und vielleicht sogar ein wenig beschämt, aber nicht schockiert. Ein kurzer Blick verrät mir, dass auch Tansy und Ophelia nicht schockiert sind. Vielleicht hat sie es also doch getan, und ich habe es nur noch nie gesehen.

Ich bin mir nicht sicher, was das bedeutet, und jetzt ist auch nicht der richtige Zeitpunkt, um das herauszufinden. Denn Cam ist noch nicht fertig.

»Ist dir je in den Sinn gekommen, dass ich vielleicht ein, zwei Tage gebraucht hätte, um einen klaren Kopf zu bekommen, bevor ich mich auch noch mit Luc auseinandersetzen muss? Dass ich gern erst einmal nachgedacht und herausgefunden hätte, was ich will, bevor ich herauszufinden versuche, was er will? Und ob es mich überhaupt interessiert?«

Dann wendet sie sich mir zu, immer noch wütend, immer noch, ohne sich zurückzuhalten.

»Und könntest du mir bitte verdammt noch mal ein bisschen Freiraum lassen? Das Letzte, was ich jetzt gerade brauche, ist, dass du mir im Nacken sitzt.«

»Ich habe, seit du vor drei Monaten aus meiner Wohnung verschwunden bist, nichts anderes getan, als dir Freiraum zu lassen, und sieh nur, wohin uns das gebracht hat. Ich will nur, dass du weißt …«

»Wohin es uns gebracht hat?«, fragt sie mit einem ungläubigen Lachen. »Selbst wenn wir in den letzten drei Monaten gerammelt hätten wie die Karnickel, wäre ich immer noch schwanger.«

»Das habe ich nicht gemeint, und das weißt du auch. Wir sind nicht mehr dieselben, seit du gegangen bist …«

»Ja, nun, du bist derjenige, der mir nicht vertraut hat. Du bist derjenige, der davon überzeugt war, dass ich dich abservieren würde, sobald ich einen Kerl in die Finger kriege, der einen 1440 raushaut, ohne ins Schwitzen zu kommen. Und jetzt willst du, dass es mich kümmert, was du denkst? Über irgendetwas? So läuft das nicht, Luc.«

Ihre Worte tun weh, genau wie sie es beabsichtigt. Zum Teil, weil sie recht hat – ich erwarte nicht, dass sie bei mir bleibt, wenn sie jede Menge Jungs haben kann, die bessere Boarder und bessere Menschen sind als ich.

Aber damit habe ich mich schon vor langer Zeit abgefunden. Was also wirklich wehtut – was mich wirklich tief trifft –, ist, dass es ihr egal ist, was ich über diese Schwangerschaft denke. Schon allein bei dem Gedanken, dass sie meine Gefühle in Bezug auf das Baby, das wir gemacht haben, nicht berücksichtigen könnte, fühle ich mich beschissen. Ich bin der Vater. Sollte ich nicht ein Mitspracherecht haben?

Gleichzeitig hat sie aber auch in einem Punkt sehr recht. Z hat sie wirklich hintergangen, indem er es mir erzählt hat. Und anstatt zivilisiert damit umzugehen, habe ich sie total damit überfahren. Sie überrumpelt, als sie nicht damit gerechnet hat – und schlimmer noch, als sie sich wirklich verletzlich gefühlt hat. Das ist nicht cool. Überhaupt nicht cool.

Also werfe ich zum ersten Mal, seit sie aus Ophelias Auto ausgestiegen ist, einen Blick hinter die hektischen Flecken auf ihren Wangen und auf die Anspannung darunter. Sicher, sie ist gerade im Kampfmodus, aber unter ihrer Abwehrhaltung hat sie Angst und ist erschöpft. Jetzt, da ich danach suche, kann ich es sofort sehen.

Die Erkenntnis, dass sie Angst hat, dass sie leidet, trifft mich härter als alles andere – sogar als die Nachricht, dass ich Vater werde. Denn vor allem anderen, bevor ich mich in sie verliebte, bevor ich mit ihr schlief, war sie Cam. Einfach nur Cam.

Das Mädchen, das in der zweiten Klasse auf dem Spielplatz seine Skittles mit mir teilte.

Das Mädchen, das sich in der sechsten Klasse von mir küssen ließ, damit ich für meinen vermeintlich ersten »richtigen Kuss« mit Addison Leigh üben konnte.

Das Mädchen, das sich in der Halfpipe stundenlang den Arsch abfror, als sie mir half, einen 1080 zu lernen, nachdem Z und Ash ihn raushauten, als wäre es nichts.

Das hier ist Cam. Meine beste Freundin. Und sie leidet.

Daraufhin strecke ich die Hand nach ihr aus, ziehe sie in eine Umarmung. Lange Sekunden schmiegt sie sich an meinen Körper, und ich bin erstaunt, wie kalt sie ist. Kälter als die Luft um uns herum. Kälter sogar als der Schnee unter unseren Füßen.

»Es tut mir leid«, sage ich zu ihr, und die Worte überschlagen sich regelrecht, als sie aus meinem Mund purzeln. »Es tut mir so leid.«

Sie nickt an mir, und ich erwarte, dass sie sich zurückzieht – Cam ist wirklich nicht der Typ, der sich an der Schulter von jemandem ausweint, und sie hat sich schon länger von mir halten lassen, als ich es je von ihr erwartet hätte. Aber sie weicht nicht zurück, stößt mich nicht fort. Stattdessen steht sie da, das Gesicht an meinem Hals vergraben, den Körper an meinen geschmiegt, und lässt sich von mir halten.

Also tue ich es. Ich ziehe sie enger an mich und krümme die Schultern, damit ich sie vor dem Wind abschirmen kann, der um uns herumpeitscht. Vor der Kälte, die von außen und innen auf sie eindringt. Die Tatsache, dass sie mich lässt, sagt mir alles, was ich über ihren emotionalen Zustand wissen muss. Na ja, das und die feuchtwarmen Tränen, die mir den Hals hinunterlaufen.

Cam weint nicht. Cam weint *nie*. Also trifft mich die Tatsache, dass sie so fertig ist – dass ich sie so fertiggemacht habe –, tiefer als alles, was sie möglicherweise zu mir sagen könnte.

»Es tut mir leid«, sage ich und streichle ihren Rücken so zärtlich, wie ich kann. »Es tut mir so leid. Sag mir einfach, was du willst, und ich werde es möglich machen. Das schwöre ich.«

Darauf versteift sie sich, stößt mich weg. Wendet sich ab. Und diesmal habe ich keine Ahnung, was ich falsch gemacht habe. Ich blicke hinter mich, in der Hoffnung, ein wenig Hilfe von Ophelia oder Tansy oder sogar Z zu bekommen, aber es ist niemand da. Irgendwann mitten in unserem Streit haben sie sich alle davongeschlichen. Um uns Privatsphäre zu geben, bin ich mir sicher. Aber da ich hier gerade mit einer wütenden, emotionalen Cam stehe, ist es nicht Privatsphäre, die ich brauche – sondern *Hilfe*.

»Denkst du wirklich, dass es darum geht?«, will sie wissen. »Dass ich mir etwas wünsche, und du tust, was ich von dir verlange?«

»Ich versuche nur, dir zu helfen, Cam. Ich will einfach nur helfen.«

»Ach ja? Du hast leicht reden, nicht wahr? Meine Karriere geht in Flammen auf, alles, wofür ich gearbeitet habe, verschwindet direkt vor meinen Augen, und du willst mir helfen? Deiner Karriere geht es gut – oder so gut, wie es nur gehen kann. Niemand wird sich einmischen und dir sagen, dass du nicht boarden darfst. Niemand wird dir die eine Sache wegnehmen, die dir mehr bedeutet als alles andere. Dir geht es gut. Du bist sicher. Ich bin diejenige, die erledigt ist. Ich bin diejenige, die nicht auf ein Board steigen darf, bis ich dieses Ding aus mir herausbekommen habe.«

Sie streckt ihre Hände weit aus, ihre Fäuste ballen und öffnen sich im Takt ihrer Worte. »Aber der große Mann, der du bist, will helfen. Wie zum Teufel glaubst du, wirst du das tun? Kannst du dafür sorgen, dass das nie passiert ist? Kannst du dafür sorgen, dass ich nicht schwanger bin?«

Ich starre sie hilflos an, während ihre Worte in meinem Kopf herumschwirren. *Erledigt. Nicht schwanger. Bis ich dieses Ding aus mir herausbekommen habe.* Ich weiß nicht, was ich sagen soll, weiß nicht, was ich tun soll, um es besser zu machen. Denn die Wahrheit ist, ich will nicht, dass sie abtreibt. Ich will nicht, dass sie mein Baby loswird. Und obwohl ich weiß, dass es ihre Entscheidung ist, dass sie mit ihrem Körper machen kann, was sie will, will ich nicht, dass sie das tut. Nicht mit *unserem* Baby.

Aber das sage ich nicht. Ich sage gar nichts. Ich kann es nicht. Mein ganzer Körper ist wie erstarrt, während mein Verstand versucht, das Grauen und die Angst zu bekämpfen, die mich plötzlich durchströmen.

Cam deutet mein Schweigen als das, was es ist – einen Hinweis auf meine Schuld und meine Ohnmacht.

»Ja«, sagt sie mit einem Schnauben und einem Kopfschütteln. »Ich dachte mir, dass du das sagen würdest.«

Dann geht sie an mir vorbei ins Haus, darauf bedacht, einen großen Bogen um mich zu machen. Und als die Tür hinter ihr zuschlägt, verstehe ich endlich, was es bedeutet, draußen in der Kälte stehen gelassen zu werden.

Kapitel 17

CAM

Was soll ich tun? Was soll ich tun? Wassollichtun?

Ich liege auf meiner dunkelblauen Bettdecke und starre auf den rechteckigen Fleck aus grauem Himmel, der durch das Dachfenster über meinem Bett zu sehen ist. Es ist derselbe graue Fleck, auf den ich seit drei Tagen starre – derselbe graue Fleck, den ich für die nächsten sechs Monate anstarren werde, fürchte ich. Oh, nachts wird er dunkel und strahlend weiß, wenn es zu schneien beginnt, aber am Ende wird er immer wieder grau. Er ist dunkel und düster und mehr als nur ein bisschen bedrohlich – was genau das ist, wie sich mein Leben im Moment anfühlt. Nicht, dass ich deswegen allzu melodramatisch sein will.

Was soll ich tun? Was soll ich tun? Wassollichtun?

Die Worte hämmern auf mich ein, lassen mir den Kopf schmerzen und den Magen flau werden. Oder vielleicht ist es das Baby, das die Übelkeit verursacht. Morgenübelkeit, schrecklich. Und das Hämmern hört einfach nicht auf.

Als ich nicht länger auf denselben Fleck Himmel – oder dieselbe Zimmerdecke – starren kann, drehe ich mich auf die Seite.

Greife nach einer von Dr. Amatos Mappen. Sobald ich sie öffne, weiß ich anhand der Überschriften der darin enthaltenen Broschüren, dass es sich um die Abtreibungsmappe handelt.

Meine Hände fangen an zu zittern, bevor ich überhaupt eine Broschüre herausnehme.

Ich will das nicht tun. Ich will das nicht tun. Ichwilldasnichttun.

Ich will keine Abtreibung. Aber ich will auch dieses Baby nicht bekommen. Ich will meine Karriere nicht aufgeben, will nicht alles aufgeben, wofür ich so hart gearbeitet habe. Und ich will ganz sicher nicht Luc in die Augen sehen und ihm sagen, dass ich sein Kind abgetrieben habe.

Er hat mir gesagt, dass er helfen möchte, dass er alles tun würde, was ich will. Aber hat er das hier gemeint? Hat er gemeint, dass es okay für ihn wäre, wenn ich sein Baby abtreiben lasse? Und falls ja, was bedeutet das? Dass er sich Sorgen um mich macht, um meine Karriere? Oder einfach, dass er die Verantwortung nicht will, ein Vater zu sein?

Nicht, dass ich es ihm verdenken könnte. Es ist nicht so, dass ich die Verantwortung will, eine Mutter zu sein. Ich weiß nicht mal, wie man eine Mutter ist. Wie kann ich das, wenn meine eigene Mutter während eines so großen Teils meines Lebens gefehlt hat? Ja, jetzt ist sie wieder da. Aber das bedeutet nicht, dass ich etwas mit ihr zu tun haben werde. Und es bedeutet ganz sicher nicht, dass ich sie um Erziehungsratschläge bitten werde.

Schon allein der bloße Gedanke lässt mich erschaudern.

Abtreiben oder das Baby bekommen? Abtreiben oder das Baby bekommen?

Ich weiß es nicht. Ich weiß es einfach nicht. Ehrlich gesagt weiß ich im Moment gar nichts. Wenn ich das Baby bekomme, weiß ich nicht, wie ich ohne die Sponsorenverträge und Turnierpreisgelder leben soll, die ich dadurch einbüßen werde. Z und Ophelia haben mir gesagt, dass ich, egal wie ich mich entscheide, gerne hier bei ihnen bleiben kann. Aber hey, ich bin jetzt schon seit drei Monaten hier. Glaube ich wirklich, dass ihre Geduld unendlich ist? Dass ich einfach – mit einem Baby – dauerhaft hier einziehen kann und es ihnen überhaupt nichts ausmachen wird?

Ich meine, Luc kann mich ein Jahr lang unterstützen. Er hat ein paar Sponsorenverträge – sie sind nicht so viel wert wie die von Z und mir, aber sie sind trotzdem gut. Immer noch mehr als genug, dass wir zu dritt davon leben könnten. Aber wie kann ich das von ihm erwarten, wenn wir nicht zusammen sind? Wenn er mir nicht vertraut und mich nicht will? Wenn der einzige Grund, warum er mit mir zusammen sein würde, das Baby wäre?

Was soll ich tun? Wassollichtun? WAS SOLL ICH TUN?

Egal, wie oft ich mir diese Frage auch stelle, ich weiß die Antwort immer noch nicht.

Ich nehme eine der Broschüren aus der Mappe, um sie aufzuschlagen. Aber bevor ich auch nur einen Blick auf die erste Seite werfen kann, gibt mein Magen seinen wackeren Kampf auf. Und ich renne ins Bad, die Hand vor dem Mund.

Ich schaffe es gerade noch zur Toilette, bevor ich die sehr nahrhaften Eier auf Vollkorntoast und das Obst, wozu mich Tansy zum Frühstück überredet hat, wieder auskotze. Es kommt schnell hoch. In dieser Hinsicht ist die morgendliche – oder sollte ich sagen: ganztägige – Übelkeit um einiges besser als ein Infekt. Trotzdem bin ich mir nicht sicher, ob das schon alles war, also bleibe ich noch eine Weile auf dem Boden sitzen, um darauf zu warten, dass das trockene Würgen einsetzt.

Es kommt nicht, also hieve ich mich hoch und spritze mir

Wasser ins Gesicht. Ein Teil von mir sagt, dass ich darüber hinwegkommen muss. Ich sollte mich anziehen, rausgehen und versuchen, mein Leben zu leben, solange ich es noch kann. Aber wenn man bedenkt, dass ich im Moment den Energielevel einer altersschwachen Nacktschnecke habe, erscheint mir alles, was über Zähneputzen hinausgeht, als zu viel Aufwand.

Also mache ich mich wieder auf den Weg zurück ins Bett. Die Mappe mit den Abtreibungsoptionen liegt auf dem Boden neben dem Nachttisch, also kicke ich sie unter mein Bett, wo ich sie nicht mehr sehen muss. Aus den Augen, aus dem Sinn. Sagt man das nicht so?

Bei mir funktioniert das allerdings nicht. Als ich zurück ins Bett krieche, diesmal auf der Seite zusammengerollt, weil ich es nicht ertrage, auch nur eine Sekunde länger auf dieses kleine Stück Himmel zu starren, kann ich nichts anderes tun, als über das Baby nachzudenken. Über meine Möglichkeiten. Darüber, was ich tun werde.

Als ich den Lärm in meinem Kopf nicht mehr ertrage, greife ich zur Fernbedienung und schalte den Fernseher ein, der an der gegenüberliegenden Wand des Zimmers hängt. Es läuft nichts – oder zumindest nichts, was meine Aufmerksamkeit fesseln könnte –, bis ich auf den Sportkanal stoße und einen Überblick über die Red Bull Challenge sehe, die dieses Wochenende in Aspen stattfinden wird. Die Kommentatoren gehen die Favoriten für die verschiedenen Wettbewerbe durch. Zs Name fällt zweimal, der von Ash einmal. Sie erwähnen auch Luc und sagen, dass er gerüchteweise in diesem Herbst wie verrückt trainiert haben soll und sie ihn deshalb nicht ausschließen wollen. Marc und Darcy sind immer die Favoriten im Streetstyle, aber Luc ist definitiv in der Lage, das Blatt zu wenden.

Ich bin immer noch dabei, diese Info zu verarbeiten – ich wusste nicht, dass er so intensiv trainiert hat –, als sie zur Halfpipe der Frauen übergehen, und da ist es, ein Bild von mir an der Spitze der Favoritenliste.

»Cam Bradley ist definitiv meine Favoritin für den ersten Platz in der Pipe. Sie ist stark und clever, und in der Halfpipe ist sie absolut furchtlos. Ich habe gehört, dass sie während der Off-Season härter denn je trainiert hat, und ich erwarte am Samstag Großes von ihr.«

»Das denke ich auch«, sagt der andere Kommentator. »Luce Vandergriff könnte ihr einen harten Wettkampf liefern, ebenso Desi Echols, aber Cam Bradley ist definitiv die Favoritin für die Halfpipe. Sie ist außerdem eine Top-Anwärterin für den Riesenslalom, also sollte man sie auf jeden Fall im Auge behalten.«

Sie sagen alles, was ich von ihnen hören will, alles, worauf ich schon seit einer gefühlten Ewigkeit warte. Nicht nur, dass ich eine Anwärterin bin, sondern dass ich die Favoritin bin. Ich bin diejenige, von der sie glauben, dass sie mindestens einmal den ersten Platz belegen wird.

Nur werde ich dieses Wochenende nicht in Aspen sein. So, wie ich in zwei Wochen auch nicht in Breckenridge sein werde. So, wie ich im Januar nicht bei den X-Games sein werde. Ich werde nirgendwo dabei sein, nichts in dieser Saison gewinnen. Nicht, wenn ich dieses Baby in mir behalte. Und obwohl ich noch keine endgültige Entscheidung getroffen habe, sagt mir etwas, dass ich genau das tun werde.

Plötzlich kann ich die Unentschlossenheit nicht mehr ertragen. Ich kann das Hin und Her nicht mehr ertragen, den Versuch, eine Entscheidung zu treffen, auch wenn ich nicht alle Fakten kenne.

Also greife ich zu meinem Handy, suche die Nummer meines Agenten Mitch und tippe auf »Anrufen«.

Er geht sofort dran. »Hey, Cam, wie geht's meiner liebsten aller Snowboarderinnen?«

»Das sagst du zu all deinen Leuten«, antworte ich ihm, wie ich es immer tue.

»Kann sein, kann sein«, stimmt er zu. »Aber wenn ich es zu dir sage, meine ich es wirklich ernst.«

Ich lache. »Tja nun, vielleicht nicht mehr, nachdem du gehört hast, warum ich anrufe.«

»Was ist los?« Die Belustigung verschwindet aus seiner Stimme. »Bist du okay? Was brauchst du?«

Ich denke über all die verschiedenen Möglichkeiten nach, wie ich ihm die Nachricht beibringen kann, aber ist das wirklich wichtig? Die Wahrheit bleibt die Wahrheit, und wie auch immer ich sie formuliere, es läuft aufs Gleiche hinaus. »Ich bin schwanger«, sage ich zu ihm nach einer Sekunde. »Etwa im dritten Monat.«

Er schweigt so lange, dass ich schon denke, die Verbindung wurde unterbrochen. Aber als ich frage: »Mitch?«, antwortet er sofort.

»Ich bin noch da. Ich muss das nur – verarbeiten. Von all den Dingen, von denen ich dachte, dass du sie mir sagen würdest, war das nicht einmal unter den Top fünfzig.«

Ich setze dazu an, zu fragen, was er dachte, warum ich anrufe, aber das ist eigentlich egal, oder? Nachdem ich soeben den größten Strich durch all unsere Pläne gemacht habe, den man sich vorstellen kann. Ich begnüge mich damit, stattdessen »Es tut mir leid« zu sagen. »Glaub mir, das ist keine Nachricht, von der ich dachte, dass ich dich deswegen anrufen würde.«

Es folgt eine weitere lange Pause.

»Ich nehme an, wenn du mir das erzählst, hast du dich entschieden, das Baby zu behalten.«

In seiner Stimme liegt keinerlei Urteil, und das weiß ich zu schätzen. Andererseits ist Mitch schon von Anfang an an meiner Seite – und an der von Z, Luc und Ash. Er hat uns alle in unseren besten Zeiten erlebt und den Jungs durch ihre schlimmsten Zeiten geholfen. Ich schätze, jetzt ist er so weit, mir zu helfen.

»Ich weiß es nicht. Ich denke schon. Aber ich mache mir Sorgen wegen …«

»… der Sponsorenverträge. Deiner Karriere. Wo du zu Beginn der nächsten Saison stehen wirst. Ob du dich davon erholen kannst, nachdem das eigentlich dein Jahr werden sollte.«

»Genau«, sage ich zu ihm, und zum ersten Mal, seit ich die Nachricht erhalten habe, kann ich richtig durchatmen. Nicht weil ich überzeugt bin, dass alles gut werden wird, sondern weil ich an Mitchs Stimme erkenne, dass er bereits plant, bereits eine Strategie entwickelt.

»Was die Sponsoren angeht, muss ich deine Verträge raussuchen und mir die Klauseln für Verletzungen und Leistungsunfähigkeit ansehen. Was den Rest angeht, keine Sorge.«

»Keine Sorge?«

»Keine Sorge«, wiederholt er. »Boarder setzen immer wieder mal eine Saison lang wegen Verletzungen aus, und mit ausreichend Physiotherapie kommen sie stärker denn je zurück.«

»Ich habe keine Verletzung …«

»Ich weiß, und das ist was Gutes. Du hast nichts, wovon du erst wieder genesen musst. Natürlich müssen wir mit deinem Arzt reden, um zu sehen, was er oder sie davon hält, dass du während der restlichen Schwangerschaft Kraft- und Ausdauersport treibst.

Und du wirst wieder hart ins Training einsteigen müssen, sobald du entbunden …«

»Das kann ich.«

»Ich weiß, dass du das kannst.« Er hält kurz inne, und ich höre ihn auf seiner Tastatur herumtippen. »Wann ist der Geburtstermin?«

»Im Juni.«

»Juni. Ein Sommerbaby. Das ist großartig.« Und das muss man ihm zugutehalten, er klingt wirklich so, als glaubte er, was er sagt. »Herzlichen Glückwunsch.«

Er ist der Erste, der das sagt, und es berührt mich, lässt meinen Magen vor etwas anderem flattern als Übelkeit, als Verzweiflung. Vor etwas, das sich anfühlt wie – Hoffnung?

»Danke. Tut mir leid wegen all dem. Ich weiß, wir hatten Pläne …«

»Entschuldige dich nicht bei mir. Es ist deine Karriere. Und wie gut sind Pläne schon, wenn man nicht hin und wieder ein paar kleine Änderungen daran vornehmen kann?«

»Das ist viel mehr als nur eine kleine Änderung.«

»Vielleicht. Aber vielleicht auch nicht. Ihr Boarder habt lange Karrieren, wenn ihr auf euch und euren Körper achtet. Ein Jahr – sogar dieses Jahr – wird nicht über deine Karriere entscheiden.« Er macht eine kurze Pause. »Darf ich danach fragen, wer der Vater ist? Ich will nicht neugierig sein, aber die Medien werden sich darauf stürzen. Und deine Sponsoren werden es auch wissen wollen. Wenn es jemand Berühmtes ist …«

»Ist es.« Ich verstumme kurz und nage an meiner Unterlippe. »Ich will nicht, dass das schon bekannt wird, weil er und ich noch nicht besprochen haben, wie wir damit umgehen werden.«

»Das ist okay. Ich werde es nicht von den Dächern schreien.

Gib mir nur eine Vorwarnung, damit ich anfangen kann, mir Gedanken darüber zu machen, wie wir das hindrehen.«

»Müssen wir es irgendwie hindrehen? Kann es nicht einfach sein, was es ist?«

»Das hängt davon ab, ob du deine Sponsoren und all das schöne Geld, das sie mitbringen, behalten willst.«

Richtig. Natürlich. Ich bin unverheiratet und schwanger, und obwohl ich keine Marken vertrete, die als besonders konservativ gelten, wird die Tatsache, dass ich ein uneheliches Kind bekomme, für manche Leute eine Rolle spielen. Ich kann nur hoffen, dass es für genug Leute keine Rolle spielt, besonders für die wichtigen. Nicht, wenn ich wenigstens ein paar meiner Werbeverträge behalten muss.

»Es ist Luc, Mitch.«

»Luc?«, fragt er und klingt zum ersten Mal, seit ich mich erinnern kann, fassungslos. »Luc Jennings?«

»Ja.«

»Wow! Okay.« Er verstummt eine Minute lang, und es folgt noch mehr Getippe, mehr Räuspern. Schließlich sagt er: »Das ist großartig. Damit kann ich arbeiten. Zwei langjährige beste Freunde, die sich verlieben, zusammen ein Baby bekommen, vielleicht heiraten …«

»Wir werden nicht heiraten!«

»Okay, gut. Sich nur verlieben und ein Baby bekommen …«

»Wir sind auch nicht verliebt.«

Noch während ich diese Worte sage, spüre ich, wie mein Magen flau protestiert. Ich weiß nicht, was Luc und ich sind. Wir sind nie weit genug gekommen, um es zu definieren, als wir zusammen waren. Und jetzt, da wir nicht mehr zusammen sind – jetzt, da wir beide Single sind –, bin ich nicht sicher, was wir wegen meines wachsenden Bauches sagen sollen. Ich bin mir nicht sicher, wie wir mit Reportern umgehen sollen, wenn sie fragen.

»Okay.« Seine Stimme ist etwas leiser, etwas gedämpfter, als er sagt: »Ihr zwei unterhaltet euch ein wenig darüber, überlegt euch, was eure offizielle Linie sein soll. Und das solltet ihr bald tun, denn wenn die Nachricht von deiner Schwangerschaft die Runde macht, werden die Leute anfangen, danach zu fragen. In Ordnung?«

Ich nicke, dann wird mir klar, dass Mitch mich nicht sehen kann. »Ja. In Ordnung. Es tut mir leid. Ich wollte dich nicht anschnauzen.«

»Kein Grund, sich zu entschuldigen. Es ist gerade alles sehr angespannt, da bin ich sicher. Deshalb lege ich jetzt auf, damit ich deine Verträge studieren kann. Ich habe eine ziemlich gute Vorstellung davon, was drinsteht, aber ich möchte sie mir noch einmal ansehen, bevor ich anfange, Pläne zu machen. Okay?«

»Ja, natürlich.«

»Sobald ich sie alle durchgesehen habe, werde ich ein paar Ideen ausarbeiten und dich anrufen. Und dann besprechen wir, wie wir die Sache angehen wollen.«

Ich spüre, wie ich mich noch mehr entspanne, weil Mitch gesagt hat, dass alles gut werden wird. Er hat gesagt, dass er einen Plan ausarbeiten würde. Und ich glaube ihm. Er ist mein Agent, seit ich sechzehn Jahre alt war, und ich vertraue ihm bedingungslos, wenn es um meine Karriere geht. Er wird mich – oder Luc – nicht in die Irre leiten.

»Danke«, sage ich zu ihm. »Ich weiß deine Hilfe wirklich zu schätzen.«

»Dafür bin ich da.« Er macht eine kurze Pause. »Ich weiß, dass die Dinge im Moment hart erscheinen, Cam, aber ich verspreche dir, dass alles gut werden wird. Ich habe das Gefühl, dass du und deine Karriere stärker denn je aus dieser Sache hervorgehen werdet.«

»Wir werden sehen.«

»Wir werden sehen. In der Zwischenzeit pass auf dich auf. Pass auf dein Baby auf. Und ich werde dich entweder heute oder morgen anrufen, damit wir uns weiter unterhalten können.«

Dann legen wir auf, aber ich bleibe noch lange auf der Bettkante sitzen, nachdem Mitch die Verbindung beendet hat. Er ist der Erste, der mich beglückwünscht hat, der Erste, der mir sagt, dass ich auf mein Baby achtgeben soll und dass alles gut werden wird. Oh, ich weiß, wenn ich meinen Freunden eine Chance gegeben hätte, hätten sie einige dieser Dinge auch gesagt. Wenn ich sie auch nur ein bisschen ermutigt hätte, wenn ich ihnen einen Grund gegeben hätte, zu glauben, dass ich mich freuen würde, solche Dinge von ihnen zu hören, dann wären sie sofort für mich da gewesen. So wie es aussieht, kann ich jetzt schon sagen, dass Tansy helfen will, einen Namen auszusuchen, während Ophelia sich auf die Babykleidung stürzen wird.

Z und Ash werden sich darum kümmern, dass es mir gut geht – und Luc? Ich weiß noch nicht genau, wie es bei Luc aussieht, aber ich habe vor, es herauszufinden. Dazu muss ich ihn tatsächlich anrufen. Tatsächlich mit ihm reden. Tatsächlich nach seiner Meinung zu dieser ganzen Schwangerschaftssache fragen.

Schon allein der Gedanke daran ist absolut Furcht einflößend. Denn ich bin nicht die Einzige, deren Leben durch dieses Baby durcheinandergebracht wird. Wenn ich es bekomme – und ja, ich weiß, dass ich »wenn« sage und nicht »falls« –, wird sich auch Lucs Leben verändern. Und das scheint ihm gegenüber im Moment ebenso wenig fair zu sein wie mir. Er hat genauso wenig darum gebeten wie ich. Vielleicht bin ich egoistisch, wenn ich ihm das aufdränge – egoistisch, wenn ich die Entscheidung selbst treffe, obwohl es eine Entscheidung von uns beiden sein sollte.

Aber gleichzeitig weiß ich, dass ich es nicht verkraften würde, wenn er den Wunsch hätte, ich solle abtreiben. Ich sage nicht, dass er das tun wird, denn Luc ist ein ziemlich zuverlässiger Kerl, egal unter welchen Umständen. Aber falls er das tut – falls er versucht, mich zu etwas zu zwingen, von dem ich immer überzeugter werde, dass ich es nicht will –, dann bin ich mir nicht sicher, ob sich die Dinge zwischen uns jemals wieder einrenken werden.

Der Zustand unserer Beziehung ist auch so schon schlecht genug. Wenn dann noch eine Meinungsverschiedenheit dieses Ausmaßes hinzukommt, wo werden wir dann stehen?

Das ist ein schrecklicher Gedanke, der mich aufstehen und unruhig herumlaufen lässt, während ich angespannt auf Mitchs Rückruf warte. Ich räume mein Zimmer auf, sammle schmutzige Kleidung ein und lege sie in den Wäschekorb, mache zum ersten Mal mein Bett, seit ich vor drei Tagen diesen schrecklichen Schwangerschaftstest gemacht habe, und räume allen Krimskrams weg, den ich noch finden kann.

Als das erledigt ist, gehe ich ins Internet und fange an, nach schwangeren Sportlerinnen und Werbeverträgen zu suchen. Um ehrlich zu sein, gibt es da nicht viel – entweder weil ihre Schwangerschaften keinen Einfluss auf die Werbeverträge hatten oder weil es nur sehr wenige Sportlerinnen gibt, die dumm genug sind, schwanger zu werden – aber das Fehlen eines Präzedenzfalls beruhigt mich irgendwie noch mehr. Wenn niemand sonst da draußen genau mein Problem hatte, gibt das Mitch mehr Spielraum – eine noch größere Chance, einen Kompromiss zu finden, mit dem sowohl meine Sponsoren als auch ich leben können.

Kaum habe ich mich durch die sechs oder sieben Artikel hindurchgearbeitet, die ich für meine Situation tatsächlich als relevant betrachte, vibriert mein Handy mit einer Nachricht. Da ich denke, dass es Mitch ist, greife ich sofort danach und rufe sie auf. Aber die Nachricht ist nicht von Mitch. Sie ist von Luc. Und während ich sie anstarre, folgt eine Reihe kürzerer Nachrichten, alle von ihm.

Wollte mich nur nach dir erkundigen.

Wie geht es dir?

Brauchst du irgendetwas?

Lass es mich wissen, wenn ich irgendwas tun kann, um dir zu helfen.

Und dann, schließlich:

Ich bin ausgezeichnet darin, Eiscreme und Essiggurken auszusuchen, ich mein ja nur …

Ich lache, weil ich nicht anders kann. Und weil es genau das ist, was er beabsichtigt hat. Ich will ihm gerade antworten – die ersten Worte, die ich seit dem gestrigen Streit vor Zs Haustür mit ihm wechsle –, aber bevor ich mehr schreiben kann, als dass es mir gut geht, beginnt das Handy zu klingeln. Und dieses Mal ist es Mitch.

»Hallo?«

»Ich glaube, das könnte am Ende wirklich gut für deine Karriere sein«, sagt Mitch, sobald ich abgenommen habe.

»Wie meinst du das?«

»Ich meine, im Großen und Ganzen sieht es so aus, dass deine Rolle bei den Sponsoringverträgen – Fotoshootings, Werbespots, Produktplatzierung – bis nach deiner Schwangerschaft aufgeschoben werden kann. Du bekommst deine volle Provision zwar erst, sobald du deine Verpflichtungen erfüllt hast, aber die fünfundzwanzig Prozent, die du bei Vertragsabschluss bekommen hast, kannst du behalten.«

»Sogar wenn ich die fünfundzwanzig Prozent noch gar nicht bekommen habe?«

Einige der Sponsorenverträge sind nagelneu, erst ein paar Monate alt.

»Ja, auch die. Wenn wir deine Schwangerschaft als eine vorübergehende Invalidität betrachten ...«

»Sie ist aber keine Invalidität.«

»Sie wird gesetzlich als solche eingestuft. Und da ich nicht glaube, dass irgendein Unternehmen in die Schlagzeilen geraten möchte, weil es eine schwangere Sportlerin fallen gelassen hat, denke ich, dass du gut aus der Sache herauskommen wirst.«

»Oh, Gott sei Dank.«

Ich mag vielleicht dieses Jahr nicht boarden können, aber zumindest werde ich langfristig nichts verlieren. Und in der Zwischenzeit werde ich mein Baby versorgen können, ohne Luc um Hilfe bitten zu müssen. Das bedeutet mir sehr viel.

»Außerdem«, fährt Mitch fort, »glaube ich, dass wir die Sache zu deinen Gunsten hindrehen können.«

»Zu meinen Gunsten?« Ich bin mir nicht sicher, ob es mir gefällt, dass er meine Schwangerschaft als etwas bezeichnet, das man hindrehen kann, aber noch mal, das ist sein Job. Und ich habe ihn schließlich um Hilfe gebeten.

»Mach dir noch keine großen Hoffnungen. Aber du hast gerade einen Vertrag mit Nike für eine Werbestrecke darüber abgeschlossen, eine starke Sportlerin zu sein. Und was ist stärker als eine starke Frau in den besten Jahren ihrer Karriere, die sich für ihr Baby *und* ihre Karriere entscheidet? Ich glaube, die Öffentlichkeit wird es lieben – eine Frau, die sich dafür entscheidet, alles zu haben, und dann daran arbeitet, es zu verwirklichen? Anstatt deine Karriere zu ruinieren, könnte es sie zementieren.«

»Meine Karriere ist auf dem Schnee.«

»Glaub mir, dessen bin ich mir sehr wohl bewusst. Und sobald du wieder einsteigen kannst, wirst du alles abräumen. Aber bis es so weit ist, kann eine solche Kampagne dafür sorgen, dass du relevant bleibst. Sie kann dir helfen, Fans zu gewinnen, dich zu einem bekannten Namen machen, sodass viel mehr Leute zuschauen werden, sobald du wieder auf dem Board stehst. Und je mehr Leute dir zuschauen …«

»… desto mehr Geld ist meine Werbung wert.«

»Bingo.«

Es ist ein guter Plan, ein solider Plan. Aber andererseits stellt Mitch nie etwas zusammen, was nicht solide ist. Trotzdem, ich bin mir nicht sicher, was ich davon halte, mein Baby so auszunutzen.

Als ich meine Bedenken Mitch gegenüber äußere, verspricht er mir, dass es das Letzte ist, was er im Sinn hat, mich – oder mein Baby – auszubeuten.

»Ich denke, eine Kampagne wie diese ist wichtig, Cam. Frauen müssen sehen, dass andere Frauen stark sind, dass sie fit sind, dass sie für sich selbst und ihre Kinder sorgen.«

»Frauen tun das jeden Tag.«

Also, meine Mom nicht, aber viele Frauen.

»Das weiß ich. Und wie oft werden sie dafür gewürdigt? Wie oft werden sie dafür bewundert? Nicht oft genug. Falls Nike darauf einsteigt, bist du in einer Position, das alles zu ändern. Und nicht nur du, ich bin mir sicher, dass es andere Sportlerinnen gibt, die in der gleichen Situation waren.«

»Nicht viele. Ich habe gegoogelt und konnte nicht viel finden.«

»Nur weil du es nicht finden konntest, heißt das nicht, dass es nicht passiert. Es bedeutet nur, dass es vertuscht wird oder dass die Agenten dieser Frauen sie nicht gut genug geschützt haben, sodass sie am Ende ihre Werbeverträge verloren haben. Du könntest das Gesicht – und der Präzedenzfall – sein, der all das ändert.«

Wenn er es so ausdrückt, fühlt es sich weniger wie Ausbeutung an, sondern eher wie ein feministisches Thema, das angesprochen werden muss. Trotzdem …

»Kann ich darüber nachdenken?«

»Natürlich. Nimm dir so viel Zeit, wie du möchtest. In der Zwischenzeit kann ich bei Nike anfragen, was sie von der Idee halten. Wäre dir das recht? Wenn sie den Marketing-Leuten nicht gefällt, gibt es gar nichts zu überlegen.«

»Und wenn sie ihnen *doch* gefällt?«

»Wenn sie ihnen gefällt, haben wir Spielraum, um zu verhandeln – aus einer Position der Stärke heraus. Und falls du einen Rückzieher machen willst, können wir das immer noch tun. Aber es kann nicht schaden, mal zu fragen. Okay?«

»Ja, okay.«

»Gut. Mit deiner Erlaubnis werde ich auch deine anderen Sponsoren kontaktieren und sie wissen lassen, was los ist. Den Ball ins Rollen bringen. Ich meine, wenn du dich definitiv dafür entschieden hast, das Baby zu bekommen.«

Seine Worte hängen zwischen uns in der Schwebe, und ich denke ernsthaft über sie nach – darüber, was sie für mich bedeuten, für meine Karriere, für Luc. Und dann denke ich an die Mappe, die ich unters Bett gekickt habe, die Mappe, die ich nicht einmal ansehen, geschweige denn darüber nachdenken möchte. Wenn ich krank wäre, wäre es etwas anderes. Wenn ich mich nicht um das Baby kümmern oder es nicht versorgen könnte, wäre es eine andere Geschichte. Aber das ist nicht der Fall, und deshalb gibt es für mich eigentlich nur eine Möglichkeit.

Dann öffne ich den Mund und sage das Einzige, was sich richtig anfühlt, das Einzige, was ich sagen *kann*, um mich weiterhin im Spiegel ansehen zu können.

»Ja, ich behalte das Baby.«

Kapitel 18

LUC

»Auf geht's, shredden wir!«, ruft Z, während er den Berg hinauf zur Spitze der Schanze rennt, die wir in den letzten fünf Stunden gebaut haben. Es ist ein monstermäßiges Ding, absolut riesig, mit einem Gefälle, das allmählich in eine der steilsten Steigungen übergeht, die wir je gebaut haben. Es ist eine krasse Schanze, für krasse Tricks gedacht, und wenn es irgendein normaler Tag wäre, würde ich darauf brennen, sie auszuprobieren – ich würde darauf brennen, mein Board auf den frischen Powder zu kriegen und dieses Ding einfach zu shredden, bis mir so kalt ist, dass meine Eier abzufrieren drohen.

Aber es ist nicht nur irgendein normaler Tag. Es ist zwei Tage her, seit ich erfahren habe, dass Cam schwanger ist, zwei Tage, seit ich erfahren habe, dass ihre Snowboard-Träume für dieses Jahr so gut wie ausgeträumt sind. Zwei Tage, in denen ich ihr unzählige Nachrichten geschrieben habe, nur um immer wieder ignoriert zu werden.

Ich weiß, dass ich Mist gebaut habe, als ich sie das letzte Mal gesehen habe, ich weiß, dass ich verständnisvoller hätte sein sollen und weniger ausgeflippt, besonders wenn man bedenkt, wie verängstigt sie war. Aber ich war selbst ziemlich verängstigt – ich *bin* ziemlich verängstigt –, und ich konnte nicht verhindern, was da aus mir herauskam.

»Seid ihr so weit?«, ruft Z von der Spitze der Sprungschanze.

Er ist jetzt in Position, mit angeschnalltem Board und einem Grinsen von einem Ohr zum anderen. Wir sind im Backcountry, auf einer Schanze, die wir mit eigenen Händen gebaut haben, und nichts macht ihn glücklicher. Außer völlig ohne Vorwarnung und ohne einen Plan von einem Berghang runterzudroppen.

Aber damit hat er aufgehört, seit Ophelia auf der Bildfläche erschienen ist. Oh, er ist immer noch ein Draufgänger, immer noch ein Angeber, aber die Risiken, die er eingeht, sind moderater, nicht mehr so verrückt, jetzt, da er etwas hat, wofür er lebt, außer den Schuldgefühlen, die ihn viel zu viele Jahre lang aufgefressen haben. Ich bin jeden Tag dankbar dafür, dass Ophelia in sein Leben getreten ist – und das nicht nur wegen Cam. Ich weiß, dass Ash und sogar Cam genauso empfinden.

Ich stehe am Fuß des Hügels, meine Kamera auf ihn gerichtet, während Ash mit einer weiteren Kamera oben auf der Schanze steht. Wir haben schon früh gelernt, immer eine Kamera auf Z gerichtet zu haben, denn man kann nie wissen, wann er irgendetwas total Krasses raushaut. Wir haben im Laufe der Jahre zu viele geniale Tricks verpasst, um ihn nicht wie mit Adleraugen zu beobachten – und zu filmen.

Ash hat es wohl satt, darauf zu warten, dass Z seinen Scheiß auf die Reihe kriegt, denn er ruft: »Willst du den ganzen Tag hier rumstehen wie ein Weichei, oder wirst du endlich mal loslegen?«

Z zeigt ihm den Mittelfinger, wobei seine knallroten Handschuhe vor dem Hintergrund aus weißem Schnee ein ziemlich gutes Statement abgeben. Und dann droppt er rein, nimmt schnell Geschwindigkeit auf, während er den Hügel runter- und in die Aufwärtskurve der Sprungschanze fährt. Er hebt von der Lip ab und spinnt rückwärts, rückwärts, rückwärts, rückwärts in einen perfekten Double McTwist 1260.

Er steht die Landung, und wir alle jubeln und johlen – was für eine Art, uns nach einem verdammt langen Sommer aufzuwecken!

»Nicer Move«, sagt Ash zu ihm. »Aber ich kann das auf jeden Fall toppen.«

»Das war doch nur zum Aufwärmen«, antwortet Z, während er zu mir herübergleitet und seine Bindung löst, bevor er nach der Kamera greift. »Warte nur bis zum nächsten Mal.«

Ich steige den Hügel hinauf, mein Board unter dem Arm, während Ash oben ungeduldig darauf wartet, dass ich die Kamera übernehme. Ich verstehe seine Frustration. Normalerweise sind wir zu viert hier draußen, und es geht alles schneller, wenn zwei von uns oben auf dem Hügel sind, einer unten und einer raufsteigt, während derjenige, der dran ist, seinen Trick macht.

Aber heute fehlt uns Cam, sie wird uns die ganze Saison fehlen, und das wirft uns alle ein wenig aus der Bahn. Es ist Jahre her, seit wir ohne sie im Backcountry boarden waren, und das ist total beschissen. Den Gesichtern von Ash und Z nach zu urteilen, bin ich definitiv nicht der Einzige, der so empfindet.

Ich überlege, ihr eine Nachricht zu schreiben, ihr zu sagen, wie sehr wir sie vermissen. Aber das kommt mir so vor, als würde ich Salz in eine ganz frische Wunde streuen. Außerdem ist es ja sowieso nicht so, dass sie mir antworten würde.

Wie auch immer, ich schnappe mir die Kamera von Ash und bereite mich darauf vor, jeden noch so verrückten Scheiß zu filmen, den er sich einfallen lässt. Z mag sich vielleicht nur aufgewärmt haben, aber er hat definitiv den Fehdehandschuh geworfen, und Ash kann nicht anders, als ihn aufzuheben. Ich konzentriere mich auf ihn, sage mir, dass ich gespannt bin, was er macht. Und gebe mein Bestes, die Tatsache zu ignorieren, dass Cams Fehlen sich wie ein Loch in meinem verdammten Bauch anfühlt.

Ash fängt etwas langsamer an als Z, aber das tut er ja immer. Z lässt jedes Mal gleich die Sau raus, macht sofort alles, was ihm gerade in den verdammten Sinn kommt. Ash denkt alles zuerst durch, sodass jeder Move, den er macht, geplant, überlegt und so perfekt wie möglich ist.

Diesmal ist es nicht anders.

Er fährt switch, als er die Schanze nimmt, gleitet geschmeidig durch den Schnee und hoch in die Steigung. Als er abhebt, kreuzt er die Arme und macht einen Cross-Rocket Lando-Roll, bei dem er sich Hals über Kopf in zwei verschiedene Richtungen gleichzeitig dreht. 360, 540, 720, 900, 1080 …

Er landet mit Schwung, die Nase seines Boards hochpoppend, dass der Schnee in alle Richtungen sprüht.

»Fuck, yeah!«, schreit er und reckt die Faust in die Luft, während er den Berg hinuntercruist.

Er und Z klatschen sich ab, und ich rufe ihm meinen Beifall den Hügel hinunter zu. Heilige Scheiße! Keiner macht diesen Trick so überkreuzt wie er. Es ist zu verdammt gefährlich, wenn es schiefgeht – du hast keinen Schutz, keine Möglichkeit, deine Hände hochzukriegen, um dein Gesicht und deinen Kopf zu schützen. Und Ash haut ihn einfach raus wie nichts.

Z reitet inzwischen auf einem Adrenalin-High – wann tut er das nicht –, darum braucht er nur ein paar Minuten, um den Hügel hoch- und direkt auf mich zuzurennen.

»Mach uns stolz, Bro«, sagt er zu mir, während er mit einer Hand die Kamera nimmt und mir mit der anderen eine Ghettofaust gibt.

Ja, genau. Als ob das passieren würde. Trotzdem, ich bin hier draußen mit meinen Freunden. Es ist ein verdammt schöner Tag, und die Bedingungen sind traumhaft. Ich kann genauso gut da raufgehen und einfach eine gute Zeit haben. Ich bin vielleicht nicht zu den Tricks in der Lage wie sie, aber ich kann trotzdem Spaß haben.

Nicht weit von der Schanze entfernt steht ein Baum, der uns seine kahlen Äste entgegenreckt. Ich überlege, ob ich ihn bonken und auf dem Weg nach unten einen 540 oder 720 machen soll. Aber dann beschließe ich: Scheiß drauf. Ich mache den Sprung einfach gerade, spinne ihn, so lange ich kann, und schaue, wie viele Umdrehungen ich schaffe, bevor mir der verdammte Boden entgegenkommt. Ich werde aufhören, bevor ich zu tief bin, aber ich habe wie verrückt Krafttraining gemacht und denke, dass ich einen Triple Underflip ohne allzu große Probleme schaffen sollte. Wenn das Universum – und mein Körper – mitspielen.

»Fährst du jetzt, oder willst du da stehen bleiben wie eine kleine Bitch?« Diesmal stichelt Z so gegen mich, wie Ash gegen ihn gestichelt hat. Ich gebe ihm denselben Ein-Finger-Gruß wie er Ash, dann bücke ich mich und überprüfe meine Bindung, während ich den Trick visualisiere.

Der Kicker hat eine so scharfe Krümmung, dass sie fast senkrecht ist – weshalb wir alle backward abspringen. Es ist schwer, auf einer solchen Schanze vorwärts gute Airtime zu kriegen. Außerdem machen Backward-Tricks einfach viel mehr Spaß.

Ich habe nicht vor, ihn zu corken, nur einen straighten Underflip – noch mal, der ist nicht so sexy wie der McTwist von Z oder

der Lando-Roll von Ash, aber er erfüllt seinen Zweck. Oder zumindest hoffe ich das.

»Wird das noch was?«, schreit Ash zu mir hoch. »Weil ich jetzt so oder so mit dem Filmen anfangen werde, und ich habe kein Problem damit, dich auf der Website wie ein ängstliches Baby aussehen zu lassen.«

Da ich weiß, dass er es ernst meint, und da ich ganz bestimmt nicht auf Video wie ein totaler Anfänger aussehen will, atme ich tief durch und stoße mich ab. In dem Moment, in dem ich reindroppe, weiß ich, dass es ein guter Run werden wird – ich spüre es daran, wie mein Board butterweich über den Powder gleitet und wie einfach es ist, die Nase meines Boards fast ohne Druck hochzupoppen.

Ich nehme den Kicker switch, nur so zum Spaß, wobei ich darauf achte, dass ich einen sauberen Stand habe, mit gebeugten Knien und meinen Schultern in einer Linie mit dem Board. Drei Umdrehungen, sage ich mir, während ich abspringe. Ich werde verdammt noch mal nicht ohne einen 1080 runterkommen. Das ist eine Frage der Ehre.

Ich bekomme tolle Airtime – ich meine, verdammt tolle Airtime – und benutze meine Oberschenkel, um mich noch höher zu katapultieren, während ich zu meiner ersten Backward Roll ansetze. 360, 720, 1080 – da ist es. Ich habe es geschafft. Ich schaue, um runterzukommen, aber da ist noch mehr Airtime drin, also mache ich verdammt noch mal einen weiteren Underflip und komme mit einem vollen 180 Twist wieder raus, den ich perfekt auf dem Powder lande.

Eine Sekunde lang kann ich nicht glauben, was gerade passiert ist. Ich fange an, die Drehungen in meinem Kopf durchzugehen, und bin mir sicher, dass ich mich total verkalkuliert habe – sicher, dass ich 540 Grad zu viel gezählt habe.

Aber dann rennt Z den Hügel herunter und Ash den Hügel herauf, und beide schreien wie ein paar Verrückte – oder Gaffer, die noch nie einen anständigen Trick gesehen haben.

»War das …«, setze ich zu fragen an, aber Z unterbricht mich.

»Heilige Scheiße! Wo zum Teufel hattest du das denn versteckt?« Er boxt mich gegen den Arm. »Also ernsthaft, wo zum Teufel ist das jetzt hergekommen?«

Bestätigung suchend schaue ich zu Ash – er ist definitiv der kühle Kopf von uns beiden –, aber auch der ist völlig aus dem Häuschen.

»Ein 1620. Ein verdammter 1620! Wie zum Teufel hast du einen verdammten 1620 gestanden?«

Er ist völlig ungläubig, absolut fassungslos, aber ich bin nicht beleidigt. Denn hier geht es viel mehr um den Trick als um mein Unvermögen, so gut zu fahren wie meine Freunde.

»Seid ihr sicher, dass es ein 1620 war?«, will ich wissen. »Ich bin viermal geflippt, das ist ein 1440, aber …«

»Du hast am Ende einen halben Twist gemacht«, unterbricht mich Z und wedelt mir mit der Kamera vor der Nase herum. »Ich weiß, dass es ein 1620 ist, aber ich habe die Kamera hier, falls du es überprüfen willst.«

Mir schwirrt der Kopf. Ich versuche, cool zu bleiben, aber das kann ich nicht. Wie kann ich das, wenn ich gerade einen 1620 gelandet habe? Einen verdammten 1620! Nur sehr wenige haben das bisher geschafft, und obwohl wir uns alle angestrengt haben, es ihnen gleichzutun – Z und Ash eingeschlossen –, kam mir nie in den Sinn, dass ich derjenige sein könnte, dem dieses Kunststück gelingt.

Einen 1620? Ich glaube es nicht. Ich werde es *erst* glauben, wenn ich den Beweis mit meinen eigenen Augen gesehen habe. Und vielleicht nicht einmal dann, denn das bin *ich*. Und Snowboarden. Und ein Trick, den kaum jemand sonst auf der Welt kann. Das ergibt keinen Sinn.

Aber Luc und Ash sind wahnsinnig aufgeregt. Sie jubeln und schreien und drücken bereits auf Wiedergabe, um die Aufnahmen auf ihren beiden Kameras abzuspielen, und zwar gleichzeitig. Ich weiß nicht, wo ich hinsehen soll – sie halten beide gleichzeitig ihre Videos hoch und schreien mich an, sie mir anzuschauen. Also blicke ich letztendlich zwischen den beiden Kameras hin und her, die Hände geballt und den Körper angespannt, während ich die Rotationen meines Körpers zähle.

Eins, zwei, drei, vier – mit einem Twist am Ende.

Heilige Scheiße. Heilige Scheiße. HEILIGE SCHEISSE! Ich habe wirklich gerade einen 1620 geschafft. Einen 1620. Es war kein Cork, es war nur ein Underspin, der nicht so viel Stil hat, aber heilige Scheiße! Das spielt keine Rolle. Nicht jetzt.

»Wie zum Teufel hast du das gemacht?«, will Z wissen. »Das ist fast unmöglich. Wirklich fast unmöglich.«

Ich widerspreche ihm nicht, denn er hat recht. Es ist fast unmöglich. Z kann es nicht. Ash auch nicht. Und – wie mir widerstrebend bewusst wird, als wir uns die Aufnahmen ein zweites, ein drittes und dann *ein viertes Mal* ansehen – auch Cam kann es nicht.

Heilige Scheiße!

»Kannst du das noch mal machen?«, will Ash wissen. »Das Material, das Z hat, ist gut, aber ich möchte wirklich eine bessere Aufnahme davon kriegen, bevor ich es hochlade.«

»Du wirst das doch nicht wirklich hochladen, oder?«, frage ich, denn normalerweise sind es nicht meine Sachen, die spontan auf unsere Website gestellt werden. Oh, es gibt dort jede Menge Videos, so wie in den sozialen Medien auch, aber die Videos, die hochgeladen werden, wenn wir im Backcountry boarden, sind fast alle von Z, Ash und Cam. Weil sie die Talentierten sind. Sie sind diejenigen, die die verrückten, krassen Tricks können.

»Verdammt, und wie ich das hochladen werde! Du hast gerade ganz nebenbei einen astreinen Switch Quadruple Underflip 1620 rausgehauen! Sobald ich es hochgeladen habe, wird sich das wie ein Lauffeuer verbreiten. Bis heute Abend wird es die ganze Welt wissen!«

»Ich weiß nicht. Ich glaube nicht, dass ich das wiederholen kann.«

Die Vorstellung, dass ich es geschafft habe, macht mich fassungslos. *Ich* habe das geschafft. Nicht Z. Nicht Luc. Nicht der verdammte Josh Greene. Ich.

»Tja, du hast es dir beim ersten Mal auch nicht zugetraut, also beweg deinen Arsch da rauf und versuch's noch mal«, sagt Z, während er mich halb schiebend, halb ziehend den Berg hinaufbugsiert. »Wenn es nicht klappt, wen juckt es? Du hast es einmal geschafft. Aber ich will sehen, wie du es wieder machst.«

»Das wollen wir beide!«, ruft Ash, während er hin und her geht und die richtige Stelle sucht, um meinen zweiten Versuch zu filmen.

»Ja, in Ordnung«, sage ich, schüttele jedoch den Kopf, während ich oben auf der Schanze ankomme. »Ihr wisst, dass ich am Ende auf die Schnauze fallen und mich total zum Affen machen werde, wie ich es sonst auch immer tue.«

»Wovon zum Teufel redest du?«, fragt Z und boxt mich erneut gegen den Arm, hart diesmal. »Erstens, du landest viel mehr Tricks, als du verbockst. Zweitens, an all diese angeblichen Male, von denen du glaubst, du hättest dich zum Affen gemacht, musst du mich erst mal erinnern. Und drittens …«

»Du weißt, dass ich oft stürze.«

»Wir stürzen alle oft, Bro. Das liegt in der Natur des Sports. Ich habe mir im Laufe der Jahre oft genug was gebrochen, das weißt du doch.« Der Blick, den er mir zuwirft, ist halb ungläubig, halb empört, als er fortfährt: »Außerdem sind hier draußen nur Ash und ich. Vor wem zum Teufel willst du dich denn hier zum Affen machen?«

Ich zucke mit den Schultern, schaue weg. Tue so, als wäre ich total in der Aussicht versunken, die *wirklich* ziemlich spektakulär ist, wenn ich ehrlich bin. Und versuche, nicht an all die Male zu denken, in denen Z und Ash Dinge so viel besser gemacht haben, als ich es mir je erträumen könnte.

Nur dass Z absolut nichts davon wissen will. Das wird mir klar, als er mich mit beiden Händen vorne an der Jacke packt und zu sich herumreißt, damit ich ihn ansehe.

»Ich habe diesen Mist satt!«, sagt er mit lauter Stimme, die in den Bergen um uns herum widerhallt. »Ich habe es unendlich satt, dass du denkst, du bist nicht gut genug oder nicht talentiert genug oder nicht hip genug, um zu tun, was immer du verdammt noch mal tun willst!«

»Nicht hip genug?« Ich ziehe eine Augenbraue hoch.

»Was auch immer. Du weißt genau, was ich meine, verdammt!« Er lässt meine Jacke nicht los. Stattdessen nutzt er seinen Griff, um mich ein wenig zu schütteln, als wollte er mich damit zur Vernunft bringen oder so was. »Du hast die letzten sechs Jahre damit verbracht, zu versuchen, völlig unrealistischen Erwartungen an dich selbst gerecht zu werden. Erwartungen, die du selbst in dich gesetzt hast, Erwartungen, die deine Mutter in dich gesetzt hat. Und es ist genug. Es ist mehr als genug. Du bist einer der besten Boarder im ganzen verdammten Land ...«

»Das ist nicht wahr!« Die Worte entreißen sich mir. »*Du* bist einer der besten Boarder im Land. In der ganzen Welt. Und Ash. Und Cam. Du brauchst mich nicht anzulügen, damit ich mich besser fühle. Denkst du, ich bin blind oder was? Ich weiß genau, wie talentiert – oder untalentiert – ich bin.«

»Herrgott noch mal! Willst du mich verarschen?« Ash ist jetzt auch mit von der Partie. Er steht neben Z, schüttelt den Kopf und sieht so empört aus, wie ich ihn noch nie gesehen habe. »Du bist derjenige, der gerade einen krassen 1620 rausgehauen hat, Bro. Nicht Z, nicht ich.«

»Das war Zufall ...«

»Das war kein Zufall! Wann kriegst du das endlich in deinen verdammten Schädel?«, will Z wissen. »Ich verstehe, dass du es schwer hattest. Ich verstehe, dass deine Mom dir übel mitgespielt hat. Aber du boardest schon seit Jahren mit uns. Du warst bei denselben Turnieren, hast dieselben Wettbewerbe gerockt. Wann kapierst du endlich, dass diese ganze Ich-bin-nicht-gut-genug-Einstellung nur in deinem Kopf existiert? Niemand sonst denkt so.«

»Cam schon.« Die Worte kommen heraus, bevor ich eine Ahnung habe, dass ich sie sagen werde.

Z und Ash wechseln einen Blick.

»Das tut sie nicht«, sagt Ash nach einer Minute.

Ich schnaube. »Klingt ja sehr überzeugend, Bro.«

»Ich sollte dich nicht überzeugen müssen – das ist so offensichtlich, dass du und der ganze Rest der Welt es sehen sollten.«

Selten hat Ash so ernst geguckt.

»Was denn? Ihre Verachtung? Die Tatsache, dass sie nichts mit mir zu tun haben will? Die Tatsache, dass sie wahrscheinlich mein Baby abtreiben wird, weil sie so wenig Vertrauen in mich hat, dass sie die Vorstellung nicht erträgt, dass ich der Vater ihres Kindes bin? Was ist mit der Tatsache, dass sie nicht einmal mit mir darüber spricht, wie sie sich fühlt oder was sie will oder was in ihrem Leben vor sich geht? Ich musste das mit dem Baby von Z erfahren, verdammt noch mal!«

»Vielleicht war ich da ein bisschen zu voreilig«, sagt Z. »Vielleicht hätte ich den Mund halten sollen, damit sie es dir hätte sagen können, sobald sie dazu bereit war.«

»Hörst du mir eigentlich zu? Sie hätte es mir nie gesagt. Sie redet nicht mit mir. Sie will nichts mit mir zu tun haben ...«

»Jetzt benimmst du dich einfach wie ein melodramatisches Arschloch«, sagt Ash nüchtern. »Das Mädchen braucht einfach etwas Freiraum. Sie ist durcheinander – dieses Baby durchkreuzt all ihre Pläne, ihre ganze Karriere. Sie kann nicht boarden, während sie schwanger ist. Sie hat Angst, ihre Sponsorenverträge zu verlieren, und falls das passiert, wie soll sie dann ihr Kind ernähren ...«

»Sie muss doch wissen, dass ich für sie sorgen werde. Ich würde nie zulassen, dass ihr oder dem Baby irgendetwas passiert ...«

»Wahrscheinlich weiß sie das tief im Innern«, sagt Z. »Aber sie konnte neulich nicht gerade rational denken. Ihre ganze Welt geht um sie herum in Flammen auf, und sie hat eine Scheißangst. Wer hätte das nicht? Sie hat sich für diese Saison den Arsch aufgerissen, und jetzt löst sich alles vor ihren Augen in Luft auf. Ich garantiere dir, dass es mich auch total belasten würde, wenn mir irgendwas alles kaputtmachen würde, wofür ich so hart gearbeitet habe, und das ganz ohne den Heilige-Scheiße-da-ist-ein-Baby-in-mir-drin-Aspekt, mit dem sie auch noch fertigwerden muss.«

Er hat endlich meine Jacke losgelassen, und ich nutze diese Tatsache, um langsam wegzuschlendern – um über den Rand des Berges zu schauen und die Tatsache zu verbergen, dass ich verdammte Tränen in den Augen habe.

»Das muss es nicht. Nicht, wenn sie abtreiben lässt.«

Ich kann nicht fassen, wie sehr ich ihr alles versaut habe, kann nicht fassen, wie sehr sie mich hassen muss. Schon allein der Gedanke zwingt mich fast in die Knie. Ich liebe sie so sehr, und sie will mich nicht einmal ansehen, nicht einmal mit mir reden. Es kostet mich jedes Quäntchen Selbstbeherrschung, um nicht wie ein Idiot loszuflennen.

»Willst du, dass sie das tut?«, fragt Ash.

Ich fahre zu ihm herum.

»Natürlich will ich nicht, dass sie das tut. Was ich will, ist, dass sie zu mir zurückkommt, das Baby kriegt und mich für sie beide sorgen lässt. Aber wie kann ich das von ihr verlangen …«

»Wie kannst du das *nicht* von ihr verlangen?«, will Z wissen. »Sie ist deine Frau. Sie ist mit deinem Kind schwanger. Sie braucht es, dass du sie wissen lässt, dass du für sie da sein wirst, egal was passiert oder wie schlimm es werden wird.«

»Das habe ich versucht, aber sie will nicht zuhören …«

»Dann bring sie dazu, zuzuhören! Herrgott, du hast so viel Angst davor, zurückgewiesen zu werden, dass du beim ersten Anzeichen von Widerstand aufgibst. Du musst zu ihr gehen, ihr zeigen, dass du bleiben wirst, egal, was passiert.«

»Verstehst du es denn nicht? Ich habe ihr Leben ruiniert. Ich habe ihr verdammtes Leben ruiniert. Warum zum Teufel sollte sie irgendetwas mit mir zu tun haben wollen?«

»Erstens«, sagt Ash und sieht so wütend aus, wie ich ihn schon lange nicht mehr gesehen habe. »Du hast ihr Leben nicht ruiniert. Ja, es ist scheiße, dass sie ihre Boarding-Karriere ein Jahr lang auf Eis legen muss, aber es ist ja nicht so, als hättest du ihr absichtlich das Kreuzband gerissen oder so einen Mist. Sie ist schwanger geworden. Und wenn ich mich richtig erinnere, wie das funktioniert, wart ihr dazu beide nötig. So was passiert eben, Mann. Wegzurennen und dich deswegen fertigzumachen, hilft in der Situation auch nicht weiter, und deiner Beziehung zu ihr hilft es schon gar nicht.«

»Wir haben keine Beziehung. Nicht mehr. Wir haben gar nichts.«

»Das ist nicht wahr.«

»Doch.«

»Ist es nicht.« Z klopft mir auf den Rücken und lässt seine Hand auf meiner Schulter liegen, während er sagt: »Ja, die Dinge sind im Moment nicht gerade toll. Aber denkst du nicht, es ist an der Zeit, dass du aufhörst, ein Weichei zu sein, und etwas dagegen tust?«

»Höchste Zeit«, stimmt Ash zu. »Hör auf, dir Sorgen darüber zu machen, dich zu schützen, hör auf, dir Sorgen darüber zu machen, sie könnte dich zurückweisen – und tu einfach, was sie braucht.«

»Und das wäre?«

»Sei für sie da, Mann. Konfrontier sie und weigere dich zu gehen, bis sie dich reinlässt. Zeig ihr, dass du nicht weggehen wirst, dass du sie nicht im Stich lassen wirst, wie es ihre Familie getan hat. Du bist hier nicht der Einzige mit Narben und Unsicherheiten, Alter. Im Innern ist Cam genauso ein Wrack wie du. Sie versteckt es nur besser.«

»Das weiß ich! Keiner kennt Cam besser als ich.«

»Dann fang an, dich auch so zu verhalten«, sagt Z zu mir.

»Hör auf zu jammern, reiß dich zusammen und geh zu deinem Mädchen.«

»Du lässt es so einfach klingen. Aber das ist es nicht.«

»Als ob du es einfach haben wolltest! Du hast gerade einen Switch Quadruple Underflip 1620 rausgehauen. Wenn du das beim ersten Versuch vom Berg schaffst, garantiere ich dir verdammt noch mal, dass du dein Mädchen kriegen kannst. Cam liebt dich. Du musst sie nur an diese Tatsache erinnern.«

Ich starre die beiden für lange Sekunden an, sehe die Frustration und die Zuneigung in ihren Gesichtern, während ich ihre Worte in mich aufnehme, und frage mich, ob sie recht haben könnten. Vielleicht war ich so verloren in meinem eigenen Mist, in meinen eigenen Gefühlen der Unzulänglichkeit, dass ich alles an meiner Beziehung zu Cam davon habe beeinflussen lassen. Ich weiß, wie schwer das für sie ist, ich weiß, wie sehr sie leiden muss, und trotzdem habe ich zugelassen, dass sie mich wegstieß – trotzdem habe ich sofort die Flucht ergriffen, als sie zum ersten Mal auf mich losging.

Die Erkenntnis trifft mich wie ein Schlag, bringt mich dazu, mich mehr zu schämen als je zuvor in meinem Leben. Denn Z hat recht: Ich verhalte mich wie ein totales Weichei. Das ist ein harter Schlag, vor allem, wenn man bedenkt, dass ich mir immer etwas darauf eingebildet habe, stark genug zu sein, um der Wahrheit ins Auge zu sehen, egal, wie schlimm sie war. Aber vielleicht hat genau das die Art beeinflusst, wie ich die Dinge sehe. Vielleicht war ich so sehr damit beschäftigt, nach dem Schlechten zu suchen, dass ich vergessen habe, wie gut die Dinge sein können.

Oh, ich weiß, dass ich nicht so talentiert bin wie Ash und Z und Cam, egal was für einen Schwachsinn sie zu verzapfen versuchen. Ich weiß, dass ich nie in der Lage sein werde, einen Run so zu meistern, wie sie es können, so mühelos und perfekt und verdammt schön. Aber ich habe Sponsoren. Ich habe es bei mehr als einer Gelegenheit auf den dritten Platz des Siegertreppchens geschafft. Ich habe immer gedacht, dass das ihretwegen war, aber vielleicht, nur vielleicht, war es auch meinetwegen. Immerhin habe ich gerade einen 1620 rausgehauen. Das muss doch auch etwas zählen, oder?

Ich merke gar nicht, dass ich den letzten Teil laut ausgesprochen habe, bis Z sagt: »Da hast du verdammt recht, dass das zählt. Ein Mann, der einen 1620 schafft, kann verdammt noch mal alles schaffen, stimmt's, Ash?«

»Verdammt richtig«, stimmt Ash zu.

»Der Trick ist nicht wichtig«, sage ich zu ihnen, und obwohl sie beide bei meinen Worten völlig entsetzt aussehen, weiß ich, dass sie verstehen, was ich meine. Sie sind genauso verrückt nach Ophelia und Tansy wie ich nach Cam. Und im Moment ist kein Trick, kein Sprung, *nichts* so wichtig, wie meinen eigenen Mist beiseitezuschieben und Cam durch ihren zu helfen. Nichts ist so wichtig, wie für sie da zu sein, egal was passiert. Egal, wie sie sich entscheidet. Denn diese ganze Sache – ein guter Partner, ein guter Vater zu sein – ist viel wichtiger als alles, was ich jemals auf einem Snowboard erreichen kann.

Ich erlaube mir nicht, darüber nachzudenken, was passiert, falls sie sich gegen das Baby entscheidet. Es ist ihre Entscheidung, und ich werde zu ihr stehen, selbst wenn es mich umbringt – *was der Fall sein könnte,* gestehe ich mir ein, noch während ich anfange, meinen Kram zusammenzupacken.

»Hey! Wo gehst du denn hin?«, fragt Z. »Du hast noch einen Run!«

»Ich befolge deinen Rat. Ich reiße mich zusammen und hole mir Cam.«

»Natürlich. Aber du musst es ja nicht jetzt machen, oder?« Er deutet auf die Sprungschanze. »Willst du nicht noch einen 1620 schaffen, bevor du gehst, um allen zu zeigen, dass es kein Zufall ist?«

Ich schüttle nur den Kopf, während ich mich auf den Weg zu meinem Schneemobil mache. »Manche Dinge sind wichtiger als Snowboarden«, rufe ich ihm zu. »Außerdem bin ich damit fertig, mich irgendjemandem außer Cam gegenüber beweisen zu wollen.«

Ash stößt einen lauteren Schrei aus als bei meinem gelungenen Sprung, und das Letzte, was ich sehe, als ich losfahre, ist, wie er die Faust in die Luft reckt.

Direkt, bevor Z sich auf ihn stürzt.

Kapitel 19

CAM

Dann tun wir es also. Wir tun es wirklich.

Meine Hände zittern, als ich nach meinem letzten Gespräch mit Mitch auflege.

Es ist noch keine vierundzwanzig Stunden her, dass ich ihm erzählt habe, dass ich schwanger bin, und er hat Nike schon völlig für seine Idee begeistert. Sie wollen eine ganze Werbekampagne rund um mich und meine Schwangerschaft entwerfen, die – natürlich – in der Geburt meines Babys und meinen ersten Ausflügen zurück auf die Piste in der nächsten Saison gipfeln soll. Es ist sogar die Rede davon, mich für ein Fotoshooting im Juli oder August nach Neuseeland zu fliegen, wenn ich gut genug in Form bin, um zwei Monate nach der Entbindung die Berge dort unten in Angriff zu nehmen.

Jetzt muss ich nur noch Luc und meinen Vater anrufen und sie in alles einweihen, was ich beschlossen habe. Nike brennt darauf, die Sache ins Rollen zu bringen – sie arbeiten bereits an einer Pressemitteilung, die sie irgendwann in der nächsten Woche veröffentlichen wollen. Wir sind zwar gerade nicht besonders gut aufeinander zu sprechen, aber das Letzte, was ich will, ist, dass mein

Vater aus einem Einspieler in den Lokalnachrichten erfährt, dass ich schwanger bin.

Ich rufe ihn zuerst an, weil ich es hinter mich bringen will und weil ich genau weiß, was ich sagen werde. Der Anrufbeantworter springt an, obwohl er heute eigentlich frei hat, und ich bin so aufgeregt, dass ich einfach damit herausplatze, bevor ich es mir anders überlegen kann.

»Hi, Dad. Hier ist Cam. Ich meine, offensichtlich, oder? Ich rufe an, weil ich dir sagen wollte, dass ich schwanger bin. In den nächsten Tagen wird wahrscheinlich etwas darüber in den Nachrichten kommen, weil ich alle Turniere, die ich habe, absagen muss, und die Leute werden wissen wollen, warum. Ich wollte nicht, dass du es aus den Nachrichten erfährst, also – na ja, jedenfalls. Ich bin schwanger. Ich bin okay. Es geht mir gut. Alles ist gut. Mach dir keine Sorgen um mich. Ich komme schon klar. Mitch hilft mir, und wir kriegen alles in den Griff.«

Ich weiß, dass ich drauflosplappere, also lege ich auf, bevor ich noch irgendetwas anderes Idiotisches sagen kann. Aber dann fällt mir auf, dass durch die Art und Weise, wie ich Mitch erwähnt habe, der Eindruck entstehen könnte, mein Agent sei der Vater meines Babys. Was er definitiv nicht ist. Und was wahrscheinlich nicht gut ankommen würde, wenn man den Altersunterschied von zwölf Jahren zwischen uns bedenkt und die Tatsache, dass er schon da war, als ich noch ein fünfzehnjähriges Kind war. Wenn ich nicht aufpasse, fährt mein Dad noch nach Salt Lake City und ermordet Mitch, bevor der überhaupt weiß, wie ihm geschieht.

Mit diesem Gedanken im Hinterkopf nehme ich noch einmal mein Handy und wähle erneut die Festnetznummer meines Vaters. Ich erwarte, dass wieder nur der Anrufbeantworter anspringt und ich ihm nur eine kurze Nachricht hinterlassen kann, dass Mitch nicht der Vater ist, sondern Luc, und dass alles gut läuft. Das ist eine Lüge, doch so, wie die Dinge in letzter Zeit laufen, denke ich mir, dass die Wahrheit sowieso stark überbewertet wird.

Aber dieses Mal geht mein Anruf nicht auf die Mailbox. Dieses Mal nimmt meine Mutter beim zweiten Klingeln den Hörer ab.

»Hallo! Cam? Bitte leg nicht auf.«

Ich will ihre Bitte ignorieren, bin schon halb dabei, auf »Beenden« zu drücken, bevor ich mich aufhalte. Ich bin in letzter Zeit vor zu vielem davongelaufen, und wenn ich eine Mom sein will – wenn ich mich irgendwann in den nächsten sechs Monaten in eine Erwachsene verwandeln will –, dann muss das Weglaufen jetzt aufhören.

»Hi … Lily.« Ich mag vielleicht bereit sein, mit ihr zu reden, aber ich kann mich immer noch nicht dazu durchringen, sie Mom zu nennen. Ich bin mir nicht sicher, ob ich jemals dazu in der Lage sein werde.

»Hi, Schatz.« Sie klingt ein wenig verwirrt, ein wenig außer Atem und sehr besorgt. »Dein Vater wurde heute in die Arbeit gerufen, weil sich jemand krankgemeldet hat. Du kannst ihn wahrscheinlich auf seinem Handy erreichen oder – oder ich kann ihm die Nachricht für dich überbringen.«

»Ich werde auf seinem Handy anrufen.«

»Oh, okay.« Sie klingt enttäuscht. »Dann ist es ja gut.«

Es folgt eine lange, unangenehme Pause, während ich überlege, was ich sagen soll. Letztendlich begnüge ich mich aber mit »Danke«. Schließlich scheint es ja nicht viel mehr zu sagen zu geben.

Nur scheint Lily das nicht so zu sehen. Sie nimmt meinen Dank als Zeichen dafür, dass ich reden will, obwohl er so ziemlich das Gegenteil davon war.

»Gern geschehen«, sagt sie herzlich, und dann: »Dieser Mitch. Er ist der Vater des Babys? Kümmert er sich um dich?«

Also hat es sich genauso angehört, wie ich befürchtet habe. »Mitch ist mein Agent, nicht mein Freund. Er kümmert sich um die ganzen Werbeverträge, solche Sachen.«

»Oh, richtig. Daran habe ich nicht gedacht.«

»Warum solltest du auch?« Es kommt schärfer und anklagender heraus als beabsichtigt. »Es tut mir leid. Ich meine, ich habe es dir gerade gesagt.«

»Bist du okay?«

Ihre Stimme ist weicher geworden, mit etwas, das sehr nach Sorge klingt. Und obwohl ich sie nicht kenne und nicht glaube, dass ich sie kennenlernen will, ertappe ich mich dabei, wie ich auf das Mitgefühl in ihrer Stimme reagiere. Auf das Echo der Rolle reagiere, die sie in meinem Leben spielen sollte, anstatt auf die Rolle, die sie tatsächlich gespielt hat.

»Kümmert sich denn dein Freund um dich?«

»Ich habe keinen Freund.«

»Oh. Okay.« Ihre Stimme ist jetzt vorsichtig. »Brauchst du irgendetwas? Gibt es irgendetwas, bei dem ich helfen …«

»Es ist kompliziert, okay? Ich meine, es ist nicht so, dass es ein One-Night-Stand war. Der Vater ist ein toller Kerl, einer der besten …« Meine Stimme bricht, und ich räuspere mich ein paarmal, bevor ich es wieder versuche. »Er wird auf jeden Fall für mich da sein, wenn ich ihn lasse.«

»Wenn du ihn lässt?«

Wenn möglich, klingt sie jetzt sogar noch vorsichtiger, als hätte sie Angst, dass jede falsche Bewegung eine Explosion direkt vor ihrem Gesicht auslösen könnte. »Denkst du darüber nach, das alleine zu machen?«

»Ich weiß noch nicht, was ich denke. Ich möchte ihn mit dieser Schwangerschaft nicht an mich binden. Ich will nicht, dass er denkt, ich brauche seine Unterstützung oder würde es nicht alleine schaffen.«

»Willst du, dass er sich beteiligt?«

»Nein. Ich habe Geld und Ressourcen. Ich werde gut allein zurechtkommen.«

Ich weiß nicht, warum ich ihr das alles erzähle, außer dass sie ständig Fragen stellt und mir die Antworten aus dem Mund purzeln, bevor ich sie aufhalten kann.

»Ich habe nicht gefragt, ob du seine Beteiligung brauchst. Ich habe gefragt, ob du willst, dass er sich beteiligt. Das ist ein Unterschied, Cameron.«

»So nennt mich keiner mehr.«

»Natürlich, tut mir leid, Cam.« Sie verstummt kurz. »Du hast meine Frage nicht beantwortet.«

»Ich muss gar nichts beantworten, was du mich fragst.«

Sie antwortet nicht, aber ich merke, dass ich sie verletzt habe, obwohl sie gar kein Recht hat, verletzt zu sein. Obwohl sie mich durch ihre Abwesenheit im Lauf der Jahre eine Million Mal verletzt hat. Frustriert seufzend fahre ich mir mit der Hand durch die Locken, bevor ich sage: »Hör mal, es tut mir leid. Diese ganze Sache – also eine Mutter zu haben, die mit mir reden will – ist neu für mich. Ich weiß nicht genau, wie ich damit umgehen soll.«

»Du brauchst dich nicht zu entschuldigen, Cam.« Sie betont meinen Namen mit Nachdruck. »Ich will nur helfen, wenn du mich lässt.«

»Ich brauche deine Hilfe nicht. Ich brauche die Hilfe von niemandem. Ich kann das allein schaffen.«

Noch während ich die Worte ausspreche, schlinge ich die Arme um mich und wiege mich sanft hin und her. Denn ich *kann* das allein schaffen, was aber nicht heißt, dass ich es *will.*

Und ja, ich weiß, dass ich nicht allein bin. Ich weiß, dass Z und Ash und Tansy und Ophelia für mich da sein werden, wenn ich etwas brauche. Genauso wie meine Brüder, trotz unserer jüngsten Differenzen. Aber es ist nicht dasselbe, wie Luc hier zu haben. Es ist nicht dasselbe, wie *ihn* als einen Teil meiner Schwangerschaft und des Lebens von meinem Baby bei mir zu haben.

Es ist nicht dasselbe, wie ihn als Teil meines Lebens zu haben.

Es ist drei Monate her, seit wir uns gestritten haben, und sogar noch länger, seit wir uns so nahe waren wie früher. Ich vermisse ihn. Ich vermisse es, wie wir früher waren. Ich vermisse es, wie wir sein könnten, wenn das Leben, das Schicksal, sogar wir selbst uns einfach nicht im Weg stünden und wir einfach wir selbst sein könnten.

Aber das ist ein Wunschtraum. Zu viel ist zwischen uns passiert – zu viel wartet noch darauf, zu passieren –, als dass wir zu dem zurückkehren könnten, wer wir einmal waren.

Als wir einfach nur Freunde waren.

Als wir noch nicht miteinander geschlafen haben.

Als ich noch nicht in ihn verliebt war.

Der Gedanke kommt wie aus dem Nichts, und ich versuche, ihn wieder zu verdrängen, aber er will nicht verschwinden. Vielleicht sind es die Schwangerschaftshormone, vielleicht bin ich einfach nur so deprimiert, oder vielleicht ist es meine Mutter am anderen Ende des Telefons, die mich fragt, ob ich Luc in meinem Leben haben möchte. Was auch immer es ist, es löst etwas in mir aus. Etwas, was mich erkennen lässt, dass meine Gefühle für ihn viel tiefer sind, als ich je gedacht habe.

Oh, ich habe ihn immer geliebt. Wie könnte ich auch nicht, wenn Luc so ein durch und durch guter Kerl ist? Er gibt dir sein letztes Hemd, hilft dir auf jede erdenkliche Weise, denkt viel mehr an andere Menschen und deren Bedürfnisse als an sich selbst. Aber ihn zu lieben, ist etwas anderes, als in ihn verliebt zu sein – und ich habe große Angst, dass ich das bin.

Warum sonst würde ich mich ohne ihn so leer fühlen? Warum sonst wäre ich so wütend und verzweifelt und verletzt, dass er mir nicht vertraut? Dass er nicht mit mir zusammen sein will, so wie ich mit ihm zusammen sein will?

Mir schwirrt der Kopf vor dieser Erkenntnis, und ich weiß nicht, was ich damit anfangen soll. Ein Teil von mir möchte das Gespräch mit meiner Mutter beenden und sofort Luc anrufen. Ein anderer Teil von mir möchte sich wie ein Embryo zusammenrollen und am Daumen lutschen, bis ich aufhöre zu zittern.

Wie es aussieht, bekomme ich weder Gelegenheit, das eine noch das andere zu tun. Denn meine Mutter redet wieder, und sie sagt Dinge, die ich nicht hören will, die ich aber nicht ignorieren kann.

»Wenn du ihn in deinem Leben haben willst, Cam, musst du es ihm sagen. Du kannst nicht erwarten, dass er das errät.«

»So einfach ist das nicht, Mom.«

»Glaube mir, ich weiß, wie Dinge sein können, die nicht so einfach sind.« Sie verstummt kurz, und in ihrem Schweigen kann ich die Distanz von siebzehn Jahren hören. Die Distanz der Entscheidungen, die sie getroffen hat und die nicht mehr rückgängig gemacht werden können. »Ich wollte zurückkommen. Schon lange vorher wollte ich deinen Vater anrufen und ihn anflehen, mich zurückkommen zu lassen. Aber ich hatte Angst, ihn zu fragen, Angst, mich seiner Zurückweisung auszusetzen. Der Zurückweisung meiner Kinder ...«

»Falls du versuchst, mir Schuldgefühle einzureden ...«

»Es gibt nichts, weshalb du dich schuldig fühlen musst. Ich bin diejenige, die gegangen ist, und ich bin diejenige, die jetzt, da ich zurück bin, mit den Konsequenzen dieser Entscheidung leben muss. Ich will damit nur sagen, dass du nicht zu stolz sein solltest, ihm zu sagen, was du empfindest. Warte nicht, bis es zu spät ist – bis du siebzehn Jahre verloren hast, die du nie wieder zurückbekommen kannst –, bevor du dich ihm gegenüber öffnest und ihm sagst, was du fühlst. Ich weiß, es ist ein Risiko, und ich weiß, dass du am Ende vielleicht noch mehr verletzt wirst, als du es ohnehin schon bist. Aber willst du wirklich den größten Teil von zwei Jahrzehnten damit verbringen, dich zu fragen, ob du etwas hättest ändern können?«

»Ich weiß es nicht«, sage ich zu ihr, und ich glaube, das ist das Wahrste, was ich seit langer, langer Zeit gesagt habe. »Ich weiß nicht, was ich will, ich weiß nicht, womit ich leben kann und womit nicht. Alles kommt im Moment so schnell auf mich zu, dass ich das Gefühl habe, keine Luft mehr zu kriegen. Als ob ich ertrinken würde ...«

»Natürlich, Cam. Und ich mache es auch nicht besser, indem ich dich dränge. Es tut mir leid. Ich hatte nur Angst, dass ich, wenn ich dich aus der Leitung lasse, ohne dir das zu sagen, vielleicht nie wieder eine Gelegenheit dazu bekommen würde.«

Ich streite das nicht ab, weil ich es nicht kann. Ich weiß nicht, was ich nach ihren Enthüllungen in Bezug auf sie empfinde, ich weiß nicht, ob sie etwas zwischen uns ändern oder nicht. Sie ist immer noch gegangen, siebzehn Jahre lang verschwunden, ohne auch nur ein Wort zu sagen. Angst zu haben, ist keine Entschuldigung dafür, nicht, wenn sie einen Mann und sieben Kinder hatte, die zu Hause auf sie warteten.

»Hör mal, ich muss jetzt auflegen«, sage ich zu ihr. »Ich muss nachdenken. Ich muss …«

»Natürlich. Und ich weiß, dass dir das vielleicht nichts bedeutet, aber bitte, du sollst wissen, dass du jederzeit anrufen oder vorbeikommen kannst. Wenn du reden willst. Wenn du mich anschreien willst. Wenn du eine Schulter zum Ausweinen brauchst. Ich weiß, dass ich die meiste Zeit deines Lebens nicht für dich da war, aber jetzt bin ich da. Wenn du irgendetwas brauchst oder willst.«

Es ist zu viel. Es ist alles zu viel, und ich weiß nicht, was ich damit anfangen soll. Also sage ich einfach: »Ja, okay. Danke.« Und dann lege ich auf.

Wahrscheinlich war das nicht die Antwort, die sie gesucht hat, wahrscheinlich war es nicht das, was sie hören wollte. Aber meine Hände zittern, und ich bin ziemlich kurz davor, auszuflippen, und obwohl sie viele richtige Dinge gesagt hat, vertraue ich ihr immer noch nicht. Ich weiß immer noch nicht, ob ich sie zurück in meinem Leben haben will.

Unabhängig davon, was ich über sie denke, sind einige ihrer Worte definitiv zu mir durchgedrungen. Dass ich nicht warten soll, bis es zu spät ist, oder dass ich zu viel Angst habe, mich zu öffnen, weil ich nicht verletzt werden will. Denn sie hat recht. Luc ist im Wartemodus – ich habe ihn in den Wartemodus versetzt, als ich verlangt habe, dass er mir Zeit gibt –, und wenn ich das ändern will, muss ich den ersten Schritt machen.

Egal, wie viel Angst ich habe.

Egal, wie sehr es auch wehtun könnte.

Also greife ich erneut zum Handy. Es ist Monate her, seit ich ihn angerufen habe, aber er ist immer noch die Nummer eins auf meiner Kurzwahlliste, und das Telefon klingelt innerhalb von Sekunden.

Es klingelt einmal, zweimal, und in der Zeit zwischen diesen beiden Klingeltönen sterbe ich tausend Tode. Ich denke hundertmal daran, aufzulegen. Ich denke daran, das Handy aus dem Fenster zu werfen. Ich denke daran …

Er geht beim dritten Klingeln dran.

»Cam?« Es ist nur ein einziges Wort, aber er klingt so zittrig und fertig, wie ich mich fühle.

»Hi.«

»Hi.«

Es folgt eine lange Pause, in der ich mich dafür verfluche, dass ich nicht genau weiß, was ich sagen will. Aber das Schweigen kann nicht ewig anhalten, nicht, wenn mein Herz wie ein Metronom auf Hochtouren schlägt und ich mich fühle, als ob mich jede falsche Bewegung in Stücke reißen würde.

Also atme ich tief durch, räuspere mich und sage mit viel mehr Selbstvertrauen, als ich gerade empfinde: »Hast du Zeit, zu reden?«

»Immer«, antwortet er. Dann: »Du fehlst mir.«

Und ich verstehe es nicht. Ich verstehe nicht, wie es so leicht für ihn sein kann. Wie er sich mir gegenüber so öffnen kann, da ich doch schon zweimal von ihm weggelaufen bin. Ich zittere, kann kaum sprechen, bin kurz davor, durchzudrehen rein vor dem Stress, mich ihm zu öffnen, und er sitzt einfach nur da und sagt mir, dass ich ihm gefehlt habe.

Ich habe mich noch nie so erbärmlich gefühlt.

Das geht einfach nicht. Nicht, wenn ich gerade dabei bin, dem Mann, den ich liebe – dem Vater meines Babys –, zu sagen, dass ich ihn liebe. Nicht, wenn ich gerade dabei bin, ihn zu fragen, ob es eine Chance für uns gibt, eine gemeinsame Zukunft aufzubauen. Nicht, wenn ich gerade dabei bin, ihn zu fragen, ob er mich auch liebt.

Also straffe ich die Schultern, atme ein paarmal tief durch und verspreche mir, dass, egal was passiert, alles gut werden wird. Es wird mir gut gehen und meinem Baby auch. Das ist genau der Schubs, den ich brauche.

»Kann ich dich sehen?«, frage ich, und diesmal ist meine Stimme unendlich viel stärker, unendlich viel ruhiger.

»Natürlich. Komm nach draußen.«

»Nach draußen?«

Es liegt ein Lächeln in seiner Stimme, als er sagt: »Ich sitze vielleicht oder vielleicht auch nicht gerade auf Zs Vordertreppe und versuche, den Mut aufzubringen, an der Tür zu klingeln.«

Das ist alles, was ich an Bestärkung brauche. Ich lasse praktisch das Handy fallen, so kopfüber stürze ich zur Haustür.

Kapitel 20

LUC

Sie sieht wunderschön aus, als sie die Haustür aufstößt, mit geröteten Wangen und langen roten Locken, die in alle Richtungen springen. Lange Sekunden kann ich nichts anderes tun, als sie anzustarren, sie in mich aufzusaugen, nachdem ich so, so lange ohne sie auskommen musste.

Aber je länger ich sie ansehe, desto mehr fällt mir alles auf, was ein bisschen ungewöhnlich ist. Sie ist dünner, als sie noch vor ein paar Tagen war. Unter der hektischen Farbe auf ihren Wangen ist ihre Haut blass und fast durchscheinend. Unter ihren Augen sind violette Schatten zu sehen. Und sie zittert so stark, dass ich mir nicht sicher bin, wie sie überhaupt stehen, geschweige denn Zs schwere Haustür aufhalten kann.

Ich wollte es langsam angehen, wollte ihr alles geben, was auch immer sie von mir braucht. Aber als ich hier stehe und sie anstarre, bemerke, wie zerbrechlich und gebrochen und verängstigt sie aussieht, kann ich nicht anders, als sie in meine Arme zu ziehen. Ich kann nicht anders, als mein Gesicht zwischen ihrem Hals und ihrer Schulter zu vergraben. Kann nicht anders, als selbst zu zittern, während ich sie enger und enger und enger an mich ziehe.

»Es tut mir leid«, sagt sie, während sich ihre Hände an meinen Rücken klammern. »Es tut mir so leid, dass ich dir den Rücken zugekehrt habe, so leid, dass ich dich weggeschickt habe, so leid, dass du das mit dem Baby von Z hören musstest.«

»Schon okay«, sage ich zu ihr und streiche mit meinen Händen an ihrem Rücken rauf und runter. Alles ist okay, solange ich sie halten, beschützen und lieben kann.

»Es ist nicht okay. Es ist wirklich nicht okay. Ich hätte dich wenigstens vorwarnen sollen …«

»Eine Vorwarnung wäre nett gewesen«, sage ich zu ihr und ziehe mich zurück, damit ich ihr in die schönen grünen Augen sehen kann. »Wenn man bedenkt, dass Z es mir gesagt hat, als wir beide auf einem Dach balanciert haben. Ich wäre beinahe runtergefallen.«

»O mein Gott!«, kreischt sie und zieht mich enger an sich. »Ich schwöre bei Gott, eines Tages werde ich ihn umbringen.«

»Tu das nicht. Vielleicht brauchen wir ihn eines Tages noch.«

»Wofür?«

»Er ist derjenige, der mir gesagt hat, ich solle aufhören, ein Weichei zu sein, und meinen Arsch hierher bewegen und dir sagen, was ich empfinde.«

Daraufhin erstarrt sie an mir, und als sie zu mir aufschaut, sind ihre Augen so groß, so verletzlich, so hoffnungsvoll, dass es mir fast das Herz bricht. Wie kann dieser Tag nur real sein?, frage ich mich unwillkürlich. Cam, die mich so ansieht, mich so festhält, *und* ein 1620? Verdammt, das scheint unmöglich zu sein. Zum ersten Mal, seit ich heute Morgen in meinem Bett aufgewacht bin, unglücklich und allein, frage ich mich, ob ich vielleicht immer noch träume.

Ich überlege, ob ich mich kneifen soll, nur um sicherzugehen, aber dann fragt sie: »Was empfindest du für mich?«, mit ängstlicher kleiner Stimme, und plötzlich kann ich an nichts anderes mehr denken, als es ihr begreiflich zu machen.

»Wie kannst du das nicht wissen?«, frage ich. »Jeder weiß es. Z, Ash, sogar Tansy und Ophelia. Sie wissen es schon ewig.«

»Wissen was?« Ihre Hände pressen sich fester auf meinen Rücken, bis sich ihre Nägel in meine Haut graben. Das ist genau das Kneifen, das ich brauche, um mir zu beweisen, dass das hier real ist. Dass es wirklich passiert.

»Dass ich verrückt nach dir bin. Dass ich absolut, total, Hals über Kopf in dich verliebt bin, und das schon seit Jahren.« Ich ergreife die Gelegenheit und drücke ihr sanfte Küsse auf die Stirn und die Wange. Als sie mich nicht wegstößt, werde ich etwas mutiger, küsse ihren Kiefer, ihren Mundwinkel, die Stelle an ihrem Kinn direkt unter den Lippen. »Ich weiß, ich war ein Arsch. Ich weiß, ich habe dir nicht vertraut. Ich weiß, ich war eifersüchtig und dumm und schrecklich, und es tut mir leid. Und es tut mir auch leid, so leid, dass dir das passiert ist – dass ich nicht auf dich aufgepasst habe, als du mir vertraut hast. Ich möchte, dass du weißt, dass ich für dich da bin, egal wie du dich entscheidest.«

Die Worte überschlagen sich jetzt, schießen durch mein Gehirn und purzeln aus meinem Mund, bevor ich sie zensieren kann. Bevor ich auch nur versuchen kann, nicht wie ein liebeskranker Idiot zu klingen, der für sie alles tun würde, *alles sein* würde.

»Ich weiß, dass eine Schwangerschaft deine Karriere ruiniert«, fahre ich fort. »Ich weiß, dass du so hart für diese Saison gearbeitet hast, und ich habe dir einfach alles weggenommen. Und falls du dich für eine Abtreibung entscheidest …«, ich stolpere über das Wort, hasse es, wie es sich in meinem Mund anfühlt, hasse es noch mehr, wie sein Klang um uns herum in der Luft hängt, »falls du eine Abtreibung haben willst, werde ich auch dafür da sein. Was immer du willst, was immer du brauchst. Ich bin da. Falls du mich willst.«

»*Falls* ich dich will? *Falls?* Es gibt nichts auf diesem Planeten, was ich mehr will als dich, Luc. Ich liebe dich. Ich glaube, ich liebe dich schon seit langer, langer Zeit, selbst als ich zu blind war, um zu verstehen, was ich empfand. Du warst immer mein Lieblingsmensch, immer derjenige, dem ich meine Geheimnisse erzählen wollte. Immer die Person, an die ich als Erstes dachte, wenn ich aufwachte, und als Letztes, wenn ich ins Bett ging. Und jetzt bist du der Vater meines Babys. Ich verstehe, dass das viel ist. Dass es nicht das ist, was du dir im Moment für dich vorgestellt hast. Und wenn du die Verantwortung, jetzt schon Vater zu werden, nicht willst, verstehe ich das.«

»Hast du mir nicht zugehört, was ich gerade gesagt habe? Ich liebe dich, Cam Bradley, und wenn du mich lässt, werde ich für dich da sein, egal, wie du dich entscheidest.«

»Ich weiß. Ich glaube dir. Aber du hast erwähnt, dass ich vielleicht abtreiben will, und ich habe entschieden, dass ich das nicht tun werde. Ja, es wird meine Karriere für eine Weile beeinträchtigen, aber es ist ja nur ein Jahr. Und selbst wenn es länger dauern würde, was ich nicht glaube, dann ist es nur eine Karriere. Wir reden hier von einem Baby, *unserem* Baby. Und ich will es haben.«

Pure, unverfälschte Freude durchströmt mich bei ihren Worten. Ich habe ihr gesagt, dass ich hinter ihr stehen würde, falls sie abtreibt, und das hätte ich auch getan. Ich hätte alles Erdenkliche getan, um es ihr leicht zu machen, auch wenn es nicht das wäre, was ich wollte. Aber jetzt, da ich weiß, dass sie genauso fühlt wie ich? Dass sie unser Baby genauso sehr will wie ich?

Ich finde nicht mal die Worte, um zu beschreiben, wie ich mich fühle.

Nur muss ich sie finden, nicht wahr? Denn sie sieht verwirrt und unsicher aus und als wüsste sie nicht, ob ich sie noch will, wenn es sie nur zusammen mit einem Baby gibt. Als ob es für mich überhaupt möglich wäre, sie nicht zu wollen.

Ich brauche sie, wie ich Wasser brauche, wie ich Luft brauche, wie ich das Gefühl des knirschenden Schnees unter meinem Board brauche.

»Ich will das Baby«, sage ich ihr, während ich ihr Gesicht mit Küssen übersäe. »Ich will dich und das Baby und das Leben, das wir uns gemeinsam aufbauen werden. Ich will es mehr, als ich es dir überhaupt sagen kann. Du bist alles für mich, Cam. Das warst du schon immer. Du …«

Diesmal ist sie diejenige, die mich küsst, und es ist langsam und süß und heiß, so heiß, dass ich mich zusammenreißen muss, sie nicht mitten auf Zs Vordertreppe zu nehmen.

Ihr muss es genauso gehen, denn sie hakt ihre Finger in meine Gürtelschlaufen ein und zieht mich hinein, wobei sie darauf achtet, die Tür hinter uns zuzuschlagen.

»Ich habe dir so viel zu erzählen«, sagt sie, während sie einen weiteren langen, sinnlichen Kuss auf meinen Mund drückt. Ich fange ihre Zunge ein und sauge sie tief in meinen eigenen Mund.

»Ich habe dir auch viel zu erzählen«, gelingt es mir, keuchend hervorzustoßen, während ich sie rückwärts durch den Eingangsbereich und die Treppe hinaufschiebe. »Später.«

»Viel später«, sagt sie, während sie mir das Hemd aus der Jeans und über den Kopf zerrt. Sie wirft es über das Geländer, und aus dem Augenwinkel sehe ich, wie es zu Boden flattert.

»Z wird das sehen, wenn er nach Hause kommt«, sage ich zwischen zwei Küssen zu ihr.

»Wenn du mich nicht in den nächsten zwei Minuten nach oben bringst, garantiere ich dir, dass das nicht alles ist, was er sehen wird«, antwortet sie, während sie sich ihr eigenes Shirt über den Kopf reißt und es davonsegeln lässt.

Ich lache zum ersten Mal seit Wochen.

»Gott, ich liebe dich!«

»Ich liebe dich auch. Aber das könnte sich ändern, wenn du in den nächsten fünf Minuten nicht in mir bist.«

»Na dann.« Ich hebe sie auf meine Arme und nehme die restlichen Stufen immer drei auf einmal. »Niemand soll sagen, dass ich meiner Frau nicht gebe, was sie will.«

Ich stoße ihre Schlafzimmertür fast im Laufschritt auf und werfe sie aufs Bett. Sie quietscht, als sie landet – ein völlig untypisches Geräusch für Cam, und mir fällt wieder ein, dass sie schwanger ist. Und dass ich sie gerade geworfen habe.

»Oh, Scheiße. Ist das Baby okay?« Ich beuge mich über sie und suche ihr Gesicht nach irgendwelchen Anzeichen von Unwohlsein ab. »Habe ich ihm weh…«

»Dem Baby geht es gut. Mir geht es gut.« Sie schlingt die Arme um meinen Hals und zieht mich hinunter aufs Bett.

»Oder es wird mir gut gehen, sobald ich nackt bin.«

Sie greift nach den Knöpfen ihrer Shorts, aber ich komme ihr zuvor. Schnell knöpfe ich sie auf und öffne den Reißverschluss, dann ziehe ich ihr die Shorts und das Höschen von ihren langen, *langen,* schönen Beinen und werfe sie über die Bettkante.

Cam stöhnt, als ich meine Hand an ihrem Bein hochgleiten lasse, dann beginnt sie an meiner Jeans zu zerren. Ich halte sie auf, und als sie zu protestieren beginnt, löse ich das Problem, indem ich mein Gesicht zwischen ihren Schenkeln vergrabe.

»Luc!«, stöhnt sie auf und greift mit ihren Händen nach meinem Haar.

Ich erschaudere beim Kratzen ihrer Finger über meine Kopfhaut, bei der würzigen Süße ihres Dufts, bei ihrem sexy Geschmack auf meiner Zunge, während ich mich in sie hineinlecke. Es ist so lange her, so lange her. Die Worte sind ein Mantra in meinem Gehirn, ein Rhythmus in meinem Blut, während ich mit meiner Zunge tief in sie stoße, während ich mit meinem Daumen über ihre Klit streiche.

Sie schreit auf, wölbt den Rücken, und dann kommt sie an meinem Mund.

Es ist immer noch nicht genug, nicht annähernd genug, nachdem ich so lange ohne sie war.

Ich schiebe die Hände unter sie und umfasse ihren Hintern. Dann hebe ich sie hoch, sodass ihre Beine über meinen Schultern liegen und sie weit offen für mich ist.

»Luc«, schreit sie auf, und ihre Hände krallen sich jetzt an meinen Schultern fest. »Ich brauche – ich brauche …«

Ich möchte ihr sagen, dass ich genau weiß, was sie braucht, aber dazu müsste ich den Mund von ihrer Pussy nehmen, und das wird nicht passieren. Nicht jetzt und wahrscheinlich noch für eine verdammt lange Zeit nicht.

Ich schiebe zwei Finger in sie hinein und genieße es, wie heiß und feucht ihre Pussy sie umschließt. Sie schreit erneut auf, bäumt sich auf und erschauert an mir. Das ist eine weitere Sache, die ich liebe – wie verdammt empfänglich sie ist. Wie sie mir ihren

Körper, wie sie sich selbst hingibt, als wäre es die natürlichste Sache der Welt.

Mein Schwanz, der schon so verdammt hart ist, dass es wehtut, wird bei dem Gedanken noch härter. Ich will in ihr drin sein, will all die feuchte Hitze spüren, wenn sie sich um mich herum zusammenzieht. Aber ich bin noch nicht bereit, mich zu bewegen, nicht bereit, auf die leisen, verzweifelten Laute zu verzichten, die sie von sich gibt. Und ich bin verdammt noch mal nicht bereit, den herrlichen Geschmack von ihr auf meiner Zunge aufzugeben.

Also tue ich es nicht. Ich bleibe, wo ich bin, den Kopf zwischen ihren Schenkeln vergraben, während ich abwechselnd ihre Klitoris mit der Zunge umkreise und mich an ihrer Pussy entlanglecke. Sie erzittert wieder, ihr ganzer Körper bebt, während ich sie immer näher an einen weiteren Orgasmus bringe.

Ich habe sie in den letzten Monaten auf so viele Arten vermisst. Ich habe vermisst, wie sie mich immer zum Lachen bringt, ich habe vermisst, wie sie früh am Morgen aussieht, wenn ihr wunderschönes Haar vom Schlaf zerzaust und so sexy ist, ich habe vermisst, wie sie einen Raum erhellt, wenn sie ihn einfach nur betritt. Aber ich habe auch das hier vermisst, so sehr vermisst, dass ich seit einer gefühlten Ewigkeit mit einem Dauerständer herumlaufe.

Jetzt, da sie hier ist, jetzt, da sie mir gehört – jetzt, da sie mich liebt und mein Baby bekommt –, ist das Bedürfnis so viel schlimmer.

Das Bedürfnis, sie kommen zu spüren, an meinen Fingern, meinem Mund, meinem Schwanz. Ich will das alles so sehr, dass ich fast besinnungslos bin vor Verzweiflung.

»Luc«, stößt sie hervor, ihre Hände, ihre Stimme und ihr Körper zittern. »Luc, ich kann nicht …«

»Du kannst«, knurre ich, drehe den Kopf und beiße in die

Innenseite ihres Oberschenkels, fest genug, dass es schmerzt, während ich gleichzeitig meine Finger tief in ihr krümme.

Daraufhin schreit sie auf, schießt direkt über die Klippe hinaus in einen zweiten Orgasmus. Ich lasse nicht locker und bringe sie direkt wieder hoch und zu einem dritten Orgasmus, bevor sie überhaupt die Chance hat, wieder runterzukommen.

Ich habe in einem der Schwangerschaftsbücher, die ich mir besorgt habe, gelesen, dass Frauen während der Schwangerschaft aufgrund der hormonellen Veränderungen und des erhöhten Blutflusses in bestimmten Bereichen empfänglicher sind. Ich kann es kaum erwarten, diese Tatsache auszunutzen, um Cam so viel Vergnügen zu bereiten, wie sie ertragen kann. Um sie so verrückt nach mir zu machen, wie ich es nach ihr bin.

»Bitte«, ruft sie mit heiserer und verdammt sexy Stimme. »Bitte, bitte, bitte.« Sie klammert sich an meine Schultern, an meine Brust, versucht, mich hoch und über sie zu ziehen.

Und wirklich, wer bin ich, ihr zu verweigern, was wir beide wollen?

Ich schiebe mich über sie und drücke heiße Küsse auf ihr Schlüsselbein, ihre Wangen und ihren Mund. »Ich liebe dich«, sage ich zu ihr, während ich in sie hineingleite. »Ich liebe dich so sehr.«

»Ich liebe dich schon seit langer Zeit«, sagt sie und umfasst meine Wangen, während sie mir tief in die Augen sieht. »Länger, als ich es überhaupt wusste. Und ich werde dich für immer lieben.«

So peinlich es auch ist, diese Worte sind alles, was es braucht, um mich zum Höhepunkt zu bringen. Ich vergrabe den Kopf an der geröteten und erhitzten Haut ihres Halses und stöhne »Fuck«, während ich komme und komme und komme.

Und dann kommt sie ebenfalls, und ihre Arme und Beine und

ihre Pussy halten mich so fest, dass ich wieder nicht sagen kann, wo sie aufhört und ich anfange.

Es ist perfekt. Sie ist perfekt. Irgendwie, auf wundersame Weise, sind *wir* perfekt.

Und es ist genug. Es ist sogar mehr als genug. Es ist alles.

Epilog

»Komm schon, komm schon, komm schon …« Ich murmle die Worte wie ein Mantra, als Cam für ihren letzten Run bei den diesjährigen X-Games Women's Ski SuperPipe in die Halfpipe droppt.

»Sie hat das im Griff«, sagt Z von seinem Platz neben mir. Aber er klingt genauso angespannt, wie ich mich fühle.

Es ist ihr erster großer Wettkampf seit Hannahs Geburt, und ich weiß, wie viel es Cam bedeutet, eine gute Leistung zu bringen. Die Snowboard-Welt wissen zu lassen, dass sie immer noch relevant ist. Dass ein Baby – und eine Saison Pause – nichts an ihrer Konzentration oder ihrem Talent verändert haben.

Was sie definitiv nicht haben. Ich war in den letzten zwei Monaten mit ihr im Powder unterwegs, und sie ist absolut unglaublich – stärker und fitter als je zuvor in ihrem Leben. Ja, ihr erster Run war ein bisschen holprig, aber so etwas passiert. Vielleicht war die Pipe nicht glatt genug, vielleicht war sie nervös, vielleicht hatte sie auch einfach nur einen schlechten Run. So was kommt vor. Aber jetzt kann sie sich keinen weiteren schlechten Run mehr leisten. Nicht, wenn sie eine Medaille gewinnen will.

Cam meistert ihren ersten Trick, einen wirklich sauberen, wirklich schönen Frontside 1260, der die Menge zum Toben bringt.

Sie bekommt richtig viel Speed aus dem Trick heraus und fährt die Pipe hoch und in einen Double Back Alley-Oop mit krasser Airtime.

»Heilige Scheiße!«, haucht Z mit etwas, das wie Ehrfurcht klingt. »Sie rockt es.«

Ich weiß genau, was er meint. Cam schafft Drehungen in der Pipe, die für Frauen wirklich selten und verdammt fantastisch sind. Das ganze Lauf- und Krafttraining, das wir in den letzten sechs Monaten absolviert haben, zahlt sich voll aus.

»Los, Cam, los!«, ruft Ash von meiner anderen Seite aus, wo er Tansys Hand wie eine Rettungsleine umklammert.

»Du schaffst das!«, schreit Ophelia.

Und Cam schafft es. Sie schafft es wirklich. Ihre frühere Nervosität gehört offensichtlich der Vergangenheit an.

Sie kommt switch aus dem Trick heraus und pusht hart zur anderen Seite der Pipe, wo sie einen Backside 900 abliefert, bei dem sie so krasse Airtime bekommt, dass es aussieht, als würde sie fliegen. Mein Magen zuckt ein wenig, als sie runterkommt – sie ist wirklich verdammt hoch da oben –, aber sie bewegt sich so schnell, dass ich die saubere Landung kaum registriere, bevor sie einen weiteren Frontside 1260 in der vielleicht perfektesten Form raushaut, die ich je gesehen habe.

»Noch einen«, sagt Ash, und seine Stimme ist angespannt und begeistert zugleich.

Ich weiß genau, wie er sich fühlt.

Mein ganzer Körper spannt sich an, als Cam zu ihrem letzten Trick ansetzt. Wir haben ihn zu Hause immer wieder geübt, aber sie schafft ihn nur etwa die Hälfte der Zeit. Das liegt natürlich daran, dass es ein verdammt schwerer Trick ist, den keine andere Frau in der Profiliga auch nur annähernd hinbekommt, aber so ist Cam nun mal. Sie weigert sich, halbe Sachen zu machen. Geh aufs Ganze oder geh nach Hause, hat sie zu mir gesagt, kurz bevor der Wettbewerb anfing. Gleich nachdem sie mir vor der ganzen Menge und den Kameras einen dicken Kuss aufgedrückt hat.

Sie schafft den Aufschwung in den Trick perfekt, springt von der Lip der Pipe ab, wie der Profi, der sie ist. Sie bekommt erneut verdammt viel Airtime, während sie sich dreht und dreht und dreht – und *landet* den ersten YOLO-Flip, der jemals von einer Frau in einem Wettbewerb ausgeführt wurde.

Heilige Scheiße. Heilige Scheiße. Heilige Scheiße. Das war nicht der Trick, mit dem ich gerechnet hatte.

»Hat sie gerade – einen YOLO-Flip gemacht? Sie hat gerade … Heilige … O mein …« Z redet zusammenhangslos, was ich komplett nachvollziehen kann, während Ash mein Mädchen völlig fassungslos mit offenem Mund anstarrt.

Die Zuschauer haben nicht dasselbe Problem. Sie toben, schreien und rufen ihren Namen, während sie zum Ende der Pipe cruist und mit einem eleganten Schwung zum Stehen kommt, der Schnee aufsprühen und mich grinsen lässt wie ein Verrückter.

Sie hat es geschafft! Sie hat es verdammt noch mal geschafft!

Ash jubelt und brüllt jetzt – wir alle eigentlich. Bis auf Mitch, der einfach nur dasteht und das breiteste Grinsen auf dem Gesicht hat, das ich je gesehen habe.

»Das hat sie toll gemacht!«, sage ich zu ihm.

»Toll? Sie war grandios! Weißt du, wie viel Geld uns dieser Run einbringen wird?«

Ich lache und klopfe ihm auf den Rücken, während ich mich um ihn herum manövriere, um zur Treppe zu kommen. Dabei lege ich die Arme etwas fester um Hannah, die gerade in ihrer Babytrage an meiner Brust tief und fest schläft. Das Letzte, was ich will, ist, jemanden mit ihr anzurempeln, während ich mir einen Weg zu Cam bahne.

Sie hat sich die ganze Woche über wacker geschlagen, war fröhlich und hat die meiste Zeit gelacht und gegurrt, obwohl sie nicht annähernd genug Schlaf bekommen hat. Wahrscheinlich schläft sie deshalb jetzt wie ein Stein – die ganze Aufregung hat sie schließlich doch noch eingeholt.

Ich beobachte sie, während ich mich auf den Weg zu ihrer Mutter mache. Ich kann nicht anders – seit ihrer Geburt wende ich den Blick kaum von ihr ab.

Nicht, dass mir das jemand vorwerfen könnte. Unser kleines Mädchen ist absolut wunderschön, mit einem perfekten Rosenknospenmund und weichen, pausbäckigen Wangen und ein paar winzigen roten Locken, die unter ihrer rosa Kätzchenmütze hervorlugen. Ihre perfekte kleine Hand umklammert die Silbermedaille, die ich heute im Streetstyle gewonnen habe, und sie pustet die süßesten kleinen Sabberbläschen in meine Jacke.

Neben ihrer Mutter ist sie das Perfekteste, was ich je gesehen habe. Ich liebe alles an ihr und bin jeden Tag dankbar, dass Cam – und das Universum – mich mit ihr gesegnet haben.

»Beeil dich«, sagt Ash hinter mir. »Ich will zu ihr, bevor das Ergebnis bekannt gegeben wird.«

»Ich arbeite daran«, sage ich ihm, wobei ich darauf achte, Hannah zu beschützen, während wir uns durch die Menge zu Cam drängen.

Eigentlich sollte sie die Anzeigetafel beobachten, aber ihre Augen sind auf Hannah und mich gerichtet, und das Lächeln auf ihrem Gesicht könnte halb Aspen eine Woche lang mit Strom versorgen.

Sobald ich sie erreiche, stellt sie sich auf die Zehenspitzen und drückt mir einen festen Kuss auf den Mund. Dann nimmt sie Hannah, die sich endlich geregt hat, aus ihrer Trage und kuschelt sie an ihre Brust. Ich bin nicht überrascht, als überall Kameras losgehen – meine beiden Rotschöpfe geben ein wunderschönes Bild ab.

Ich kann nicht widerstehen, mir einen weiteren Kuss zu holen. Als ich mich zurückziehe, tobt die Menge, und ich weiß, das bedeutet, dass Cams Punktestand angezeigt wird. Ich will zur Seite treten, damit sie sehen kann, wie sie abgeschnitten hat, aber sie packt mich und hält mich fest.

»Willst du nicht wissen, was du bekommen hast?«

»Das weiß ich schon.« Sie sieht mich an, unser wunderschönes kleines Mädchen, die Freunde, die sich um uns versammelt haben, um zu feiern. »Alles, was ich mir je wünschen könnte.«